이 동 희

소설집

기억제

그해 여름

영동

풀길

이동희 소설

기억제, 그해 여름 영동

저　자 / 이동희
발행인 / 심보화
펴낸곳 / 도서출판 풀길

2022년 12월 15일 1쇄 인쇄
2022년 12월 20일 1쇄 발행

서울 종로구 삼일대로 461, 101동 1501호
TEL : 567-9628(팩스겸용)
등록 / 제300-2002-160호
Printed in Korea 2022 ⓒ 이동희
저자와의 협의에 의해 인지 생략

값 15,000원
잘못된 책은 바꿔 드립니다.
ISBN 978-89-86201-39-0

기억제
그해 여름
영동

외로운 영혼들을 위해
파일을 되돌려 봅니다

차례

서문

서른 두 번째 시도

몇 번째 출간인지 서른 두 권째가 된다. 5권 짜리는 다섯 권으로 계산한 것이다. 그것이 얼마나 많은 숫자인지 적은 숫자인지 모르겠다. 다만 사실을 말할 뿐이다. 논문집 한권 수필집 한권 외는 다 소설이다. 아직 책으로 내지 못한 것도 있다. 찾지 못한 것도 있다. 재수록을 안 한다고 하였지만 예외가 있었다. 자기 키만큼은 써야 된다고 하던 무영無影 선생님 말씀 기억 난다. 그보다는 훨씬 많이 썼다. 200자 원고지에 쓴 것을 쌓은 높이를 말한 것인데 요즘은 워드로 써서 A4용지로 해도 그보다 높을 것이다. 거기에다 무슨 이야길 썼는지 모르겠다.

얼마전부터는 작품이 잘 씌어지지 않아 내놓지 못하고 있다. 작품보다는 노트가 더 길다. 창작노트라고 이름을 붙여 보지만 그것은 물론 작품이 아니고 견강부회의 잡문일 뿐이다.

그동안 한 번도 써보지 않았던 수법을 시도해 본다.

파스티슈 pastiche는 하나의 작품 시각이 아니고 여러 작품들을 동원하여 말하려는 것으로 원래 다른 사람 작품을 갖다가 쓰는 기법을 말하지만 필자의 작품으로만 구성하였다. 여기서 노트는 이제 잡문이 아닐 것이다. 늘 말로만 하였지 실제로 사용해보지는 않았었다. 말로만 하였다는 것은 강의를 포함하여 그렇게 논리를 펴기만 했다는 것인데 다 늦게 이제 와서 엉뚱한 시도를 하고 있는 것이다. 무모하지만 그러고 싶은 욕구를 막지 못했다.

하지 못한 말 빠뜨린 이야기를 마저 하기 위해서이다. 그 때 왜 그랬는가. 다시 물어 보고 다시 생각해 보고 기억을 더 기록하고 싶은 노욕이다. 질정을 바란다.

마을 앞에 큰 산이 있다. 황악산이다. 황학산이라고도 한다. 하향하여 6.25 때 불타 빈터로 있던 옛 집터 그 향대로 귀경재歸耕齋를 지으면서 한쪽을 2층으로 올렸다. 창문으로 그 산을 보기 위해서이다. 그런데 언제부터 앞집 옥상에 감타래를 지어 가리는 바람에 지붕에 의자를 만들어 놓고 앉아서 바라본다.

이사를 다닐 때마다 창문으로 산이 바라보이느냐고 묻곤 하였지만 그 뜻을 이루지 못했고 연구실도 서북향을 배정 받았던 기억과 함께 삼대 적덕을 하여야 남향집에 산다고 하던 동료 생각이 난다. 그는 지금 어디서 살고 있는지.

해질녘 산 정상을 비껴가는 해그림자를 바라보며 또 하루를 보낸다. 아직 조금은 더 쓰고 싶은데 무거운 것은 잘 안 된다. 이러고 저러고 하는 평은 다른 사람들이 하는 것이고 작자는 그저 쓸 뿐이다.

목 쉰 산비둘기가 울어대는 뒷산으로 어둠이 묻어온다.

임인 세모
귀경재에서
저자

제1부

기억제記憶祭

6.25의 기억
태피굴
어두운 기억의 그림자
무슨 말이 필요한가
불꽃놀이
다시 6월에

6.25의 기억

6.25 한국전쟁 71주년에 다시 생각해 본다. 6.25 한국전쟁 70주년을 맞으며 한 칼럼(농민문학)에 썼었는데 또 한 해가 지나갔다. 그 때 13 이던 것이 84가 되었다. 그러고도 또 시간이 흘렀다.

1950년 6월 25일 일어난 한국전쟁을 6.25사변 6.25동란이라고 하였 었다.

2차 세계대전이 종전된 지 5년 뒤에 일어난 한국전쟁은 미국 소련 중국을 비롯하여 세계 25개국이 참전을 한 세계전쟁이었다. 목숨을 쏟아부으며 총격전을 하기도 하고 의료 물자 등을 지원하기도 하였다. 시민단체인 월드피스자유연합은 6.25때 67개국이 한국을 지원했다고 했고 이 사실이 10년 전 기네스북에 세계기록으로 등재되기도 했다. 다시 말해서 한국전쟁이 아니라 세계전쟁이었고 이 전쟁은 아직도 끝나지 않고 있다.

개인적으로는 초등학교를 졸업한 13세의 소년으로 피난보따리를 지고 남쪽으로 내려갔었지만 낙동강이 끊어지는 바람에 강가 먼 친척 집에서 시간을 보내다 돌아왔다. 계속 밤길이었고 산길이었는데 손을 붙들고 가던 어린 여동생을 놓쳐 온 식구가 혼이 나간 채 헤매다가 요행히 찾게되어 안도의 숨을 쉬던 능선이었다. 모두들 가던 길을 멈추고 멀리 저 아래 기이한 광경을 바라보고 있었다.

불꽃놀이었다. 김천이라고 했다. 폭격장면을 바라보고 있는 것이었다. 연방 비행기가 날아와 아래로 향하다가 불덩어리를 두 개 세 개 떨어뜨리고 치솟아오르면 콰강 폭음과 함께 불바다가 되었다. 곧 다시 뒤따라 날아온 비행기가 불빛속으로 내려와 불덩어리를 떨어뜨리고 날아오르는 순간 쾅카강 폭음과 함께 불길이 솟구쳤다. 폭격기는 연방 내려 꽂히고 솟아오르고 그 때마다 불덩어리를 떨어뜨리고 갔다. 불덩어리는 폭탄이었다. 멀리 보이기로는 손가락 굵기 정도였지만 도시는 온통 불길에 휩싸여 있었다. 그리고 얼마의 간격을 두고 날아온 폭격기들은 연방 또 불덩어리들을 쏟아부었다.

뒤에 안 일이지만 그 비행기들은 일본 오끼나와에서 출격한 것이었다. 한강철교에 이어 낙동강철교를 끊고 김천을 초토화시키는 것이었는데 북한군 인민군도 있었지만 거기 피난을 가지 못하고 되돌아 가던 사람들도 많이 있었을 텐데 그들은 어떻게 되었는가. 이 이야기는 소설 「적赤과 남藍」에 쓰기도 하였다. 그것을 꺼내어 실감을 더 할 수도 있지만 그런 지면은 아닌 것 같다. 축제 때 밤하늘에 퍼지는 불꽃놀이를 볼 때마다 그 비극의 장면이 떠오르곤 한다.

널부러진 시체들을 밟고 살던 집으로 왔을 때 집은 불타고 운영하던 정미소도 잿더미가 된 채 쌓아두었던 보리가 타며 연기를 내고 있었다. 9.28수복까지 인공시대를 살며 시국강연에 참석하고 인민군으로 끌려가다 탈출한 중형은 백형과 함께 국군에 징집이 되었다. 압록강 연안 혜산진까지 진격을 하였지만 중공군의 인해전술로 다시 1.4후퇴(1951년 1월 4일), 1953년 7월 27일 휴전을 하여 3.8선 지형이 바뀐 철조망은 녹슬고 있고 계속 총칼을 겨누고 전쟁을 하고 있는 것이다.

그동안 남북은 수없이 군사 정전停戰 회담을 하였고 7.4공동성명 6.15남북공동성명 4.27판문전선언 9.19군사합의 등을 하였지만 계속 무력도발을 하고 전부 북한의 경우지만 전쟁 발발 70주년이 되는 2020년 6월 현재도 '결사 옹위'를 주장하며 초강경 군사행동을 예고하고 있다. 안개는 점점 짙어지고 계속 전운을 드리운 채 전쟁은 멈추지 않고 계속되고 있다.

이 전쟁으로 상상할 수 없는 피해를 입었다. 인적손실만도 520만 선이다. 남북한 군 민간 유엔군 중공군의 전사 부상 실종에 대한 일본의 〈통일조선신문〉 한국 연구자들의 『북한30년사』에 나타난 자료인데 비전투요원의 인적손실은 세계전사상 유례가 없이 컸다(한국민족문화대백과사전-김학준). 단적으로 제2차 세계대전 당시 조선인 피해-징병 징용 사망자, 히로시마 나가사끼 원폭 사망자-7만명과 김일성이 일으킨 6.25의 비참성을 비교해 볼 수 있다. 전쟁을 파국으로 몰아간 중공 마오쩌둥 주석의 28세된 신혼의 아들도 이 전쟁에서 네이팜탄 폭격으로 죽었지만.

전쟁으로 그 많은 세계인의 목숨을 잃은 비극과 함께 발생한 남북 이산가족의 한은 비극 중의 비극이다. 생지옥이다. 가지도 못하고 오지도 못하고 전화 한 통 편지 한 장도 못하고 사는 아픔은 죽음의 단말마보다 더 고통스럽다. 줄잡아 천만 이산가족 중 절반 이상이 이미 죽었다. 말라죽은 것이다. 아직도 해결될 기미는 조금도 보이지 않고 긴장만 고조되고 있다.

정치란 무엇이고 정권이란 무엇인가. 편지 한 장도 못하게 하는 주체의 논리는 무엇인가. 왜 무슨 이유로 무엇 때문에 그렇게 하고 있으며 그렇게 끌려가고 있는가. 진정 방법은 없고 희망은 없는 것인가.

6.25 한국전쟁 70년에 생각해 보며 답답함을 천지 만민에게 호소한다.

태피굴

그렇게 불렀다. 태피는 태평의 시골 말이리라. 그것이 마을 이름인
지 산 이름인지 지명에서 온 것이겠는데 확인해 보지 않았다. 그것
이 어려운 것도 아닌데 60년 70년 한 번도 확인해 보지 않다가 최근
지나면서 황간터널이라고 붙여져 있는 것을 보았다. 순간 여기가 거
긴가 혼동이 일어나고 있었다. 게으르고 무책임한 것이라기보다 그
의 기억에 남아 있는 하나의 한계상황 설정의 의미만 남아 있었다.
T굴, 남과 북이 부딪치고 엇갈린 지점. 스파크의 순간. 쓸 때 그랬
다. 그러나 지금 그 흔적은 어디에도 찾아볼 수가 없을 것 같다. 〈신
동아〉에 「안개의 새벽」(1969. 5)으로 발표한 것을 『매화골 사람
들』(1991. 10. 25. 풀길) 『핏들』(1994. 10. 20. 일신서적출판사)에
수록하였다. 『핏들』은 남북문학 100선 41권으로 재수록한 것인데
좌우간 그 한 대목이다.

주검의 동굴이었다. 아비규환이었다. 태피굴…… 그는 숙명처럼 그
터널 속으로 뻗친 대열을 따라들어가야 했다.
"이 간나 새끼들, 한바탕 갈기고 가문 빨랑빨랑 서두르라우, 쌍."
따발총을 겨눠 든 친구들이 여기저기서 불호령을 내리는 것이었다.
구라망은 터널 입구에다 쉴 새 없이 기총소사를 해대었고, 그게 가
기도 전에 또 날아와서 총알을 퍼부었다. 나오고 들어가고 떠밀고 떠
밀리고 엎어지고 깔리고 하는 터널, 그 안쪽에서는 약이 닳아빠진 플
래쉬의 지시대로 탄환이 착착 적재되어졌다.

그가 한동안 탄환짐을 터널 속으로 지고 들어갔을 때였다. 그 안쪽에서,

"어, 이거 떠밀지 마라!"

"밀디 말구 파구 들라우."

언제부터인지 웅성웅성하며 분위기가 험악해지고 있었다.

"아이구 사람 죽는다!"

"어어, 야 비켜 기차가 밀려나온다."

"저런 개새끼들!"

치받고 나동그라지고 거꾸러지며 부르짖었다. 밟히고 잡아당기고 뛰어넘고 거기에 또 꽝꽝 포탄이 터졌다. 여기저기서 섬광이 발해졌다. 포연이 숨을 막았다.

그런 죽음의 도가니 속을 화차는 마구 밀려나오고 있었다. 그는 탄환짐을 진 채 마구 뛰었다. 뒤에서 잡아당겼다. 떠밀었다. 앞이 막혔다. 무턱대고 밀고 되밀리며 뛰었다. 죽었거니, 하면서도 무작정 앞만 향해서 뛰었다. 뛸 수밖에 없었다. 앞면엔 첩첩이 분명치 못한 시체가 깔리고, 뒤에서는 마구 차바퀴 속으로 휩쓸려 들어가며 외마디 소리를 질렀다. 포연 섬광 폭음 속에서 기차는 궤도를 잃고 꿈틀꿈틀 밀려나왔다. 안개에 묻힌 초가을의 아침이 희붐히 밝아 오고 있었다.

어두운 기억의 그림자

그것은 오랜 수수께끼였다. 영동의 보도연맹 얘기를 쓰면서 그 기억의 실마리를 찾게 된 것이다. 『죽음의 들판』에서 미군에 의한 농민학살 얘기를 쓰며 울분을 터뜨렸었는데 100배 1000배도 넘는 민족 학살 사건을 들추어보며 그것도 다른사람이 아닌 바로 우리가 저질은 일임에 틀림 없는데도 70년이 넘도록 묻어두고 누구 하나 잘 못했다는 사람이 없다.

그 얘기의 서두 몇 줄이다. 〈동방문학〉에 연재한 「아직 끝나지 않았다」(2011~2012) 『아직 끝나지 않았다』(2011. 10. 1. 풀길) 『흙에서 만나다』(2012. 9. 5. 풀길)의 서두이다.

〈월간문학〉에 연재한 「적赤과 남藍」(1992)에서도 비슷한 이야기를 썼다.

그들은 누구였던가. 신작로 밑 냇가 강변의 매를 맞던 사람들, 그들은 누구였는가. 그들은 지금 무얼 하고 있는가. 아직 살아 있는 사람들도 있을 텐데 지금 어디 있는가. 그는 오랫동안 간간히 생각했다. 그들은 왜 매를 맞고 있었는가.

매를 맞다 달아나던 사람이 있었다. 파란색 신사복 상의를 벗어던지고 달아난 젊은이, 양복과 매맞는 것을 바꾼 것이다. 아니 목숨과 바꾼 것이다. 양복 한 벌 값이 얼마쯤 되는가는 그 때나 지금이나 금방 떠올릴 수 있는 것인데, 가령 몇 십만원이라고 하자. 좌우간 그 얼마 짜리 양복, 인간의 껍데기를 벗어던지고 알맹이를 빼어 가지고 달아난 것이다. 그 사람은 지금 살아 있는가. 죽었는가. 어디서 그 때 그 생각을 하고 있는가. 어디서 무얼 하다가 죽었는가.

신동호도 그런 사람 중의 하나이다. 죽음 직전에 피해 달아나 목숨을 부지하게 되었다. 그러나 계속 달아나야 했다. 돌아올 수 없는 땅까지. 세계 어디고 다 갈 수가 있다. 갈 수 없는 곳은 없다. 오직 하나, 가지도 못하고 오지도 못하는 나라가 있다. 따지고 보면 딴 나라도 아니다. 우리 나라이다. 온 나라가 초토화되어 불바다가 된 적이 있지만 아직까지 그런 위협을 받고 있고 공포를 느끼고 있다. 참 답답한 나라이다. 한심한 나라이다.

지금 무슨 생각을 하고 있는가. 숨은 쉬고 있는가. 왜 무엇 때문에 그와 같은 고통을 서로 감수해야 했는가. 그것이 언제 끝날지 모른다. 아직 멀었다고들 한다. 도대체 언제까지 이렇게 살아야 하는가.

답을 몰라서 묻는 것이 아니다. 아무 데도 그것을 물을 데가 없는 것이다. 누구 하나 답해 줄 사람이 없는 것이다. 도무지 알 수가 없고 납득이 가지 않는 말만 할 뿐이다.

어디서부터 그렇게 엉켰는지 모른다. 난마처럼 풀 수가 없다.

충북 영동군 매곡 지서 앞 강변에서 꿇어앉아 장작개비로 펑펑 사정 없이 두들겨 맞던 사람들, 젊은이들이었다. 적어도 노인들은 없었다. 그런 기억이었다. 추운 날씨에 왜 강변에 꿇어앉혀 놓았던가. 그들을 다 통제할 공간이 없어서 그랬던가. 울타리도 바리케이트도 없는 강변 모래사장, 달아나면 뛰어가 붙잡을 수 있는 벌판이었다. 한 쪽은 물이요 한 쪽은 신작로 아래 한 길은 되는 언덕이었다. 수십명의 청년들. 가서 보지는 않았지만 지서 유치장의 수용 면적 가지고는 턱도 없는 많은 인원이었다.

어린 그가 보는 앞에서, 그 때 국민학교-요즘은 초등학교가 되었지-몇 학년이었던가 희미한 기억만 떠올랐다. 그 한 사람뿐 아니라 마을 사람들이 다 내려다 보는 앞에서 매를 때리던 사람은 누구였던가. 경찰 순경이었던가. 군인이었던가.

어느 것도 분명하지가 않고 그저 희미한 기억의 저편 어두운 그림자만이 어늘어늘 드리울 뿐이다.

무슨 말이 필요한가

참 너무도 어처구니가 없는 이야기이다. 보도연맹이라는 이름의 문서 없는 형벌, 위 「어두운…」「아직 끝나지 않았다」의 딴 이야기이다. 실화이다. 다 실제 이야기이지만 소설적 장치를 가하지 않았다고 할까.

농촌 마을에는 정이 넘치고 낭만적인 이야기만 있는 것은 아니다. 억울하고 처참한 이야기도 많다. 어디나 사람 사는 곳은 다 그렇지만 참 말도 안 되는 일들이 쌓여 있다.

이 마을 매곡 노천리로 말할 것 같으면 빨치산들이 들끓던 상촌 물한리 삼도봉으로 가는 길목이다. 6. 25전쟁 이후 공비토벌을 하기 위해 군경이 마을 앞 신작로로 무수히 들락거렸다. 마치 무기 전시회를 하듯이 탱크 장갑차가 있는 대로 다 올라가고 또 내려왔다. 이 길로 피란을 가고 또 돌아왔다. 피란도 한 두 번이며 어디 피란뿐인가.

그 이전의 얘기였다. 보도연맹사건은, 좀 색다른 아니 너무 끔찍한 이야기이다.

지난 7월 5일 상촌 상도대리 선화티 골짜기에서는 한국전쟁 전후 민간인 집단 희생자 합동위령제가 열렸다. 유족들 도와 군의 인사들 국회의원 학자들 음악(국악)인 무용가 작가 등 많은 저명 무명 인사사람들이 검은 양복을 입거나 소복을 입고 진행자들이 달아주는 검은 리본을 차고 있었다. 장마 끝에 불볕이 내리 쪼고 있는 오후 2시 최고로 더운 날 최고로 더운 시간이었다.

볕을 가리기 위해 쳐 놓은 두 세 개의 천막이 있지만 뒤의 나무 그늘만 못하여 검은 정장을 한 사람들은 식이 시작될 때까지 나무 밑에서 나눠준 책자로 부채질을 하고 있었다.

이 골짜기 아니 이 마을에 이렇게 많은 인사들이 모인 적이 없었다. 6.25전쟁 때 그러니까 1950년 7월 20일 전후에 영동경찰서 경찰에게 인계된 보도연맹원들이 군 트럭을 타고 이 골짜기 숯가마에서 총살시킨 지 61년 만에 처음으로 위령제를 올리는 것이다. 영동의 어서실에서 이런 위령제를 올린 적이 있고 그도 거기에 갔었다. 충북지역 또는 전국 각 지역에서 유해 발굴 조사보고 등이 이루어지고 몇 년 전부터 위령제 행사를 하고 있었다.

당시의 상황을 적어놓은 표지판 앞 비탈에 제단을 마련하였다. 검은 판에 흰 글씨로 희생자 805명의 이름을 써놓은 대형 위패를 걸어놓고 그 앞에 제물을 차리고 있었다. 시간이 지났는데 저 아래 차가 닿는 데까지 실어다 놓은 것을 땀을 뻘뻘 흘리며 들어올려다 차리는데 시간이 걸렸다. 돼지머리 전에다 나물에다 과일 술 등 제물을 다 진설하고 시작된 식은 상당히 늦었다.

식전에 대금 연주를 하였고 전통제례를 올렸다. 초헌 아헌 종헌 그리고 유족들이 전부 나와 위패 앞에 엎드려 절을 두 번씩 하며 울음을 터뜨렸다. 이어서 황룡사 주지 종림스님의 종교의례가 있었고 희생자에 대한 묵념이 있어 참석자는 일제히 머리를 숙였다.

먼저 장경섭 유족회장이 나와, 그동안 굴절된 역사 속에서 빨갱이 가족이라는 굴레를 쓰고 신음해온 우리 유족들은 이 위령제로 하여금 가신 님들의 명예가 회복되어 저승에서나 위안이 되시길 바라며 이승에 남아 있는 유족들에게 고통의 터널을 빠져나와 햇빛 속에서 자유로워지길 바라는 마음 간절하다고 인사말을 하였다.

사회자 박만순 충북역사문화연대 운영위원장은 경과보고에서, 한국전쟁이 발발하자 정부는 보도연맹원들을 보호하고 대피시키기 보다는 처형하였는데, 그 명분은 보도연맹원들이 북한과 적을 도와 정부를 공격할 수 있다는 판단에서였고, 이는 막연한 추측에 의한 일종의 예방학살로 법치주의 국가에서 결코 있을 수 없는 반문명적 반인권적 범죄행위였다고 하였다.

영동군에서 제일 먼저 처형한 곳이 여기였다. 현판이 그것을 말해주고 있었다. 여기 상도대리 고자리에서의 학살은 보도연맹원만이 아니고 경찰에서 예비검속된 사람들까지 포함되어 있었다.

1950년 7월 초순 경부터 7월 30일까지 시기를 달리 하며 여기 상도대리 선화티 명박골 잿골, 고자리 산제당골, 영동의 어서실 석쟁이재 등 3개 지역 6개 지점에서 정부와 치안국 충북도경의 지시를 받은 특무대 영동분견대 영동경찰서 경찰과 군인들이 처형한 것이다. 처형이란 형을 집행하는 것인데 무슨 죄가 있는 것도 아니고 재판을 받은 것도 아니었다.

지난 6월 30일 대법원이 울산보도연맹사건에 대해 전쟁범죄 소멸시효를 진실규명 시점부터 적용하라는 판결을 내렸다. 이는 실체적 진실에 한 발짝 다가서는 역사적 심판이었다.

국회의원과 영동군수 의회의원의 추모사 그리고 추모시 추모공연이 끝나고 뒤풀이로 이어졌다. 음복을 한 제물도 있었지만 유족들이 즉석에서 전을 붙이고 양념을 해 온 고기를 구운 안주에다 벌컥벌컥 막걸리를 마시면서 경건하던 분위기가 흐트러졌다. 유족들의 언성이 높아졌다. 그동안 살아온 것이 생지옥이었다고 말하였다. 도대체 이런 놈의 세상이 어디 있느냐고 하였다. 그도 열심히 사진을 찍다가 막걸리를 한잔 받아들고 그들의 얘기를 들었다.

양강면 죽촌리 한 마을에 오월성과 이월성이 살았는데 경찰이 와서 월성이를 찾고 있었다. 보도연맹원 최후 소집을 하고 있었던 것이다.

오월성이 가만 있었으면 되는 것인데 자기는 오월성이라고 하여 헷갈린 경찰이 데리고 갔고 그것이 저승길이 되었다.

이미 70이 넘은 아들 오운영 씨의 말이다. 지금은 웃으면서 말하였다. 참으로 웃지 못할 사건이었다.

"성을 똑바로 대며 내가 아니라고 했더라면 그런 일이 없었을 텐데……."

그런 가정법이 61년이 지난 지금 무슨 소용이 있는가.

매곡면 수원리 안병민은 7월 5일 연행되어 3일간 매곡지서에 구금되었다가 7월 8일 영동경찰서로 이송되었다. 84세 피해자의 처 정분화 씨는 영동경찰서로 면회를 갔으나 남편은 거기 없었다. 돌아오는 길 매곡 신작로에서 보도연맹원을 태운 트럭 2 3대가 상촌으로 가는 것을 보았다. 트럭 네 귀퉁이에 경찰들이 있었고 그 안에 보도연맹원들이 머리를 숙인채로 있었다.

증언을 청취 기록한 박 위원장이 말하였다. 80여명이 여기서 희생되었다고도 하였다.

소설가이며 영동문협 회장인 민영이 씨도 유족이었다. 리본을 달아주며 진행을 맡고 있었다.

"막걸리나 드세요. 그런 얘기 다 할려면 소설이 몇 권이 될지 몰라요."

그녀는 소설 「밤으로의 긴 여로」에서 아버지 그리고 홀로 산 어머니에 대한 얘기를 썼었다.

그는 고개를 끄덕이며 종이컵의 막걸리를 마셨다. 술이 썼다.

불꽃놀이

이윽고 그러던 어느 날 몇 발의 총성과 함께 이 느랕에도 피난을 가라는 소개 명령이 내려졌던 것이다.

탕, 탕, 탕, 느닷없이 총부터 쏘아 대었다. 지프차를 타고 온 군인들이 마을 어귀에 내리자마자 공포를 쏘아 대었다. 그리고 겁에 질린 마을 사람들을 향해 몇 시간 내로 소개를 하라고 하는 것이었다. 오정 때쯤 되었을까, 그런데 그 시점에서부터 오후 다섯 시까지든가 여섯시까지든가 지금 확실한 기억은 없지만 좌우간 단시간 내에 마을을 비우라는 것이다.

왜 그러느냐, 노인들은 남아있으면 안 되느냐, 가축은 어떡하느냐, 뭐가 됐든 이유가 필요 없었고 무조건이었다. 기겁을 하였다가 다시 기가 차서 물어 대자 다시 탕, 공포를 쏘아 올리는 것이었다. 소개를 하지 않으면 국군이 가만두지 않겠다는 것인지 적군이 가만두지 않겠다는 것인지 알 수가 없었다. 그것을 물어볼 수도 없었다. 빨리 명령을 따르라는 것이었다. 군인들은 떠나면서 다시 탕, 탕 총을 쏘아대는 것이었다.

얼마나 둘이 헐떡거리며 숲속을 헤매었을까, 고갯마루에 다다랐다. 산마루여서 나무들의 키가 작고 시원한 일진의 바람이 비 오듯 흐르는 땀을 씻어주었다.

고도리재였다.

그러나 그들이 기대한 대로 김천 시내가 내려다보이지는 않았다. 실망이랄 것은 없고 거기서 다시 고도리 뒷재와 덕림재를 향해 가야 되는데 앞이 아득하였다.

잠시 쉬었다 다시 출발하였다. 날이 저물어 와서 마음이 조급하였다. 우선 고도리 뒷재로 향하였다 한동안 내려가다가 다시 오르는 길이었다. 거기도 아니면 덕림재를 오르려는 것이다. 그 세 꼭대기는 마치 삼각형의 꼭짓점과 같은 위치에 있었다,

"좌우간 이 길인지는 확실치 않으나 산고갯길에 고개뿐이 아니고 온통 산길을 꽉 메웠었어. 전부 다 뛸 이고 지고 아이들을 손에 잡고 업기도 하고 말이야."

그는 길을 찾아 앞장을 서서 그 때 얘기를 또 했다.

"그것도 폭격을 피해서 밤에만 걸었던 거야. 그 때는 모두들 흰옷을 입은 사람이 많아서 밤에도 백자갈 같이 몰려가는 사람들이 다 보였었지. 그런데 사람을 잃어 버려 놓으면 찾기가 참 힘들었어. 우리도 졸졸 따라오던 다섯 살 된 막내 여동생을 잃어 버려가지고 어떻게 속이 탔는지, 앞에 간 것을 모르고 십리나 온 길을 되돌아가 찾고 야단이었지. 핏줄이 뭔지, 다시 찾으니 그렇게 반가울 수가 없더라고. 말하자면 이산가족이 될 뻔 했지."

"그러니까 우리도 밤에 길을 걸어야 되는 것 아니에요?"

유경은 또 그렇게 얘기를 받는 것이었다.

하긴 그랬다. 그녀는 정말 너무도 그의 마음을 잘 알아주는 것이었다. 계속 그랬다.

"그래. 맞았어. 그런데 무섭지 않겠어?"

"선생님이 있는데 어때요?"

"그래 그러잖아도 밤길을 걷게 생겼어."

아닌게 아니라 언제부턴가 땅거미가 내리기 시작했다.

그러고도 얼마를 더 까풀막진 길을 걸어올라 갔을 때 또 하나의 고

갯마루인 고도리 뒷재에 이르렀다. 실은 그런 건지 저런 건지 확실치는 않았다. 설명 들은 것을 가지고 어림을 잡은 것이다.

아! 정말 여기는 상당히 높았다. 사방이 확 트이었고 마구 사방에서 바람이 불어 올라왔다. 그리고 덕림재라고 생각되는 또 하나의 꼭지점이 성큼 다가와 서는 것이었다.

아래쪽으로 많은 마을과 들판들이 보였고 저쪽 멀리로도 시야가 닿고 있어서 집들 건물들이 보였다. 그곳이 김천 시내인지는 확인할 수가 없었지만. 날이 어두워지고 그 대신 많은 불빛들이 비쳤는데 역시 확인할 도리는 없었다. 여기가 아닌 것 같기도 하고 그 때 사십 몇 년 전(집필 당시)의 기억이 틀린 것 같기도 하였다. 그리고 이 꼭짓점의 위치와 이름을 잘못 알고 있는 것인가 하는 생각도 들었다. 그러나 그런대로 그 먼 불빛과 그 때의 폭격 장면이 연결되었다.

폭격기들이 상공에 줄을 이어 뜨고 연방 폭탄을 투하하였다. 불길이 치솟고 폭음이 터지고 그것이 채 가시기도 전에 다시 줄을 선 폭격기 편대가 다이빙을 시도하고 아니 비행기는 보이지 않고 떨어뜨리는 폭탄인 불덩이만 보이고 폭음만 들린 것 같기도 하다. 그리고 마구 시가지가 불타고 있었다. 불바다였다.

"저기야. 저기가 불야성이었어."

그는 손가락으로 먼 불빛들을 가리키며 말하였다.

"정신없이 불덩이를 퍼부어 대었었어. 초토 작전이었지. 여기서 불바다를 바라보는 심정이 어땠겠어?"

이번엔 유경에게 물었다.

그녀는 대답을 못 하였다. 그리고 한참 그쪽을 내려다보며 생각을 하다가 그에게 되묻는 것이었다.

"이제 됐어요?"

오고 싶은 데를 왔으니 됐느냐는 것이었다. 그녀의 질문은 언제나 정곡을 찔렀다.

"하하하하…… 글쎄 뭐 됐다기보다 바로 여기야. 어쩌면 저쪽 능선인지도 몰라. 거기도 가봐야지."

"지금 저길요?"

어둠에 싸인 그쪽 능선을 따라 올라간 정상을 바라보며 짜증스럽게 물었다. 그녀도 이제는 지친 모양이었다.

"직선거리로는 얼마 안 돼. 안 가보겠어?"

"뭐 날아가나요? 아이, 이제 정말 걸어는 더 못가겠어요. 절 업고 가시려면 가세요."

그녀는 수풀에 드러누워 다리를 뻗으며 말하는 것이었다.

"하하하하…… 알았어. 그럼 자네가 나한테 진 거야."

그도 아무렇게나 벌렁 뒤로 누으며 말하였다.

"그래도 할 수 없어요. 내려가는 건 몰라도 더 올라가지는 못할 것 같아요."

참 그녀가 그러는 것도 무리가 아니었다. 사실 그도 더 움직이기가 힘들었다. 유경에게 지는 것이라면 모르지만 이긴 바에야 아무래도 좋았다. 그가 왜 그녀에게 건강이랄까 힘의 우열, 아니 열세에 대하여 신경을 쓰는지 몰랐지만.

"꼭 거기라야 되는 것은 아니야. 여기가 맞는지도 몰라."

"잊어버린 기억을 되살리기만 하면 되잖아요?"

"그래. 맞아."

완전히 어둠이 묻히었다. 이제 내려가는 것도 등이 없어서는 길을 찾기가 어려운 것이다.

"여기서 텐트를 칠까? 내일 다시 올라오느니 말이야."

한참 드러누워 있다가 그가 그렇게 유경에게 의견을 물었다.

그러자 유경은 얼른 그러자고 응답을 하는 대신 요상한 토를 다는 것이었다.

"그런데 그건 선생님이 지신 거예요?"

"뭐야?"

그는 얼른 말귀를 못 알아듣고 되물었다. 그러나 곧 다시 말하였다.

"아니야, 자네 의견을 물어보는 거야. 내 얘기는 저쪽 정상으로 해서 내려가자 그런 거야."

"꼭 다 이기셔야 하겠어요?"

"아니 무슨 소릴 하는 거야?"

"좌우간 됐어요. 그렇게 해요. 먹을 것은 될 거에요."

그녀는 왜 그런지 자꾸 그런 토를 달려고 하는 것이었다.

사실 그녀의 말대로 그가 너무 알뜰히 이기려고 한 것인지도 몰랐다. 잔인하게 말이다. 그것을 그는 곧 알게 되었다.

소설 「적赤과 남藍」 중에서

다시 6월에

1

경부선 기차를 타고 가다가 그 한 가운데 지점이 어디인지 꼭 기억할 필요는 없다. 정거장 수로나 거리상으로 정 중간에 위치한 지점을 아는가. KTX가 옆으로 비껴 가고 새마을호는 서지 않고 무궁화호가 하루 몇 번 서는 작은역.

황간이다. 플랫폼은 그 바닥이 1905년 역이 처음 들어설 때 만들어진 것인지 낡은 채 더러 보수를 해 놓았고 기차가 설 때마다 시골 사람들이 몇 명씩 오르내리는 한적한 정거장이다. 거기 조금 못미쳐, 내릴 준비를 하라는 안내방송을 하는 지점쯤에 쌍굴다리가 있다. 노근리 다리, 퓰리쳐상을 받은 책(소설) 이름이기도 하다. 그 생지옥을 아는가.

그 앞으로 지금(취재 당시) 노근리 평화공원을 조성하고 있고 그 건너 동산에는 희생자들의 합동묘역이 있다. 사망 150명 행방불명 13명 후유장애 63명인데, 희생자 28명의 유해를 최근에 여기로 옮겨놓았다.

쌍굴다리 양쪽 어구의 흰 페인트로 표시해 놓은 무수한 총탄 자욱을 보면 얼마나 많은 생명들이 희생되었나 하는 것을 상상하고도 남는다. 그런데 무슨 영문인지 굴다리 안에는 시멘트로 덧칠을 해놓아 총탄 흔적을 뭉개버렸었다. 철도시설 보수 차원에서 공사를 하였다는 것인데 도무지 역사도 모르고 시대도 모르는 숙맥 같은 공무원들의 시키는 대로 행한 소의가 한심할 따름이다.

노근리사건은 6.25 한국 전쟁이 일어난 지 한 달 후인 1950년 7월 26

일부터 29일까지 4일간 여기 충청북도 영동군 읍과 황간면 사이의 노근리에서 참전 미군에 의해 자행된 학살 사건이다. 당시 미군은 모든 피난민을 적으로 간주하여 총격을 하라는 명령대로 남녀노유를 막론하고 마구 쏘아대었던 것이다. 그러나 이 학살사건은 아직도 미스테리이다.

정은용 노근리사건대책위원장은 지금도(취재 당시) 풀리지 않는 수수께끼라고 토로하고 있다. 미군들이 마을에 들어와 안전하게 피난을 시켜준다고 유도하여 밤에는 하천 바닥에 머물게 하고 뙤약볕에 철길로 올라가라고 하여 폭격을 하고 또 굴다리로 밀어넣고 기총소사를 해댄 이유가 무엇인가. 그런 억울한 얘기를 백번 천번 하여도 소용없었다. AP통신에서 보도하고 뉴욕타임즈 워싱턴포스트에서 톱기사로 내보내고 AP기자들의 노근리 사건 보도로 퓰리쳐상을 수상하고 함으로써 클린턴 미국 대통령의 유감표명을 이끌어내고 한국정부에서도 법으로 제정하여 노근리 평화공원 건설에까지 이르게 되었다.

그 해 여름 한국전쟁이 일어난 지 60년이 되었다(집필 당시). 그 때 황간 역사도 폭격을 맞아 불탔지만 어디 이 작은 정거장뿐인가. 노근리 다리뿐인가. 낙동강 다리 폭파사건 등으로 얼마나 많은 피난민이 희생되었는가. 6.25전쟁으로 얼마나 많은 사람이 죽었는가. 통계가 맞는지 모르지만 남한 230만 북한 290만 유엔군 15만 중국군 90만으로 추정되고 있다.

3년 1개월만에 휴전을 하였지만 전쟁은 아직 끝나지 않고 계속되고 있다. 언제 끝날지도 모른다. 지금 이 지구상에 동족끼리 60년을 두고 싸우는 나라가 어디 있는가. 세계 유일의 분단국인 우리나라뿐이다. 왜 무엇 때문에 그렇게 많은 목숨을 쏟아 부으며 싸워야 하는가. 답답하기만 하다.

노근리사건을 다룬 최초의 영화 「작은 연못」이 만들어져 개봉되었다. 지난번 영동문화원에서는 현지 시사회를 가졌다. 정구복 군수 정원용 문화원장 등 현지의 기관장들도 참석했지만 눈이 빠진 양해숙씨 코가 주저앉은 정구학씨 외의 많은 후유장애자 희생자 유족들이 대문바윗골로 형상화된 그 때의 사건들을 보며 눈물을 흘렸다. 영화의 마지막에 나오는 자막에 이 영화가 전달하려는 메시지가 담겨 있다. '미군이 민간인 500여 명에게 12만 개의 총알을 퍼부었다.' 더 설명이 필요한가.

미국은 우리에게 무엇인가. 전작권 이양을 미루고 있는 현실과 함께 생각하게 한다. 세계적인 흥행에 성공한 「아바타」를 물리치고 「허트 로커」가 이번 아카데미 작품상을 받았다. 이라크전쟁에서 미군 폭발물제거 팀의 목숨을 건 활동을 다룬 영화다. 돈만이 가치 있는 것이 아니다.

기차를 타고 경부선의 한 가운데 노근리를 무심히 지나지 말고 그 때 그 생지옥의 단말마를 기억하여야 할 것이다.

2

소설 「전쟁과 평화」를 두고 평화시는 전쟁을 준비하고 전쟁시는 평화를 갈망하고 있다고 말하기도 한다. 한국전쟁의 명분은 무엇인지 알 수가 없다. 전쟁을 왜 하였는가. 아직 역사에게 묻기는 이른지 모른다.

모든 일이 그렇듯이 전쟁에도 논리가 있다. 한국전쟁의 논리는 무엇인가. 일제 36년간의 질곡에서 해방이 되었다. 식민지 백성에서 제 나라 주인이 된 것이다. 그러나 그것은 환상일 뿐 해방과 동시에 분단의 운명을 걸머지게 된 것이다. 북에는 소련군이 들어오고 남에는 미국군이 들어왔다. 일본을 꿇어앉힘으로써 2차세계대전을 끝낸 미국과 소련은 일본에게서 풀려난 한국 조선을 둘로 갈라놓고 말았다.

한국전쟁을 다룬 소설 「순교자」를 써서 화제가 된 김은국의 일제 창씨개명 제재의 소설 「빼앗긴 이름」에서 해방을 양대국이 빵을 둘로 갈라서 준 것으로 비유하고 있다. 우리는 해방을 쟁취한 것이 아니고 선물을 받은 것이고 그 빵은 눈물 젖은 빵이 된 것이다. 눈물이 아니고 피를 많이 흘렸고 우리 금수강산은 온통 피범벅이 되었던 것이다.

소련 탱크를 밀고 내려온 김일성은 며칠 안에 남한을 싹 쓸어버리고 공산 통일을 하려 한 것이다. 민족이고 공산주의고 그런 것은 어찌 되었건 정권을 거머쥐려고 한 것이다. 그러나 세계는 그런 야욕을 채워줄 수가 없었다. 다른 이야기지만 미국은 한국전쟁을 계기로 세계 최강대국이 되었으며 패전국인 일본은 6.25로 경제부흥을 가져오는 괴상한 결과를 초래하였다.

우리는 남북을 막론하고 전국토가 폐허로 변하였고, 남북의 인명과 유엔군 중공군의 목숨을 쏟아 부은 것만 630만(추정)이다. 엄청난 전쟁 사상자 외에도 보도연맹학살사건 같은 집단적 민간인 학살이 저질러졌다. 이러한 인적 물적 손해뿐 아니라 민족 내부의 불신과 적대감으로 인해 상대방을 증오하고 정치 사회 문화 등 모든 면에 걸쳐 이질화되고 분단이 고착화되었다. 남북한의 적대감정과 이질화현상은 평화통일의 분위기를 가로막는 장애가 되는 것은 말할 것도 없다.

분단과 동시에 통일을 갈망하였지만 아직 아무런 기미가 보이지 않고 점점 멀어만 가고 있는 것 같다. 천안함 사건은 무엇인가. 북은 이번에도 부인하고 있지만 계속적인 도발 행위를 인정한 것이 없다. 115명의 고귀한 인명을 죽음으로 이끈 KAL기 폭파 사건, 미얀마 아웅산 폭파 사건, 상어급 잠수함을 이용한 강릉 무장공비 침투 사건, 최근에는 우리 해군 6명이 전사한 연평해전을 도발하기도 했고 이 밖에도 여수 반잠수정 침투 사건 속초 잠수함 좌초 사건 등 60년 동안 북한이 정전협정을 위반한 사례는 40만 건이 넘는다. 하지만 이러한 도발을 하나같이 부인하면서 남측의 조작극이라고 주장해왔다. 아직도 남침이 아니고 북침이라고 떼를 쓰고 있다.

북이 솔직하게 인정할 수 없는 사정은 뻔하다. 우리가 그것을 이해할 수도 있다. 핵무기를 가지고자 하고 세습을 하고자 하는 것도 마찬가지다. 그러나 이제 60년(집필 당시)이나 끌어온 이 전쟁을 끝낼 생각을 해야 된다. 6.25한국전쟁의 출구전략을 찾아야 된다. 그것을 미국이나 러시아 또는 중국이 찾아주길 기다려서는 다시 60년을 기다려도 안 된다. 우리가 답을 찾아내야 한다. 그 답을 우리를 아직 내놓지 못하고 있는 것이다. 노벨평화상만 받았지 정작 평화는 반 푼 어치도 이룬 것이 없다.

3

6월 25일 바로 그 전쟁이 일어난 날이다. 아 어찌 우리 잊으랴, 잊을 수가 없는 날이다. 잊어서는 안 된다. 아마 우리뿐이 아니고 전쟁을 일으킨 북한에서도 이날을 어찌 잊을 수가 있겠는가. 우리 모두 기억해야 할 것이다. 그리고 모두 전쟁의 의미를 되새겨보고 하루 속히 이 전쟁에서 벗어나도록 뜻을 모아야 할 것이다. 아직 이 전쟁은 끝나지 않고 있기 때문이다.

북한은 60년(집필 당시)이 지난 지금까지도 왜 이 전쟁을 일으켰는지 말하지 않고 있다. 아예 전쟁을 일으킨 자체를 부인하고 있다. 한번도 그들이 전쟁을 일으켜 남북을 초토화시키고 피아간 수백만 인명을 쏟아부은 이 전쟁에 대한 사죄는 커녕 인정조차도 하지 않고 있다.

세계대전보다도 크고 아픈 전쟁이었다. 세계 16개국의 젊은이들이 피를 흘리고 목숨을 바쳤다. 지지난 해(집필 당시) 국제펜클럽 세계대회에 한국대표로 참석차 콜롬비아에를 갔었다. 잠깐 틈을 내어 한국전

참전 군인을 찾아보았다. 아직 살아 있는 노병 용사들이 더러 있었다. 필자는 점심을 사고 위스키를 한 병 사며 60년 전의 회고담을 들을 수가 있었다. 무엇보다도 200명의 17, 8세된 젊은이들이 와서 싸우다 죽었다.

한 번 생각해 보라. 그들이 정말 우리와 무슨 상관이 있었던가. 남미 콜롬비아는 아무데서나 손만 들면 털털거리는 버스가 서고, 고물 자동차들이 마구 질주하는 큰 길을 횡단보도 같은 것은 무시하고 무질서하게 건너다녔고, 정부는 마약 퇴치에 골머리를 앓고 있었다. 거기에 비하면 우리 나라는 선진국 중의 선진국이었다. 그런데 그 나라의 젊은이들이 여기 우리 나라에 와서 피를 흘리고 목숨을 바쳤던 것을 생각하면 눈물이 나기 전에 부끄러웠다. 우리 민족이 참으로 부끄럽게 생각을 해야 할 나라가 한 둘이 아니다. 각 나라에서 노병들이 죽기 전에 그 전장을 둘러보며 사선死線의 추억을 되살리고 있다.

며칠 전 남침에 대한 기사가 도하 신문에 보도가 되었다. 어떤 신문에는 톱기사로 다루었다. 6.25한국전쟁이 남침이라는 것을 확인한 것이다. 다 알고는 있는 사실이지만 아무도 확실한 증거를 내놓지 못한 것이었다. 심증만 있고 물증이 없었던 것이다. 당사자들은 죽어도 입을 열지 않았고 오히려 북침이라고 우겨대고 있었다.

한국전쟁은 한반도에 친소련 정권을 심고자 했던 스탈린과 통일을 원했던 김일성에 의해 일어났다고 중국 관영 매체인 환구시보가 보도했다는 것이다.

중국 공산당 기관지 인민일보의 자매지인 이 신문의 영문판 글로벌타임스는 6월 17일 화동사범대 심지화沈志華 교수의 말을 인용해 이같이 보도했다. 심 교수는 구 소련이 무너진 이후 공개된 비밀문서를 토대로 한국전쟁 발생 원인을 연구해온 냉전시대 국제사 전문학자이다. 그는 이 신문과의 인터뷰에서 미국과의 관계 악화를 막기 위해 김일성의 지속적인 남침 승인 요청을 거부해오던 스탈린이 1950년 1월 말 돌연 마음을 바꿨고 그해 4월 남침 계획을 승인했다고 밝혔다.

심 교수는 김일성과 스탈린이 주고 받은 말과 모택동이 북한을 지원하기까지의 과정 그리고 스탈린이 입장을 바꾸게 된 계산을 설명하고 있다. 심 교수는 중국 학자적인 입장을 생각하면서 남침 사실을 우리는 다른 나라 그것도 우리를 침공했던 나라 학자에 의한 60년만의 확인을 하게 된다.

끝으로 한 가지 어려운 주문을 하며 글을 맺는다. 우리 이제 힘을 합하자. 정쟁을 한 때는 하더라도 우리 국가와 민족을 위한 일을 당할 때에는 주먹도 같이 쥐고 눈물도 같이 흘리자. 북한에게도 민족의 이름으로 주문을 한다. 이제 전쟁을 그칠 때가 되었다. 같이 얼싸안고 춤을 출 때가 되었다. 남북의 축구 선수가 같이 힘을 합하여 경기를 벌인다면 우리는 세계제패를 할 수 있는 실력이라는 것을 생각해본다.

제2부

그해 여름 영동

1

그해 여름 1950년 7월, 그대는 그때 어디에 있었는가. 그리고 무얼 하고 있었는가.

남에 있는 사람도 있고 북에 있는 사람도 있었다. 여기 충북 영동군 황간면 노근리 굴다리 앞을 지나 피난을 가던 사람도 있고 총을 겨눈 사람도 있고 총 맞아 죽은 사람도 있다. 강을 건넌 사람도 있고 다리가 끊어져 되돌아온 사람도 있고 가다가 죽은 사람도 있고 오다가 죽은 사람도 있고 구사일생 천우신조天佑神助로 살아남은 사람도 있다. 산 사람이 더 많을지도 모른다. 그리고 아직 태어나지 않았던 사람도 있고 뱃속에 들어 있던 사람도 있고…

그때 그는 열세 살 소년이었다. 매곡국민학교-초등학교로 바뀌었던 가를 졸업하고 황간중학교에 입학을 하였으나 형편이 안 되니 1년만 쉬라고 하여 아버지가 운영하던 정미소에서 어정거리고 있다가 전쟁을 만났다. 그리고 뒷길로 걸어서 남쪽으로 피난을 가다가 낙동강이 끊어져 되돌아왔다. 올 때는 앞길로 왔는데 국군과 미군 인민군의 시체를 밟고 왔다. 돌아오니 집도 불타고 정미소도 불타고 없었다.

그에게 한국전쟁의 기억이란 그런 것이었다. 그리고 그때부터 마을을 떠나 줄곧 떠돌아다니었다. 그의 17번인 '타향살이'를 부를 때, 고향 떠난 10여년에를 20여년에 30여년에 하고 가사를 바꾸어 불렀었는데 50년도 넘고 부르지도 않는다.

1950년 7월 26일 그리고 29일까지 사나흘 동안 노근리 철길 위에서와 쌍굴다리 아래서는 아이를 낳다 죽은 사람도 있고 방금 낳은 아이가 죽기도 하고 아이를 버리고 탈출하기도 하고 그러다 뒤통수를 맞고 쓰러지기도 하고 머리통이 굴르고 배가 터져 창자가 나오기도 하고 코가 달아나기도 하고 눈이 빠지지기도 하고 허벅지가 떨어져나가기도 하고 소가 직사하기도 하고 총알과 파편은 쉴새 없이 날아왔다. 포탄이 터지고 기관총이 겨눠졌다. 시체가 쌓이고 피가 솟구쳤다.

쾅, 탕탕… 쾅, 피웅 피웅… 탕탕탕… 쾅쾅…

공중에서는 비행기가 폭격을 하고 기총소사를 해대고 지상에서는 기관포와 소총으로 정조준을 하여 확인사살을 하였다. 흰옷 입은 마을 사람들 근동 사람들을 향해서였다. 아비규환阿鼻叫喚이었다. 생지옥이었다.

"아이고 아이고 나 죽네!"

"어이구 이 나쁜 놈들! 죽일 놈들!"

"사람 살려! 사람 죽네!"

"하느님 맙소사!"

아버지가 죽고 아내가 죽고 아들이 죽고 딸이 죽고 누나가 죽고 어머니가 죽고 할머니가 쓰러지고 손자가 자빠지고… 총을 맞고 폭격을 당한 것이다.

노근리를 영어로 No Gun Ri라고 쓴다. 총이 없는 마을이다. 참 마을 이름을 잘도 지었다. 한자로는 老斤里 또는 老隱里라고 하는데 어쩌면 거꾸로 그렇게 잘 들어맞는단 말인가. 늙을 노, 쭈그러질 노, 도끼 근, 날 근, 숨을 은… 글자 풀이 각설이타령을 하자는 것이 아니었다. 너무도 어처구니가 없고 너무도 숙명적인 이름의 굴레를 절감하는 것이다.

사람들은 다급하면 하늘을 쳐다본다. 하느님을 찾고 하늘을 원망하기도 하고 구원을 요청하기도 한다. 천우신조라고 말했지만 하늘이 돕고 신이 돕는다는 뜻이다. 지신이 있다. 땅을 맡아 다스리는 신령이다. 지신밟기는 지신을 위하여 음식을 차리고 농악을 치며 탈을 쓰고 마을

을 도는 행사이다. 우리 고유의 신앙이다. 그러면 그 때 하늘은 무엇을
하고 땅은 무엇을 하였는가. 천신 지신 하느님 하나님 부처님은 무엇
을 하였는가. 그 때 당신은 어디서 무엇을 하고 계셨는가. 아니 계셨습
니까요.

그는 우선 그렇게 따지고 싶었다. 이 사람 저 사람에게 따져보고 싶
었고 어떤 절대적인 존재에게 항의하고 싶은 것이었다. 어쩌면 자신에
게 하고 싶은 몸짓이었는지 몰랐다. 자신에게…… 너는 무엇을 하였느
냐고. 아니 무엇을 하고 있느냐고.

싯줄이나 쓴다고 해야 자기 자랑만 늘어놓는 것이었고 신문사 잡지
사 출판사 기자다 부장이다 하였지만 호구지책에 불과하였다. 내세울
것이 있다면 촌지를 안 받았고 술을 얻어먹지 않은 것이라고 할까, 그
것도 완벽하지는 못하였다. 그러나 그것도 인간적인 것이 아니냐고 자
위하기도 한다. 그래서 퇴직을 한 지가 여러 해 지났는데도 이기자라
고 부르는 것에 친근감이 갔다. 이부장 이사백 이시백 하는 호칭보다
말이다.

낙향이라고 할까, 물론 금의환향은 아니고, 돈 떨어지고 줄 떨어지
고 찌들대로 찌들어 귀향을 하여 6.25 때 불탄 옛 집터에 흙집을 짓고
대들보에다가는 도연명의 「귀거래사」를 몇 줄 써놓고 바라보며 살
고 있다.

그런데 노근리 들판을 지날 때마다 그리고 무궁화호를 타고 황간역
에 내릴려고 나오다가 노근리 쌍굴다리를 지날 때마다 낮도깨비에 홀
리곤 한다. 시는, 부귀는 내가 원하는 바가 아니요 제향帝鄕은 바랄 수
도 없는 일… 그렇게 쓰면 되는 것이고 또 그렇게 살면 되는 것이지만
그의 마음 속에 자리잡고 있는 기자정신이라고 할까 이상한 객기가 솟
는 것을 느끼었다. 시정신인지도 모른다. 어떻게 그렇게 말로만 생각
으로만 때우려고 하느냐. 네가 비 안 맞고 밥 굶지 않고 사니까 남 한

데서 울고 있는 사정은 몰라라 하고 있느냐. 요 깔고 베개 베고 편안히 잠자니까 남 악몽에 시달리고 가위에 눌리는 것은 모르느냐. 누가 있어 자꾸만 그렇게 묻고 있는 것이었다. 항의하고 있는 것이었다. 그래서 우선 그 죽음의 들판에 지신밟기를 하든지 위령제를 지내든지 그래서 촛불이라도 밝히고 술이라도 한잔 부어놓고 곡이라도 하고 그럴 수도 있지만 나보다 더 아픈 가슴을 위하여 서러운 넋을 위하여 그가 할수 있는 다른 일이 있을 것 같았다. 그가 평생 해온 것이 있지 않은가. 주특기라고 할까, 배운 도둑질 말이다.

그는 청산리 전투의 두 주역 김좌진과 홍범도의 전적지 취재를 한적이 있었다. 백두산 너머 청산리 백운평 골짜기 봉오동 골짜기의 서러운 혼들을 잠재우는 지신밟기와 함께한 현장답사였다. 항일민족유적지를 찾아 자전거로 중국전역을 순례하다 쓰러진 연변사회과학연구소 연구원 강용권과 같이였다. 두 인물에 대한 남북의 엇갈린 시각의 현실을 밝히고자 하였다. 또 오지 순례를 하여 차로 들어갈 수 없는 전국의 오지 벽촌을 2년 동안 답사취재한 적이 있었다. 섬에도 가고 적접지구도 가고. 걸어서 다녀야 했다. 호랑이를 잡았다는 사람도 만났다. 투박한 중고 카메라로 사진도 직접 찍어가면서였다. 참으로 힘든 취재였다. 그해 무슨 상을 받았었다.

신에게 따져 보는 것은 무의미한 일인지 모른다. 무책임한 일인지도 모른다. 그러면……

좌우간 무엇이 되었든 술만 먹고 있어서는 안 될 것 같았다. 무언가 하여야 될 것 같았다. 그냥 있어서는 안 될 것 같았다.

그러면 무엇을 할까. 어디서부터 시작할까. 먼 데서부터 시작하는 것도 방법이었다. 미국으로 갈까. 콜럼비아로 갈까. 어디가 됐든 준비가 필요했다. 돈도 필요했고 시간도 필요했고 계획도 필요했다. 아무것도 준비된 것은 없었다. 시간이야 있다고 하지만 그래도 준비는 있어야 했다. 사람이란 하고 싶은 것을 하는 것이 아니라 할 수 있는 것을 하는 것이다. 그에게 시정신詩精神을 불어넣어준 야돈野豚 선생의 말이다. 시는 시시하고 소설은 소소하고… 하지만 시 한 줄이 시대를 밝힌다고 하였다. 그러나 그 한 줄을 아직 못 썼다고 했다. 그도 물론 그랬다.

"자네가 이제야 정신이 드는 모양이네 그래. 그러나 너무 서둘지는 말게. 의지가 중요한 것 아니겠나?"

선생은 허공중에서 히히히히 그 특유의 웃음을 웃으며 하늘가로 사라진다.

성묘를 가지 않은지 오래되었다. 무슨 계시 같았다.

정말 그랬다. 그래 무엇부터이든 시작을 하는 것이다.

하늘, 우선 하늘에게 묻는 것이다. 그때 하늘에서 공중 포격을 해댈 때 하늘에 계신 하느님은 무엇을 하고 있었는지 물어보는 것이다.

너무 거창한가. 무모한가. 좌우간 하느님이란 누구인가. 그런 분이 정말 있기는 한 것인가. 하느님이란 인간을 초월한 위력자이며 절대자라고 한다. 무소부재의 신이다. 명명한 가운데 존재하며 우주를 창조하고 인간을 창조하고 주재하며 불가사의한 능력을 가지고 있어 사람에게 화와 복을 내린다. 기독교에서는 하나님 천도교에서는 한울님 대종교에서는 한얼님이라고 한다. 도교에서는 옥황상제라고 하던가. 제석은 무당의 신이며 천제는 하늘을 다스리는 신이다. 상제도 하느님이다.

그는 신들의 존재에 대하여 솔직히 잘 모른다. 부인하는 것도 아니고 긍정하는 것도 아니었다. 긍정도 부정도 하지 않는 대답이 있다. 그것도 법적으로 또는 외교적으로 중요한 의미를 가질 때가 있다. 그의 입장도 그런 것인지 모른다. 우선 그 존재가 믿어지지 않는 것은 어쩔 수가 없는 것이고 도저히 믿어지지 않고 확신이 없는데도 부인하지 못하는 것은 거기에 대처할 아무런 자신이 없기 때문이었다. 어느날 갑자기 저승사자를 만났을 때 그는 아무런 대책이 없었던 것이다. 속수무책으로 끌려갈 수밖에 없는 상황에서 그저 좋게 좋게 모든 것을 유리그릇 다루듯이 살얼음 위를 걷듯이 조심스레 살아왔던 것이다. 따질 것은 따지고 대들 것은 대들어야 했다. 그는 퇴직을 하고부터 그것을 깨달았다고 할까 알았던 것이다. 그것을 조금씩 행동으로 옮기기도 했다. 이번에 뭘 해보자는 것도 그런 것이었다. 강자에게 따져야 하는 것이었다. 이기고 지는 문제가 아니라 인정할 것은 서로 인정을 하자는 것이었다.

그는 좌우간 신에게 따져보고 싶은 생각이 들었다. 꼭 이번 사건이 아니라고 해도 신의 존재를 확인하고 싶었던 것이다. 신의 부존재 또는 무능력을 확인하고 싶은 것이었는지도 몰랐다. 무엄하게도, 아니 너무나 자연스럽고 당연한 일인지도 모른다.

그는 야돈 선생이 사라진 오후의 하늘가를 시간 가는 줄 모르고 쳐다보고 있었다. 그의 집 남쪽 창은 건천산乾天山을 면하고 있었다. 직지사가 자리잡고 있는 1,111미터의 황악산 정상에서 능선을 새로 틀고 있는데 곤천산坤天山 천덕산天德山 千德山이라고도 하였다. 가끔 그는 그 산과 대화를 하였다. 가까이 지나는 오하梧下 사백이 최근 「면산담화面山談話」라는 시집을 내어 보내왔었다. 능선에 걸린 해는 황혼을 재촉하지만 뻐꾸기 산까치와 함께 젊게 사는 법을 나무에게 배운다고 하였다. 어떻든 이날은 그 산의 이름이 유심히 느껴졌다. 건천은 하늘이며 곤천은 땅과 하늘이다. 땅과 하늘이 닿은 산이란 것인가, 하늘이 땅에 닿은 산이란 말인가. 좌우간 하늘산이었다. 몇 번 그리로 해서 황악산으로 산행을 한 적이 있었다.

"아하!"

바로 그것이었다. 거기 올라 면천담화를 하리라.

그는 내일 아침에나 언제 좋은 날을 잡아 천천히 가도 될 것을 서둘러 건천산으로 향하였다. 천덕행 버스가 있었다. 괘방령을 넘기 전에 어디(어촌리) 마을 앞으로 해서 올라가는 길이 있었다.

뭐가 그리 급했던지 한번 쉬지도 않고 헐떡헐떡 별로 다니지도 않는 산길을 걸어 곤천산 정상에 다다랐다. 시정무한, 일망무제로 서남북이 확 트이고 모든 세상이 그의 발 아래로 보인다. 그야말로 땅과 하늘이 맞닿아 있는 곳이었다. 아아! 바로 여기였다. 여기면 될 것 같았다. 그는 거기 제일 꼭대기, 정상 중에서도 조금이라도 더 높은 바위 위에 올라가 두 팔을 벌리고 하늘을 우러러 보았다. 마치 목사가 설교를 마치고 축도를 하는 포옴이었다.

"하늘이여! 땅이여!"

한점 부끄럼 없는 아니 그런 건 어떻게 되었든 구름 한 점 없는 푸른 하늘이다. 서녘 하늘가로 붉은 노을이 배어 오고 있었다.

"하느님! 하나님! 한울님! 한얼님!"

그는 진언을 하듯이 하느님의 이름들을 주어섬기었다. 상제님! 천제님! 제석님!⋯⋯

얼마를 그러고 있자 산신령 같이 허연 수염을 길게 늘인 어쩌면 단군할아버지 초상 같은 그림이 하늘 가운데에 걸리는 것이었다.

"지금 뭘 하고 있는 건가?"

그림은 아니 할아버지라고 할까 아니 신이라고 할까 하느님이라고 할까 아니 좌우간 하느님은 입을 열었다. 그의 일거수일투족을 가소롭다는 듯이 아니 지금 장난을 치고 있느냐고 묻고 있는 것 같았다.

그는 한없이 위축되어 올린 팔을 내리었다. 그리고 사죄하는 자세로 손바닥을 모으고 말하였다.

"죄송합니다. 저는 다만 당신을 만나고 싶었을 뿐입니다."

"그런가? 자넨 누군가?"

"저를 모르십니까?"

"관등성명을 대야지."

"아, 네에. 저는 저 아래 마을에 사는 이……"

"그런데 왜 나를 만나려 하는가?"

"신 아니 하느님은 맞으십니까?"

"왜 아닌 것 같은가?"

"신이시라면 그 모든 것을 다 알고 계시는 것 아닙니까?"

"그것을 따지러 온 것인가?"

"아 아닙니다…"

"어떤 무슨 신을 얘기하는지 모르겠네만 이 세상에 신은 무수히 많이 있네. 그것은 여럿일 수도 있고 하나일 수도 있지. 선택은 사람들이 하는 것이고. 그러나 어느 신이든 무슨 신이든 신은 하늘이네. 하늘이 아니면 하느님이 아니지."

"하나님도…"

"애해 참!"

"네에. 잘 알겠습니다."

그는 고개를 끄덕끄덕하였다. 하늘은 정의이고 선이고 진리이며 하느님은 그 절대적인 수행자라는 말로 들리었다. 아주 평범한 말 같기도 하고 만고 진리 같기도 하였다. 어떻든 하늘 하느님과의 대화가 이루어지고 있음을 느끼었다. 뜻이 이루어지는 것 같았다. 그래서 그는 이것 저것 따지지 않고 단도직입적으로 물었다.

"그때 당신은 어디에 계셨습니까?"

"나야 늘 그 자리에 있지."

"하나님 우편에 앉아계셨습니까?"

"간족거리지 말고, 알고 싶은 것이 무엇인가?"

대화가 정말 잘 되고 있는 것 같았다. 취재를 할 때 처음부터 얘기가 되는 것이 아니었다. 그래서 한참 이 얘기 저 얘기 하다가 분위기가 무르익을 때 마이크를 들이대는 것이었다. 바로 그런 찬스인 것 같았다.

"그때 무얼 하고 계셨습니까? 그렇게 무고한 농민들, 노약자, 어린이 여자 노인들을 도살하고 있을 때 당신은 그저 보고만 계셨습니까? 불꽃 같은 눈으로 감찰만 하고 계셨습니까?"

그는 흥분하기 시작했다.

"성경을 띄엄 띄엄 읽는 모양인데 어떻든, 아아! 그때 마음이 아팠네."

"그것으로 끝입니까? 당신의 임무란 무엇입니까?"

"죄 지은 자들을 벌주고 있네. 그것을 모르고 있지는 않겠지?"

"그러면 그들에게 벌을 주었습니까?"

"그것은 염려 말게. 적당한 때에 응분의 징벌을 하고 있으니까."

"지옥에도 보내고 말입니까?"

"그것을 못 믿는가?"

"좋습니다. 그런데 벌을 주는 것도 좋지만 그런 천인공노할 만행이 일어나지 말게 해야 되는 것 아닙니까? 죄를 짓지 말게 해야지 사람을 다 죽여 생지옥을 만들어 놓게 하고 벌만 주면 뭘 하는 겁니까? 신은 하느님은 죄 짓기를 기다려 벌만 주는 존재입니까? 양민들을 철길 위에 올려놓고 폭격을 하고 굴 속에 가두어놓고 모두 다 죽이고 있는데도 그냥 보고만 있다가 징벌만 하시겠다는 겁니까? 그것을 말릴 수는 없었던 겁니까? 그런 겁니까? 신은 그런 존재입니까? 하느님은 그까지 입니까? 그것이 다입니까?"

"세상이 점점 흉악해지고 있네."

"지금 얘기가 아니고 6. 25 때 얘깁니다."

"알고 있네."

"알고만 계시면 뭘 합니까?"

"모두가 최선을 다해야지."

"네에? 하느님 맞습니까?"

"난 가겠네. 날이 저물었으니 조심해서 내려가게."

어느 사이 온 하늘이 뻘겋게 물들어 있었다. 핏빛 하늘이었다. 그날처럼. 어둠이 묻어오고 있었다.

"아닙니다. 잘 못했습니다. 저는 여기서 밤을 새워도 좋습니다. 좀더 애기를 하면 안 되겠습니까?"

그러나 소용이 없었다. 불가항력이었다. 신, 좌우간 하느님은 말문을 닫고 점점 희미해지며 서서히 스러지고 있었다.

"그럼 다시 만나주시겠습니까?"

대답 대신 그의 말이 메아리가 되어 왔다.

2

1950년 7월 26일, 도저히 잊을 수가 없는 날이었다.

아! 이날을 어찌 잊을 수가 있으랴!

6월 25일 한국전쟁이 일어났다. 북한군이 3.8선을 넘어 서울 대전을 거쳐 한 달만인 7월 25일 영동까지 쳐내려왔다. 국군 미군 연합군은 각 전선에서 파죽지세로 밀려 뒷걸음질을 쳤다. 7월 20일 딘 소장이 이끄는 미 제24사단의 대전 방어선이 무너진 후 옥천 영동 황간 김천 노선의 방어를 미 제1기병사단의 제7기병연대 그리고 제 5기병연대 제8기병연대가 중심이 되어 담당하였다.

7월 23일에서 25일까지 영동지구 전투가 예상되면서 이 지역 주민들과 피난민들에 대한 소개명령이 내려졌다. 이미 그 때 사람들은 죽었거나 노령으로 기억도 희미한 이야기이다. 어두운 기억 저편에 아른거리는 일이다. 그래서 그 때의 상황은 생존자의 증언이나 당시의 기록에 의존할 수밖에 없는데 이 부분은 1999년 '노근리 사건'을 세계에 알린 AP통신이 입수한 미군공개문서 가운데 한국전쟁 당시 7월 27일자 제25사단장 통신명령문의 내용으로 소개명령이 하달되었음이 확인되고 있다. 또 그 때 전투에 참가한 군인과 주민, 다시 말하자면 가해자와 피해자의 증언으로 입증되고 있다. AP통신은 이 보도로 다음 해(2000년) 퓰리처상(탐사보도부문)을 받았다.

앞으로 전개되는 이야기는 모두 그런 기록과 증언에 따른 것이며 그런 자료를 계속 찾아 제시해 나갈 것이다.

23일 낮 12시 쯤 영동읍에서 황간 쪽으로 4킬로미터 떨어진 국도변의 주곡리에 미군과 한국 경찰이 나타나 소개령을 내렸다.

"빨리 마을을 떠나라."

지상명령이었다.

그들은 주민들을 거기서 남동쪽으로 들어가 위치한 산간 마을 임계리 주민들과 합쳐 그곳 뒷산으로 일단 이동시켰다. 그 속에는 타지역에서 이 마을로 피난 온 사람들도 상당 수 포함되어 있었다. 미군의 입장에서 볼 때 북한군 또는 좌파 계열이 위장하여 섞여 있을 수도 있는 피난민은 작전상 장애요인이 되었던 것이다. 그렇게 얘기하고 있다.

25일 해질 무렵 한 패의 미군들이 트럭을 타고 임계리로 다시 들어왔다. 그들은 동구 밖 느티나무 아래서 만난 마을 사람들에게 일본인 통역을 내세워 말하였다. 마을 사람들을 전부 집합시키라고 하였다. 그리고 곧 마을 앞으로 모인 주민들에게 빨리 짐을 싸가지고 그들을 따라오라고 하였다.

"우리가 후방 안전한 곳으로 피난길을 인도하겠다."

역시 어길 수 없는 명령이었다. 모두 대구 쪽으로 피난을 떠나라는 것이었다. 누구 하나 찍소리도 못하고 그들을 따라 나서야 했다.

500~600명의 주민들 피란민들은 강제로 이끌리어 주곡리로 나와 거기서 황간 방향으로 국도를 따라 밤길을 걸어 1.5킬로미터 떨어진 하가리 하천변 자갈밭에 이르렀다.

이 부분도 미 제5기병연대사 7월 26일자에 기록되어 있다.

26일 이른 새벽에 제5연대 예하 제2대대의 정찰망에 감지되어 제5연대장에게 이동사항이 보고되었고 이어서 '그들을 포위하라'는 명령이 하달된 것이다. 소달구지와 함께 주민들이 산에서 나와서 후방으로 향해 갔다. 아무도 무장하지 않았다. 그런 상황을 보고받은 연대장의 명령이었고 그 뒤의 기록은 없다. 육군사관학교 편 「한국전쟁사─낙동강 방어선으로의 철수」 대목에 7월 26일 여명 북괴 제9연대는 수백명의 선량한 피난민들을 횡대로 벌려 세우고 전차와 총검으로 위협하여 지뢰지대로 내몰아 지뢰를 폭파시키면서 접근하는 사상 유례 없는 잔인무도한 작전을 전개하였으나, 미 제5기병연대는 7월 28일까지 완강히 진지를 방어하였다고 쓰고 있다.

어느 것이 맞든 간에 조금 뒤에 벌어지게 되는 미군의 피난민에 대한 학살과 함께 영동 지역 전투에서 주민 피난민들이 무방비로 죽음의 구렁터이로 내몰리는 비극의 현장이었다.

밤에는 영동 시내가 불타고 있었다. 밤새도록 대포 소리가 들렸고 공중을 난무하는 불덩어리들로 영동의 하늘은 뻘겋게 물들어 있었다. 죽음의 불꽃놀이었다. 7월 26일 연합군이 다시 밀리면서 북한군의 미 제1기병사단 각 연대의 진지와 임무가 교체되는 시기였다. 23일부터 북한군 제2사단이 보은 방면을 공격하여 그 지역을 담당하고 있던 한국군을 지원하기 위해 일본에서 한국 전선으로 파병되어 온 미군들 중 제25보병사단 소속 제27연대의 예하부대와 서로 밀고 밀리는 공방전이 계속되었다. 제35연대 재1대대가 우측면으로 도착하여 지원하였지만 피아간의 진지 고지를 세 차례나 빼앗고 뺏기는 전투를 하다 김천 방면으로 후퇴하였다. 제5기병연대가 제1기병사단을 엄호하였고 제7기병연대가 동쪽으로 이동하여 제5연대의 임무를 계승하였다. 그러한 이동과정에서 제7연대의 예하 제2대대가 26일 오전 하가리에 있던 피난민 대열과 마주치게 되었던 것이다. 일본 요꼬하마를 출발 영일만에 상륙하여 3일 전 이곳에 도착한 660명의 병력이었다. 이들은 주곡리 북쪽 철로 너머 산 중턱에 진지를 구축하고 있었는데 한밤중에 동쪽으로 후퇴하여 서송원리와 노근리 철로변 일대에 배치되었고 제5, 8기병연대 병력이 노근리 쌍굴다리 주변에 배치되었으며 제1기병사단 본부와 그 예하 제5 7 8연대본부도 노근리 인근에 머물고 있었다.

각 일각 노근리 학살 만행의 짐승의 시간으로 다가가고 있었다.

주민과 피난민들은 하가리에서 땅바닥에 엎드린 채 밤을 지새었다.

"여기서 꼼짝 말고 있어야 한다."

미군들이 총을 들고 위협하였다. 말을 안 들으면 죽는 것이었다. 대열을 이탈하는 8살 14살 아이를 포함한 7명이 미군에게 사살되었다.

악몽과 같은 밤이 가고 날이 새었다. 그들을 감시하던 미군들은 보이지 않았다. 간밤과는 달리 조용한 아침 시간이 흘렀다. 이상하게 생각하였지만 모두들 그곳을 이탈하지 못하였다. 그 자리에 꼼짝없이 있으라는 명령 때문이었다. 얼마나 그렇게 잔 자리에 머물고 있다가 정신을 차리고 노숙지를 떠나 황간 쪽으로 출발하여 피난길에 올랐다. 어제 저녁부터 아무 것도 못 먹은 채였다. 더러는 마을로 되돌아가기도 했다. 운명의 갈림길이었다.

인솔자는 없었다. 참으로 이상하였다. 대부분 도로 위로 올라가 남쪽으로 걸어내려가고 있었다. 뜨거운 여름의 해가 떠올라 대지는 열기가 끓어올랐고 남부여대로 잔뜩 짐들을 지고 이고 아이들을 업고 안고 지게에 노인들을 지기도 하고 하여 땀이 철철 흘렀다. 목이 타고 배가 고팠다. 하천 바닥에서 노숙을 하고 다시 길을 걸어야 하는 피로가 겹치었다. 기진맥진이었다. 그러나 모두들 빠른 걸음으로 피난길을 재촉하였다.

그렇게 서송원리 앞을 지날 때였다. 미군 병사 4, 5명이 나타나 앞을 가로막고 사람들과 소를 철길 위로 끌고 올라갔다. 그리고 철길로 걸어가라고 하였다. 참으로 이상한 일의 연속이었다. 그러나 역시 꼼짝없이 따를 수밖에 없는 명령이었다. 흙길보다 철길은 더욱 뜨거웠다.

정오 쯤 노근리 쌍굴다리 가까이 이르렀을 때, 앞쪽에서 다시 몇 명의 미군이 나타났다.

"스톱!"

"스텐바이."

미군들은 가던 길을 정지시키고 피난민들의 소지품 검사를 하는 것이었다. 샅샅이 짐 수색을 하고 몸 수색을 하였다. 그러나 위험한 물건이나 의심이 갈만한 물건은 나오지 않았다.

소지품 검사가 끝나갈 때 미군 통신병이 어디론가 무전을 쳤다. 무슨 내용이었을까, 그 얼마 뒤에 정찰기 한 대가 피난민들이 몰려 있는 저공으로 몇 바퀴 돌고 갔다. 불길한 예감이 들었다. 미군들은 피난민들을 보내줄 생각을 하지 않고 있었다. 도대체 왜 이러는 것일까, 영문을 알 수 없었지만 답답한 대로 주저앉기도 하고 미숫가루 같은 것을 꺼내 요기를 하기도 하고 담배를 피우기도 하며 보내주기를 기다리고 있었다.

작열하는 태양 아래서 남자들은 웃통을 벗기도 하고 여자들은 가슴을 풀어젖히기도 하며 어떤 사람은 햇빛에 눈을 찡그리고 하늘을 쳐다보았다. 그 때였다. 남쪽 산너머로 두 대의 전투기가 날아오는 것이 보였다. 순간 피난민들을 가로막고 있던 미군들이 쏜살같이 달아났고 전투기는 노근리 상공 피난민들의 머리 위로 검은 물체를 떨어뜨리고 쌕쌕 쌕쌕 소리를 요란하게 내며 지나갔다. 그와 동시에였다. 비행기에서 떨어진 물체는 굉음을 토하며 폭발하였다.

쾅 쾅 콰광 쾅…

청천벽력이었다. 흙먼지와 검은 연기에 휩싸인 채 사람들과 짐승들이 찢겨져 날아다니고 이리 저리 마구 나동그라지고 있었다.

"아이고 아이고…"

"아이고 사람 죽네! 아이고 사람 살려!"

"어머이! 어머어이이!"

"아이고 하느님! 저 좀 살려주십시오. 하나님! 한얼님!"

비명과 아우성이 들끓고 산 사람과 죽은 사람의 몸뚱아리에서는 계속 피가 뿜어져 나와 철로와 침목 위에 선혈이 낭자했다. 철가치가 엿가락처럼 휘어 비틀어지기도 하고 여기 저기 구덩이가 파이기도 하고 그 속에 시체들이 굴러떨어지기도 하였다.

대체 이게 어떻게 된 일이란 말인가. 피난길을 안전하게 인도하겠다고 해놓고 죽음의 도가니로 몰아넣은 것이다. 도대체 왜 피난민들을 철길로 올라가게 하고 한 자리에 집합을 시켜놓았단 말인가.

아비규환 속에서 그런 것을 따질 여유도 없이 쌕쌕이들이 또 날아와 폭격을 하였고 기총소사를 해 대었다. 마구 기관총알이 퍼부어지고 불꽃을 일으키며 사람들의 목숨을 앗아갔다.

참 도무지 이게 어떻게 된 판인지, 개판인지 소판인지 알 수가 없었다. 짐승의 시간이었다. 어쨌거나 살아남은 사람들은 이 생지옥을 탈출해야 했다. 시체를 밟고 나동그라지고 엎어진 생사가 불분명한 사람들을 뛰어 넘어서 신작로로 내려왔다. 동서남북을 분간도 못하고 철길을 마구 뛰기도 했다. 갈피를 못 잡고 이리 뛰다 저리 뛰다 하기도 했다.

"아번님! 어머님! 구필아! 구희야!"

박선용(당시 24세)은 시아버지 시어머니 그리고 어린 아들과 딸의 이름을 불러대며 이리 저리 뛰었다.

경찰로 근무했던 남편 정은용(당시 27세)은 공산군에 당할 것을 염려하여 먼저 피난을 떠내 보내고 남은 가족들이 전부 이 피난민 대열에 끼었던 것인데 폭격으로 인하여 뿔뿔이 흩어진 것이었다. 집에서 몰고 온 황소는 목덜미에 직격탄을 맞고 직사하였다. 조금 뒤의 일이지만 다섯살배기 첫아들 구필 두살배기 첫딸 구희가 여기서 총을 맞아 죽었다. 맏동서 민영옥(당시 30세)과 조카딸 정순례(당시 2세) 조카 정구성(젖먹이)도 무참히 죽었다. 그리고 자신과 시어머니 박희문 조카딸 정정자 일꾼 김홍기는 부상을 입고 평생 고생을 하고 있다.

"어머이! 어머이!"

양해찬(당시 10세)은 할머니 아버지 어머니 누나 동생 그리고 고모

의 가족들이 함께 아카시아 나무 그늘 밑에서 서 있다가 폭격을 당했
다. 어머니는 쓰러진 채 비명을 지르고 누나는 왼쪽 눈이 빠져나와 있
었다.

"누야! 누야!"

"어머이 어머이, 내 눈좀 봐. 이걸 어떡해야?"

열세살인 누나가 떨어져 내리는 눈두덩을 피범벅이 된 손으로 움켜
쥐고 어머니에게 말했지만 어머니는 더욱 꼼짝을 못하였다. 배와 다
리에 피가 철철 흐르고 있었던 것이다.

살아서 움직일 수 있는 사람들은 철길 아래로 내려왔다. 모두들 혼
들이 다 빠져나고 정신을 차릴 수가 없는 대로 살 수 있는 방향을 찾
았다. 쌍굴다리 밑으로 들어가기도 하고 그 전의 철로 밑 작은 굴 속으
로 들어가기도 하고 신작로 밑으로 내려가기도 하고 좌우간 계속 뛰어
야 했다.

그러나 남쪽으로의 피난길은 다시 차단되었다. 미군들은 또 길을 막
고 이번에는 쌍굴 속으로 피난민들을 밀어넣는 것이었다. 작은 굴 속
에 숨은 사람들도 총을 쏘아대며 끌어내어 쌍굴 속으로 들여보냈다.

죽음의 터널이었다. 길이 23.7미터 폭 7.1미터 높이 10미터의 콘크리
트로 건조된 아치형 터널이다. 나란히 두 개가 붙어 있어 쌍굴이라고
하였다. 쌍굴다리라고도 하였다. 황간면 노근리와 우천리로 들어가는
길목이었다. 지금은 두 개의 터널 중에 북쪽은 사람과 차량의 통로로
남쪽은 수로로 사용하고 있지만 마을 뒤쪽으로 경부고속도로가 건설
되기 전인 당시에는 남쪽 터널에도 한편으로 붙어서 물이 조금 흐르고
있었는데 피난민들이 양쪽 터널 안으로 밀려들어가게 되었던 것이다.

굴다리 속은 파난민들로 뒤엉켜 입추의 여지가 없었다. 계속 사람들
을 밀어넣어 양쪽 입구까지 사람들로 꽉 들어찼다. 대부분 주곡리 임
계리 사람들이었다. 부상을 당하여 피를 흘리며 신음하는 사람도 있고

쓰러진 사람을 업고 왔지만 죽어가는 사람도 있었다. 죽은 사람도 있었다. 산 사람도 견딜 수가 없었다. 뙤약볕 대신 찜통이었다. 더워서도 견딜 수가 없었지만 도대체 왜 이렇게 가둬놓는지 답답해 죽을 지경이었다. 안전하게 피난길을 인도하겠다고 해놓고서 왜 가지도 오지도 못하게 하는가. 속이 부글부글 끓었다. 또 그것이 문제가 아니고 날벼락 같은 폭격에 가족들이 풍비백산이 되었는데 이렇게 발을 묶어놓고 꼼짝을 못하게 하니 피가 말라 죽을 지경이었다. 밖으로 나오는 사람들은 총으로 쏘아 죽이었다.

여기서 29일 북한군이 당도할 때까지 갇혀 있었던 것이다. 아니 다 죽어 나갔던 것이다.

오후 3시경이었다. 남쪽 터널 뒤로 300미터 거리의 산 중턱에서 사격을 해대었다. 피난민들을 향해서였다. 도대체 이게 말이 되는가. 이게 도대체 짐승인가 사람인가.

사람들이 픽픽 쓰러졌다. 여기 저기서 단말마의 비명이 터졌다.

"아이구!"

"어이구!"

"아아아아…"

"하느님! 하나님!"

사격은 계속되었다. 그리고 그것도 모자라서 100미터 지점에 기관총을 설치하고 기총소사를 해대었다. 굴다리 양편에서 마치 사냥을 하듯이 총을 쏘아대었다.

처음에는 쌍굴다리 양쪽 입구에서 바람을 쐬던 사람들 바깥쪽으로 앉아있던 사람들이 사살되었다. 남쪽 터널 입구에서 흘러내리는 물을 마시던 사람들도 사살되었다. 그러나 이것은 서곡에 불과했다. 만 3일 동안 밤낮 없이 터널 속 피난민들을 향한 사격은 계속 되었다. 미 제7 기갑연대 소속 군인들이었다.

일시 총성이 멎고 미군 위생병들이 터널 속으로 다가왔다. 병 주고 약 주는 것이었다. 이 때 주곡리 마을 어른들은 연희대학교 사학과 2학년 학생인 같은 마을 정구일(당시 23세)에게 영문을 물어보고 남쪽으로 보내달라고 사정을 해보라고 하였다.

정구일은 용기를 내어 미군에게 호소하였다.

"왜 우리를 쏘느냐? 우리는 공산주의자가 아니고 그냥 마을에서 농사 짓는 사람들이다. 아무 죄 없는 우리를 죽이지 말고 남쪽으로 피난을 보내달라."

용기도 대단했지만 영어를 할 수 있는 사람이 굴 속이고 굴 밖이고 없었던 것이다. 전부 시골 농민들이었다.

"피난민이라도 의심나는 사람은 모두 죽이라는 상부의 명령을 받았다."

미군은 총을 든 채 그렇게 말했다. 참으로 어렵게 던진 필사적 물음에 대하여 너무나 쉽게 간단히 대답하는 것이었다. 참으로 어처구니가 없었다. 짐까지 다 뒤져보지 않았는가. 도대체 무엇이 의심스럽단 말인가.

"아니 우리는 총도 가지지 않았고 칼 한 자루도 가지고 있지 않은 사람들인데 왜 무엇이 의심스러워 죽이는가? 그러지 말고 제발 우리를 보내달라."

다시 사정을 하였지만 미군들은 이번에는 대답도 하지 않고 가버렸다.

국민학교 교사인 정구일의 여동생 정구옥(당시 20세)도 미군의 팔과 다리를 잡다시피하며 애원하였지만 미군은 냉랭하게 뿌리치고 가버렸다. 그녀는 얼마 후 그 자리에서 총을 맞아 죽었다. 어머니 이순금(당시 52세) 언니 정구연(당시 27세)도 죽었다.

말이 통하지 않았다. 말도 안 되는 이유로 가둬놓고 계속 사람을 죽였다.

"총알이 성난 벌떼처럼 날아다녔어요. 총알이 벽에 부딪치는 것이 콩볶듯 했어요."

양해숙은 그때 잃은 한쪽 눈을 썸벅거리며 몸서리치는 악몽을 기억했다.

굴 양쪽에서 기관총 사격을 해대었고 총알은 사람들의 머리와 배 팔 다리를 관통하거나 옆으로 스치고 불똥을 튀기며 벽에 박히거나 콘크 리트 조각과 함께 날아다녔다. 양쪽 터널에 그 총탄이 무수히 박혀 있으며 그 자욱이 아직도 뚜렷하게 남아 있다. 미군들은 총을 쏘기 전에 예광탄을 쏘기도 했다. 거기에 맞아 죽기도 했다. 총알이 날아올 때마다 이리 피하고 저리 피하고 하였다. 앞쪽에서 총알이 날아오면 뒤쪽으로 피하고 뒤쪽에서 날아오면 앞쪽으로 피하고 시체를 넘어다니며 이리 쏠리고 저리 쏠리고 하였지만 시체는 자꾸 늘어났다. 공포와 비명과 절명의 연속이었다. 총탄을 피해 시체 속으로 파고 들기도 하고 시체로 방벽을 쌓고 그 안쪽으로 들어누어 죽은 척하기도 했다. 생지옥이었다. 아비규환은 철길 위에서 굴 속으로 옮겨왔을 뿐이다.

양해숙의 할머니 이자선(당시 86세) 어머니 이순이(당시 36세) 오빠 양해영(당시 16세) 남동생 양해용(당시 1세) 큰 고모 양계순(당시 42세) 큰 고모의 며느리 민은순(당시 21세) 고종사촌 동생 정현목(당시 2세) 작은 고모 양말순(당시 38세, 임신중) 작은 고모부 박내용(당시 41세) 고종사촌 박상자(당시 11세) 박화순(당시 3세)은 여기서 다 죽었다.

지상에서 기관총을 쏘기만 하는 것이 이니었다. 비행기가 굴 속으로 기총소사를 해대기도 했다. 포탄을 떨어뜨리기도 했다. 밤낮으로 끔찍한 폭발이 이어졌다.

"굴이 무너져 덮치지 않을까?"

"굴을 무너뜨려 우리를 다 죽이려 하는 것이 아닌가?"

주곡리의 정구헌(당시 17세)과 사촌동생인 구홍은 그런 생각을 하였다고 했다.

모두 죽이려고 작정을 한 것이다.

죽을 각오를 하고 필사의 탈출을 하지 않으면 죽는 수밖에 없었다. 이래 죽으나 저래 죽으나 마찬가지이기도 했다. 밤을 이용해 10여명의 남자들이 탈출을 시도했다. 여자들 노인들이 집의 기둥들을 살리고자 등을 떠민 것이었다. 늙은 아버지가 족보나 가보, 땅문서 등을 안겨주면서 어떻게든 너만은 살아남아야 한다고 눈물의 작별을 하기도 하였다. 흰옷을 벗고 몸에 진흙을 발랐다. 그리고 젖 먹던 힘을 다하여 달음박질을 쳤다.

정구헌은 그가 업고 왔던 여덟살 난 동생 구학을 두고 떠났다. 아버지와 어머니 두 여동생 가족을 생지옥 속에 버려 둔 채였다. 결국 여기 죽음의 터널 속에서 어머니(황은년, 당시 44세) 동생(정영숙, 당시 2세)은 총맞아 죽었고 병약한 남동생 정구학은 얼굴이 다 뭉개지고 코가 주저앉는 부상으로 평생을 고통 속에 살아야 했다. 탈출을 시도한 사람들도 다 살아남은 것은 아니었다.

29일 이른 아침 미 제7기병연대 병력은 노근리에서 철수하여 남쪽으로 후퇴하였다. 7월 26일 낮부터 29일 아침까지 만3일간 노근리 앞 철길에서와 쌍굴다리에서 주곡리 임계리에서 소개시킨 농민들과 영동 심천 등 대전 쪽에서 내려가던 피난민들을 무참히 살상한 노근리 양민 학살 만행으로 죽은 사람만 400명에 이른다. 그러나 신원미상의 사망자 수가 많아 실제 사망자 수는 그보다 훨씬 많다. 미군은 500~600명의 주민들 피란민들은 강제로 피난시킨다고 하고 거의 다 죽인 것이었다.

2005년 2월 5일 충청북도 도청에서 노근리사건 희생자 심사 및 명예회복 실무위원회에서 인정된 희생자는 232명이다. 사망자이다. 그 중에 행방불명자 9명이 포함되어 있다.

영국 BBC방송은 지난 2001년 2월 1일 오후 9시 한국전쟁 때 노근리에서 미군이 벌인 살상 만행을 고발하는 프로그램을 내보냈다. 제목이 「모두 죽여라(Kill'em All)」였다. 1950년 6. 25전쟁 당시 피난민에 대한 학살명령에 따라 7월 26일 400명이 미군기의 기총소사를 받고 사망했고 그후 3일간 학살이 계속되었다고 보도하며 당시 사격을 했던 미 제7기갑연대 참전 군인들의 생생한 증언을 들려주었다.

"소대장은 미친놈처럼 소리를 질렀다. 발포하라. 모두 쏴죽여라."

조 재먼의 얘기였다. 그리고 여덟 살이든 여든 살이든 모두에게 총을 쏘았다고 하였다. 35명의 생존 참전 미군들을 인터뷰한 결과 상부의 명령에 따라 피난민에게 사격을 했다고 증언하였다.

대학살이었다. 모두 죽이라고 하였고 모두 죽이었다.

인간의 짓이 아니었다. 짐승의 짓이거나 신의 짓이었다.

그는 짐승에게 물을 수는 없고 신에게 다시 묻고자 하는 것이었다.

"당신은 그 때 무얼 하셨습니까? 당신은 도대체 뭘 하는 존재입니까?"

멀건히 보고만 있었단 말인가. 그 때 그런 아수라장에서 신은 뭘 하고 있었단 말인가. 낮잠을 자고 있었단 말인가. 졸고 있었단 말인가. 그것도 아니면 그래 그런 무인지경을 그냥 보고만 있었단 말인가. 그게 말이나 되는가.

말을 해보라는 것이었다.

신에게 따지고 항의를 하였다. 그러나 신은 하느님은 응답이 없었다.

그의 신에 대한 생각이라고 할까 종교관은 조금 애매하였다. 장로의 딸과 결혼할 때 나가보고 좋으면 교회에 나가겠다고 약속을 하였고 결국 뭐가 나쁘다는 점을 대지 못하고 평생 아내 옆자리에(교회의) 졸고 앉아 있는 것이었다. 신앙에서 제일 중요한 것이 기도라고 하였지만 그것은 못하고-안 하기보다-반성하고 자신을 되돌아보기만 했다. 가끔 당신은 정말 존재합니까 있다면 계시다면 어디에 계시며 거기서 무얼 하고 계시느냐 그리고 정말 다시 올 거냐 그런데 왜 2천년이 지나도록 오지 않고 있느냐… 따지기만 하고 한 마디도 대화는 없었다. 불교 한국 전통종교 무속에 이르기까지 관심을 가지고 참여도 하고 있으며 개똥밭에 굴러도 이승이 났다느니 무릉도원이 어떻고 신선이 어떻고 피안彼岸이니 열반涅槃이니 얕은 지식을 굴리고 있었다.

교회를 나가고 있지만 신의 존재나 부활 재림 심판 같은 것이 실감으로 와 닿지 않았다. 천국이나 지옥 같은 것도 믿어지지 않았다. 그러나 그것을 믿으려고 노력하고 있었다. 그것을 부정하려고 애를 쓰고 있기도 하였다.

3

다시 하늘산으로 갔다. 건천산에서 그는 하늘님, 좌우간 하느님 신을 만나 대화를 했었다.

그러나 이번에는 야돈 선생만 만나고 내려왔다.

하늘 끝에서 모습을 들어낸 선생은 그에게 무엇을 촉구하고 있는 것이었다.

"예 알겠습니다. 이제 시작합니다."

그는 스스로에게 다짐하듯이 말하였다.

집으로 와서 책상에 앉았다. 작업을 시작하는 것이다.

취재와 관련한 것이었다. 자료를 뒤지고 계획을 세웠다.

당시 정은용 노근리사건대책위원회 위원장 그리고 양해찬 부위원장에게 전화를 하였다. 매년 노근리사건 추모식 때도 만나지만 다른 일, 노근리 사건 희생자 심사위원회 명예회복위원회 등의 일로 더러 만났었다. 당장 전화로 무엇을 물어보기보다 시간 약속을 하였다. 만나서 얘기를 듣기도 하고 만날 사람에 대하여 물어보려고 하였다. 노근리에서의 미군양민학살사건을 고발한 실화소설 「그대 우리의 아픔을 아는가」 (정은용) 그리고 언론 보도 등을 통해서 비극의 노근리 사건 내용을 어느 정도는 알고 있었다. 또 모르는 것이 있으면 찾아보면 되었다. 관련 책자들 자료들이 여기 저기 있었던 것이다. 그동안 일들이 많았고 앞으로의 문제들이 있었던 것이다. 노근리사건은 아직도 끝나지 않았던 것이다. 「노근리는 살아있다」 (정구도)를 펴낸 노근리사건대책위원회 또 한 사람의 부위원장 이야기도 들어보아야 되었다.

시차를 두고 시간 약속을 하였다. 그가 집으로 찾아가면 되었다. 정은용은 대전 가수원동에 살았고 양해찬은 영동 임계리에서 농사를 짓고 있었다. 가까운 데서부터 시작을 하려는 것이다. 너무 먼 데서 너무 큰 답을 찾고 있었던 것 같다.

정은용은 누가 그 쌍굴에서 만나자고 하니 거기서 같이 만나자고 하였다. 마침 잘 되었다. 그러나 그는 단독으로 만났으면 좋겠다고 특청을 하였다. 그러면 먼저 만나든지 나중에 만나든지 하자고 한다. 나중이 좋겠다고 하였다.

"그러면 그렇게 해요."

피곤한 음색이었다.

"감사합니다. 별일 없으시면 식사도 같이 하시고 대포도 한 잔 하시지요."

"대포 소리만 들어도 진저리가 납니다."

"아 예, 죄송합니다."

크리스천인 것을 깜빡 했다. 그러나 술을 얘기하는 것이 아니고 그 악몽 같은 기억에서 헤어나오지 못하고 있는 것이었다.

그는 정중하게 사죄를 하고 시간을 정하였다.

3일 후 노근리 쌍굴다리 앞에서 기자들로 보이는 사람들에게 뭔가 열심히 설명하고 있는 정은용을 만났다. 덥고 비도 질금거리고 있는데 정장을 하고 나왔다.

그는 뒷전에서 얘기를 듣기도 하고 쌍굴다리에 수없이 파이어 있는 총탄 자욱을 들여다보고 있었다. 한 사람이 열심히 사진을 찍고 있기도 하였다. 양쪽 굴 어구와 굴 안으로 그리고 뒤쪽 굴 어구로 무수한 총탄 자욱이 있었다. 기관총알이 박힌 것이다. 어쩌면 그 총탄들은 빗나간 것들이고 굴 속에 있던 사람들을 향해서 쏘았던 무수한 총알들이 있었다. 그것은 사람들을 뚫고 바닥에 떨어졌을 수도 있고 굴 옆 벽에 박힐 수도 있었다. 그런데 그 때(1950년 당시) 굴 밑바닥인 땅바닥 모래바닥에 난 자국은 남아 있을 수가 없지만 벽의 총탄 자욱도 한 때 대부분 볼 수가 없었다. 그 굴 안 벽의 총탄자국을 시멘트 물로 도색을 해 놓았기 때문이다. 쌍굴 그러니까 두 굴 가운데 영동쪽으로 있는 굴에 총탄 자국이 많았는데 그 벽체를 말끔하게 시멘트를 덧발라놓은 것이었다. 보수공사도 해야되겠고 말끔하고 깨끗한 것도 좋은데 그러면 왜 한쪽은 보수를 하고 한쪽은 보수를 하지 않았는가. 한쪽 황간쪽은 물이 흘러가는 수로이고 이쪽은 사람들이 다니는 인도이기 때문에 그렇게 한 것인가. 탄흔이 보기 싫어서 없앤 것인가. 납득이 안 가는 것이었다. 그것도 우리가 그렇게 한 것이다. 우리 철도청에서 말이다.

정은용은 다른 일행이 가는 대로 그에게로 걸어왔다. 어깨가 축 늘어져 있었다.

"죄송합니다. 피로하실텐데…"

"예. 좀 그러네요."

취재 당시 83세의 노인 정은용은 얼굴에 피로의 기색이 역력했다. 목소리도 많이 가늘어졌다.

지난 번 인권평화캠프 때 왔으면 좋을 뻔하였다고 하였다. 노근리인권평화연대 대표를 맡고 있기도 하여 노근리 쌍굴다리 사건 현장에서 열린 한미 대학생 노근리인권평화캠프에서 생존자 대표로 당시의 참혹했던 실상을 증언하였던 것이다.

"이만열 교수 이장희 교수 같은 분들이 오셔서 노근리사건의 국제법적 성격 평화확산을 위한 21세기 리더쉽 등을 주제로 강연도 하고 학살피해자들의 영령을 위로하고 반전 평화를 기원하는 결의도 하고 하였는데…"

"아, 네에. 그랬군요."

그것을 모르고 있었다는 것이 아쉽고 송구스럽게 생각되었다.

그래서 그는 같은 얘기를 되풀도록 하지 않으려고 했다. 자료들이 있었고 이미 물어보고 들어보고 한 것이 있었다.

그는 빨리 보내드려야 된다고 생각하고 형식적인 인사말은 줄이었다.

"어떻게 이쪽 굴만 보수공사를 하였을까요?"

그가 영동쪽 굴 안에서 물었다. 말소리가 울리었다.

"그러게 말입니다. 허허허… 여기에 총탄 자국이 많았어요."

정은용은 회색 양복 주머니에서 손수건을 끄내어 얼굴의 땀을 닦으며 말하였다. 그 짤막한 헛웃음 속에 모든 설명이 다 들어 있었다.

"네에…"

무수한 총탄 자욱 위에 시멘트를 덧 발랐다 떼어 낸 자욱들이 역력한 벽면에서 시선을 떼지 못하였다.

그는 그것을 더 묻지 않았다.

"그런데 왜 이쪽을 더 많이 쏘았을까요?"

"이리 와보세요."

노령의 정은용은 그를 데리고 굴 뒤쪽으로 데리고 갔다. 그리고 그 굴 밖에 연하여 있는 산자락을 가리키며 말하였다.

"여기서 쏘기가 좋았던 거지요. 이쪽은 거리가 좀 있잖아요."

두 굴과 굴 뒤의 산과의 거리 지형을 비교해 보이는 것이었다. 황간 쪽 굴과 산과의 사이에는 개천이 흐르고 있었다.

"그러면 사람들을 직접 쏘았단 말인가요?"

"지금 무슨 얘길 하는 거요?"

그가 듣고만 있을 수가 없어 묻자 정은용은 버럭 화가 치민 목소리로 되묻는 것이었다.

"인간이 그럴 수가 있느냐 하는 겁니다."

그가 임기응변을 하였다. 변명을 얘기하고 있는 것은 아니었다.

"짐승들이지요. 이 굴에 있던 사람들은 다 죽었던 겁니다."

"미쳤었군요."

"미친년 널뛰듯 마구 쏘아대었던 거지요. 양쪽에서 쏘아대는데 살아남을 장사가 있겠어요?"

그것을 마치 그에게 따지기라도 하듯이 정은용은 노기 띤 얼굴로 말하는 것이었다.

광란의 춤이었다.

"그래 그걸 물어볼려고 만나자고 하셨나요?"

"아, 아닙니다."

그는 대단히 송구스런 마음으로 황급히 대답하였다. 그것은 아니었다. 그러나 갑자기 그가 왜 만나자고 했던지를 잃어버렸다. 조금 전의 느꼈던 해묵은 분노의 감정을 주체할 수가 없었던 그의 의식은 테이프가 끊겼던 것이다.

해가 뉘엿뉘엿 지고 있었다.

그가 어디 가서 저녁식사나 하자고 하였다. 그러나 노인은 사양하였다. 임계리를 들러가야 한다고 하였다. 이렇게 서서가 아니고 앉아서 말씀을 듣고 싶다고 하였지만 괜찮다고 하였다.

"죄송합니다. 이렇게 시간을 내주어 감사합니다."

"아니 괜찮아요. 제가 뭐 다른 할 일이 있나요?"

계속 괜찮다고 하였다. 정은용은 평생을 이 미군 학살만행의 진상을 밝히는데 바치었다. 지금도 그 노력은 진행중이며 목적이 달성할 때까지 쉬고 싶지 않다고 말하였다.

"예에에."

그는 고개를 끄덕이고 있다가 물었다. 묻고 싶던 말이 생각난 것이었다.

"왜? 그들은 왜 그렇게 많은 사람들을 죽였을까요?"

"말하지요."

정은용은 다시 화를 내며 무슨 소리를 하느냐고 면박을 주는 대신 선뜻 대답을 하였다.

"그것을 밝히지 않고는 눈을 감을 수가 없어요. 제가 이렇게 앉아 있지 못하는 이유가 거기에 있습니다. 그런데 그 의문이 풀리지가 않습니다."

"아직도 말입니까?"

그는 다시 손수건을 끄내어 이마를 닦고 있는 정은용의 얼굴을 똑바로 바라보았다. 땀을 닦고 있는 것이 아니라 눈물을 닦고 있는 것 같았다. 사실 그는 그 답을 듣고 싶었던 것이다.

정은용은 그 뒤 여러 해 노근리사건 추도식 때도 만나고 그에게 위령비 비문을 부탁하여 쓰기도 하였는데 2014년 8월 1일 향년 91세로 작고하였다.

그 때 그 의문이 얼마나 더 풀렸는지 물어보지 못하였다.

4

긴 세월 동안 간직한 한맺힌 의문에 대하여 정은용은 두 가지로 추리하여 정리를 하였다.

첫째로 인민군에 쫓기던 미군이 겁에 질려 이성을 잃었을 경우를 생각할 수 있다. 또는 질이 나쁜 예외적인 한 부대였을 경우를 생각할 수도 있다. 그러나 그들이 마을사람들을 피란시켜주겠다고 이리로 끌고 왔고 폭격기와 공동작전을 펴고 쌍굴다리에서 3일간 계속 총질을 해 댄 것으로 보면 그런 가능성은 없다. 앞뒤가 안 맞는다.

둘째로 보복과 작전이 동시에 발동된 것이라 생각할 수 있다. 미군이 대전에서 피란민으로 가장한 인민군 유격대에게 크게 당한 직후였고 모두 죽이라는 명령이 내린 것이다. 피란민들의 짐 수색을 하여 그들이 비무장이라는 사실을 알고도 쏘아댄 것은 인민군들에게 당한 것에 대한 복수심이 발동한 데다가 작전명령을 기계적으로 따라 학살극을 벌인 것이다. 죽이기 시작했으니 완전히 다 죽여 후환을 없애버리려고 한 것이다.

첫째 경우가 오히려 인간적일지 모른다. 그리고 둘째 경우가 더 합리적일지 모른다. 그러나 어떤 경우든 용인할 수 없는 일이며 용서할 수 없는 일이다. 절대로 용서해서는 안 된다. 그럼에도 불구하고 이해하고 용서하려고 한다. 그렇게 하고 있다. 그러나 그것은 다섯 살배기 첫아들과 젖먹이 첫딸을 그들의 총구에 무슨 제물처럼 바치고 철천지한이 맺혀 그 많은 세월 동안 밤마다 악몽 속에 살아온 정은용의 생각일 뿐이다. 아직 그 분과 한을 삭이지 못하고 눈을 감지 못하는 무수한 생령들이 잠꼬대를 하고 있다.

"이 웬수들아! 이 짐승들아!" "왜? 무엇 때문에 그랬느냐?" "말을 해봐. 말을 해보란 말이다."

전쟁은 인간을 동물로 만든다. 전쟁은 인간이 범하는 최대의 죄악이다. 그런 느긋한 말장난으로 넘어가기에 55년(취재 당시)은 아직 짧은지 모른다.

그는 대단히 송구스런 마음으로 정노인을 작별하고 집으로 돌아오는 대로 펼쳐놓았던 노근리사건 관련 자료들을 다시 뒤적거렸다. 보도기사들 스크랩이 꽤 되어 있었다. 책으로 된 것도 있었다. 복사한 것도 있고 메모한 것도 있고 사진 그림 녹음 테입도 있었다. 인터넷에서 출력한 것도 있고 또 인터넷 속에 많은 자료가 들어 있었다.

그는 한번 모아둔 자료는 웬만해서 버리지 않았다. 기자의 아니 근성인지 몰랐다. 대개 스크랩이나 면장철 파일북 그리고 자료명을 쓴 파일박스 같은 것에다 넣어 보관하지만 헌 서류봉투에 넣거나 그냥 쌓아두고 그것을 나중에는 세워서 책꽂이에 꽂아두는데 이리저리 삐죽삐죽튀어나와 모서리가 헤어져 풀풀 날리기도 하였다. 아내는 그것을 제일싫어하였다. 먼지 나는 것 가지런하지 못한 것, 무수히 이사를 다니면서 버리지 못하였다. 그러나 그의 불통고집으로 이 시골까지 끌고 왔던것이다. 좌우간 한번 보관한 것은 어느 구석에라도 찾으면 나왔다.

한국전쟁 관련 책자와 자료들도 더러 있었다. 습관적으로 눈에 띄는대로 모아둔 것인데 자료가 꽤 되었다. 뭔가 이에 대한 의식이 그의 내부에 잠재되어 있었던 것인지 몰랐다.

그는 정리를 하다가 궁금한 것은 전화로 물어보기도 하였다. 취재한사람 글을 쓴 사람에게 확인을 하고 싶은 것이 있었다. 미심쩍은 것도있지만 나름대로 그의 관심과 노력을 추가하고 싶은 것이었다. 전화로인사를 하고 만나자고 약속을 하기도 하였다. 아는 사람도 있었고 이리 저리 인맥을 연결할 수도 있었다. 밤중에는 미국으로 영국으로 전화를 걸기도 하였다. 인터넷으로 조금 저렴하게 전화 거는 장치를 해 놓았지만 전화요금 정도는 뭘 해서라도 벌리라고 생각을 하였다. 잘 될지는 모르겠다. 이것도 저것도 안 되면 얼마간 술값을 줄이거나 동결하는 수밖에 없었다. 그것은 참으로 고통스러운 일이지만 밥을 줄이거나 끊을 수는 없는 것이었다. 우선 노근리사건을 2년간 탐사 보도하여 전세계에 알리고 그래서 어디 다른 나라보다 우리나라 사람들에게 큰 관심을 갖게 한 AP통신으로 전화를 걸었다. 그 사건을 취재한 기자가 네 사람이 있었다. 서울지국장 C기자는 주로 영동의 피해자들을 취재한 것이고 국제부 H기자 캘리포니아 특파원 M기자는 미국의 가해자 군인들을 취재하였는데, 여러번 전화를 하여 H기자와 통화를 할 수 있었다. 그의 입장을 설명하고 취재했던 가해군인들의 전화번호나 주소나 이메일 주소 같은 것을 알았으면 하였다. 만나서 더 자세한 얘기를 듣고 싶다고 하였다. 짧은 영어로 땀을 뻘뻘 흘리며 여러 가지로 사정을 하였지만 대답은 한 마디로 노오였다. 취재원 보호 차원에서 안 된다고 하였다. 회사 방침이라고 하였다. 그러면 보도되어 나간 것 외에 다른 얘기 취재여담도 좋고 무슨 이야기든 듣고 싶다고 하였다. 그것도 노오였다. 그러나 그의 뜻은 잘 알겠다고 하면서 찾아오면 만나주겠다고 하였고 가능한 데까지 협조를 하겠다고 하였다. 그는 대단히 고맙다고 인사를 하고 잘 부탁한다고 하였다. 그도 기자생활을 하였지만 씨아가 안 먹히는 얘기를 한 것이다. 그런데 그는 성과가 있다고 느껴졌고 언제 갈지 안 갈지 만날지 못 만날지 모르지만 상당한 기대가 되어지는 것이었다. 장시간 건 전화값이 아깝지 않았다. BBC방송의 "모두 죽여라" 프로에 출연했던 군인들과의 만남 대화도 시도해보고 편지 교환도 시도해보고 싶었다.

좌우간 뭐가 되었던 앉아서 해결하겠다는 것이 아니었다. 다각도로 접근을 시도하는 것이었다.

그는 책상과 방바닥에 잔뜩 늘려져 있는 자료들을 날짜와 시간대별로 정리를 하다가 한 장의 그림을 집어 들었다. 신문에 난 것을 오려둔 사진이었다.

유방을 내놓고 벌거벗은 네 여인들을 향해 총부리를 바짝 들이대고 방아쇠를 잡아당기고 있었다. 제일 앞의 젊은 여성은 한 손으로 유방을 가리고 있고 그 옆에 있는 여인은 만삭의 아랫배를 내민 채 시체와 같은 얼굴을 하고 있다. 그 옆 가운데의 얼굴이 다 쭈그러진 여인은 갓 난아기의 볼을 부비며 두 팔로 잔뜩 끌어안고 있었고 제일 가의 또 하나의 만삭의 여인은 야수와 같은 얼굴을 하고 있었으며 그 등 뒤에는 아이가 매달리고 있었다. 총구 바로 앞에는 겁에 질린 아이가 여인들 앞으로 도망쳐오고 있고 그보다 더 작은 아이는 여인들 발 밑으로 기어들어가려 하고 있었다.

피카소의 그림이었다. 6. 25전쟁을 배경으로 군인들이 부녀자들을 학살하는 장면을 그린 유화 「한국에서의 학살」(Massacre in Korea, 1951, 109.5x209.5cm)이다. 국내에 첫 공개된다는 기사와 사진이었다. 국립현대미술관은 '평화국제미술전'에 파블로 피카소의 이 작품을 파리 국립피카소미술관에서 빌려와 과천 국립현대미술관에서 전시하였다. 한번 가본다고 하고 가지를 못하였다. 그림이란 무엇인가. 예술이란 무엇인가를 웅변으로 얘기해 주고 있는 것 같았다. 그는 피카소의 마지막 작품이 성희性戲를 그린 것이라고만 알고 있었는데, 여인의 유방과 음부를 다 들어내놓는 터치로 이 지구의 구석 산골짝의 비애를 고발하고 있었던 것이다. 세계의 거장 피카소는 50년 뒤에야 밝혀진 이땅의 학살 만행을 예언이라도 하듯이 추상화抽象化 해놓았던 것이다. 한국전쟁 발발 1년 뒤 그려진 이 한국인의 학살 그림은 피카소가 반전反戰을 주제로 그린 대표작이라는 것이다. 이런 작품이 있었다니! 그림을 보는 순간 그는 부르르 떨면서 생각하였다. 한국, 대한민국은 참으로 대단한 나라였다. 참으로 불쌍한 백성이었다. 이 궁벽한 나라의 일을 세계적인 작가가 화제畫題로 삼고 그렇게 비참하게 한심하게 그렸던 것이다.

누가 이 나약한 여인과 어린아이로 형상된 노근리의 양민들을 학살하였는가. 1950년 7월 26일부터 29일까지 노근리 쌍굴다리 부근에 배치되어 머문 군대는 미군 극동사령부 제8군 산하 제1기병사단 소속 제7기갑연대 제2대대였다. 제2대대 밑에 본부중대와 E중대 F중대 G중대 H중대가 있었다. E F G중대는 소총 중대 H중대는 중화기 중대였다.

극동사령부는 도쿄에 있었고 총사령관은 더글라스 맥아더 원수, 제8군 사령부는 대구에 있었다. 사령관은 월턴 워커 중장이었다. 명령계통이 그렇게 닿았다.

"상부의 명령에 따라서 피란민들을 사격했어요."

제7기갑연대 제2대대 H중대 중대장 챈들러 대위는 그렇게 증언을 하였다.

상부의 명령에 따라서, 상부는 어디인가. 그 명령 계통을 보라.

"어떤 피난민에게도 미군전선의 통과를 허용하지 말라. 전선 통과를 시도하는 모든 사람에게 발포하라."

1950년 7월 24일 10시 제1기갑사단 제8기갑연대의 통신일지이다. 노근리사건 발생 이틀 전의 일이다. 사단장 호바트 게이 소장이 모든 예하부대에 내린 명령이다. 이 같은 명령은 사단작전참모부에 나가 있는 제8연대 연락장교(G-3 Ln)가 본대에 연락해온 것이다. 노근리 농민을 학살한 직속 부대인 제7기갑연대의 통신일지는 없다. 통신일지를 비롯해 이 시기 작전 기록 문서가 없다고 하여 은폐의혹을 받고 있지만 제8기갑연대에 명령을 내릴 때 제7기갑연대에도 같은 명령을 내린 것이 제2대대 H중대 중대장의 증언으로 확인되고 있다. 명령문에는 어린이

와 여자의 경우 신중을 기하라고 첨부되어 있지만 그런 것은 지켜지지 않았다. 무조건 쏘고 본 것이다. 생명은 뒷전이고 거기에 어린아이와 여자들은 상관할 것이 없었다.

"반복해서 말하는데, 언제 어떠한 피란민도 전선을 넘어오게 해서는 안 된다."

7월 26일 10시 노근리에서 피란민 공격이 시작되기 불과 몇 시간 전 제8군사령부는 이와 같은 지시 내용이 담긴 피란민 통제지침을 전선의 예하부대로 하달하였다. 12시 제8군사령관 워커 중장은 피란민 통제에 관해 이런 방침을 수립했다고 도쿄의 맥아더 사령부에 보고했다.

7월 27일 제8군사령부 산하 제25사단장 윌리엄 킨 소장은 모든 예하부대에 명령한다.

"이 지역에 보이는 모든 민간인은 적으로 간주하고 그에 합당한 조치를 취하라."

이 지역이란, 명령서에 첨부된 지도를 보면 모든 전선에 해당되었다. 사단장은 후속 명령서에서 전선의 민간인을 적으로 간주해 사살하거나 과감한 조치를 취하라고 하였다. 그것이 그에 합당한 조치라는 얘기였다.

7월 25일 노근리 학살사건이 일어나기 바로 전날 한반도 해안에서 작전중인 미 항공모함 밸리 포지(Velley Forge)호의 함재기 전투요약 보고서에는 "8명에서 10명 이상의 사람이 모여 있으면 병력으로 간주하여 공격하라." 는 육군 측의 통고에 따라 흰옷 입은 한 무리의 사람들에게 기총공격을 했다고 보고하고 있다.

7월 25일 같은 날 작성된 메모이다. 대구에 주둔한 미 제5공군 전방 지휘본부의 작전참모부장 터너 로저스 대령이 사령관 대리 팀버레이크 준장에게 보낸 것이다. "육군은 미군진지로 접근하는 모든 피란민들을 우리 공군이 기총공격할 것을 요청했다." "지금까지 공군은 육군의 이 같은 요청에 응해왔다."

　7월 26일 미 제5공군 제35전폭기대대의 출격임무 결과보고서에 저녁 무렵 영동군 용산리(Yonsan-Ri로 잘못 적고 있음) 남쪽 3마일(4.8킬로미터) 지점에서 50~100명의 무리(또는 병력, troops)를 죽이거나 부상을 입혔다고 되어 있다. 노근리는 용산리에서 4.5마일(7.2킬로미터) 남동쪽에 위치하고 있다. 노근리 철로 위에서의 공격이 정오 무렵이며 그 후에도 여러 차례 공격이 있었는데 시간과 거리가 조금 차이가 나고 있다. 같은 날 저녁 무렵 다른 출격임무결과 보고서에는 용암리 남동쪽 3마일 도로를 공격한 것으로 되어 있다. 이 위치는 노근리 앞을 지나는 도로이다.

　그리고 7월 27일 오후에 출격한 비행편대의 임무결과 보고서에는 황간 1마일(1.6킬로미터) 서쪽 도로상의 미확인 목표물에 기총공격을 하였다고 적고 있다. 피란민들이 노근리 쌍굴다리 안에 몰려 있던 때이다. 황간 서남쪽 1.5마일 지점이 노근리 앞을 통과하는 도로이다. 파인애플의 지시를 받았다고 기록하고 있는데 파인애플은 미 제1기갑사단 소속의 정찰기를 가리킨다. 공격 결과는 좋았다고 보고하고 있다. good, 좋다는 것이 여기서 무엇인지 아는가.

　AP통신 기자들이 미국 메릴랜드 국립문서보관소, 미주리 트루만 도서관, 펜실베이니아 육군역사연구소, 앨라배마 공군역사연구소 외 여러 자료보관소에서 비밀해제된 문서 사살명령서 등을 찾아내었고 지휘기록과 사료주석 등을 조사하여 밝혀내었다. 그리고 참전군인들을 만나 증언을 들었다. 미 항공모함 벨리 포지 작전보고서는 인터넷에 올라온 미 해군자료 데이터베이스에서 찾은 것이다. 미국 CBS방송은 공군대령 터너 로저스의 메모를 보도했고 NBC방송은 제7기갑연대 2대대 H중대 기관총 사수였던 에드워드 데일리의 증언을 보도했으며 영국 BBC방송은 미국정부가 노근리사건을 '전쟁상황이 낳은 우발적 사고'라고 결론 내린 발표를 정면으로 반박하는 내용을 보도하였다. 그런 것들이 또 국내 신문 방송 잡지 책자들에 소개가 되어 있었다.

그런데 답답한 것은 그리고 참으로 이상한 것은 노근리사건을 직접 저지른 가해자인 제7기갑연대의 핵심 기록이 없는 것이었다. 국립문서 보관소에 당연히 보관되어 있어야 될 문서들을 볼 수가 없었다. 가령 1950년 7월분 통신일지, 비행 임무결과 보고서, 비행기에 장착된 카메라가 찍은 필름 등이 없는 것이다. 이것을 어디에 숨겨놓은 것이 아니라면 왜 이 부대 것만 없는가 말이다. 이 대명천지에 세계 제1의 대국에서 있을 수 있는 일인가. 미국은 이 결정적인 자료를 감추어 두고 한국정부 조사단에게도 제공하지 않았던 것이다. 그렇게 생각하고 있었다.

그러나 그 때 참전군인들이 아직 살아 눈을 번연히 뜨고 있는 사람들도 많고 생생하게 그 때 일을 기억하는 사람들도 많다. 그들은 매일 밤 그 때의 악몽에 시달리고 있었다.

그때 1950년 7월, 제7기갑연대본부 기록병으로 한국전쟁에 참전했었으며 현재 캘리포니아에 살고 있는 맥 힐리어드는 노근리사건 당시 제7연대본부로 올라온 "약 300명의 민간인을 공격했다."는 보고내용을 실종된 연대통신일지에 기록했다고 하였다. 자신이 직접. 어떻게 기록했는지 그 과정이 궁금하였다. 그런 부분을 그가 물어보려는 것이다. 가능한 데까지, 그것이 그의 역할일 것 같았다.

그런 양심적이라고 할까 정의로운 증인(참전 미군)들의 증언들이 또 있었다. 기록보다 더 중요한 진실들이 살아 있었던 것이다. 노근리는 아직 살아 있었던 것이다.

1950년 7월, 제7기갑연대 2대대 대대본부에 배치되어 무전 및 통신병으로 참전했던 로런스 레빈과 제임스 크럼은 노근리사건 당시 미군은 사단급 이상의 지휘본부로부터 피란민들에게 발포하라는 명령을 받았다고 증언하였다. 문서 수발 임무를 맡았던 두 참전 미군의 이 증언은 상급부대 수준에서 민간인에게 발포명령이 하달되었음을 최초로 입증해 준 것이었다.

"그때 당시 발포명령이 무전으로 하달되었는지 구두나 전단으로 전달되었는지 기억할 수는 없지만 제1기갑사단본부 또는 그 이상의 상급부대에서 나왔음을 확신한다."

레빈은 그것을 다시 확인하였다.

"사단 또는 그보다 높은 곳에서 명령이 내려졌음을 뚜렷이 기억한다."

"피난민에 대한 발포 명령이 내려졌다는 것, 그런 명령이 중화기부대에 내려졌다는 것, 그것이 내가 아는 사실의 전부이다."

크럼도 그때의 기억을 확인하였다.

2000년의 일이었다. 50년 전의 일이었다.

무수한 일시의 기억 또는 기록에 대하여 사건 발생 시기와 취재 집필 시기 세 가지가 있고 발표 때가 또 각각 달라서 그것을 밝히기도 하였지만 이야기 흐름을 위하여 그냥 둔 것도 있다. 가령 언제 일어난 일이 몇 년 되었다든지 몇 주년이라든지 몇 년만이라고 하는 것 등에 혼동이 없기를 바라고 정확을 기하기 위해 반복해서 언급하고 있음도 이해를 구한다.

좌우간 사람을 그것도 아무 죄없는 농민을 죽이라는 기억을 어찌 잊을 수가 있겠는가. 이 증언은 제7기갑연대 제2대대 H중대 중대장 챈들러 대위가 상부의 명령에 따라 피란민들을 사격했다고 한 증언과 일치하는 것이고 7월 26일 제8군사령부가 피란민 통제지침을 전선의 예하 부대로 하달한 것, 그리고 7월 27일 제8군사령부 산하 제25사단장이 모든 예하부대에 내린 명령 등으로 볼 때, 다시 말해서 제8군 제1기갑사단 제8기갑연대의 계통으로 볼 때 상부의 사살 명령과 중대장과 사병들의 사살 증언은 일치하고 있는 것이다.

이 너무도 뻔한 결론을 내리는데 반 세기가 걸리었다. 그러나 그 이유를 알 수가 없는 것이었다.

"왜? 왜? 왜? 무엇 때문에 무엇 때문에 그랬는가?"

명령 때문인가. 작전상 그럴 수 밖에 없는가.

피카소의 그림 속에서나 찾을까, 아무 곳에도 그 답이 없다. 늙어 기운이 다 쇠하도록 불철주야 추리한 정노인도 이제 그 악몽 속에서 벗어나려 한다. 잊는 것이다. 용서하는 것이다.

5

　1999년 11월 3일 제1기갑사단 2대대 중화기 중대 기총사수였던 에드워드 데일리가 미국 클리브랜드에서 한국에 왔다. 다른 참전미군과 함께 노근리 쌍굴다리로 온 것이다.

　그는 참으로 담도 크게 솔직히 그 때의 악역을 실토했다.

　"내가 쌍굴 100미터 전방에 설치되어 있던 기관총으로 피난민들을 쏘았다."

　그리고 말하였다.

　"쌍굴다리 속에 있던 피난민들이 모두 죽은 줄 알았는데…"

　에드워드 데일리는 정말 믿어지지 않는다는 듯이 피해자들 앞에서 뻔뻔스럽게 말하였다. 쌍굴다리 밑에서 아우성을 치고 있는 사람들을 정조준하여 쏘아댄 청소년 기관총 사수, 49년만에(취재 당시) 그 광란의 현장에 다시 온 60대 후반의 노병은 그 죽음의 터널 안에서 다 죽지 않고 산 사람이 있다는 것이 기적같이 느껴지는 것이었다.

　"아니 그래 그 속에서 살아남은 사람이 있었단 말인가요?"

　미국 NBC방송 취재팀과 같이 온 데일리는 카메라 앞에서 배우가 연기를 하듯이 말하였다. 그러나 이 악당의 연기에는 아무런 대사가 없었다. 그 때의 기억을 더듬어 스스로 말하는 것이었다. 물론 연출도 하지 않았다.

　정구학은 마치 초등학교 선생님이 묻고 있는 어려운 답을 말할 때처럼-사실은 초등학교도 다닐 형편이 되지 못하여 중퇴를 하였지만-손을 들었다. 자신이 그 속에 있었다는 의사를 표시하는 것이었다.

"아야!"

데일리는 입을 벌린 채 다물 줄을 몰랐다. 코가 푹 꺼져 앉은 정구학의 찌푸러진 면상에 모든 얘기가 다 씌어 있었던 것이다.

정구학은 노병의 감탄에 대답하듯 고개를 끄덕끄덕하였다. 영어를 할 줄 몰라서가 아니었다. 한국말을 할 줄 몰라서가 아니었다. 그들의 표정과 눈빛 속에 다 설명되어 있었다. 데일리는 한쪽 동공이 빠져나간 눈두덩을 썸벅거리고 있는 양해숙을 다시 바라보며 계속 아! 아아! 감탄사를 뿜어내었다. 그러다 제풀에 겁을 먹고 질려 몸을 움츠리고 말을 못 하였다. 그 때 미처 숨을 거두지 못한 산송장들이 일어나 자신을 잡아끌고 있는 것 같은 느낌이 들었던 것이다. 데일리는 기자들이 옆에서 계속 얘기해보라고 하자 괴로운 표정으로 다시 말하였다.

"정말 내가 쏜 사람들이 살아 있으리라고는 꿈에도 생각을 못했어요. 18개월 전 AP통신 찰스 헨리 기자가 찾아와서 생존자가 있다는 사실을 들려주었지만 오늘 여기 오기 전까지도 그것이 믿어지지가 않았어요. 정말이에요."

데일리는 지옥의 사자들이 자신을 잡아끌고 있는 듯이 계속 겁에 질린 얼굴로 같은 말을 되풀이하다가 엉뚱한 소리를 하는 것이었다.

"그 때 말이지요, 피란민을 게릴라로 간주하라는 명령을 받고 있던 중이었어요. 그리고 피란민들이 모여 있던 쌍굴다리에서 총알 3, 4발이 먼저 날아와 대응사격을 했어요. 섬광도 내 눈으로 보았어요."

대전 유성의 대덕롯데호텔 3층 에메랄드홀에 자리를 마련한 가해자와 피해자의 만남의 장소에서 데일리는 다시 그 악몽의 전쟁 상황으로 몰고 가는 것이었다. 사건 당시의 상황 윤리를 펴고 있었다.

"아니, 그렇지 않습니다."

피해자 대표 6명의 대표인 정은용은 데일리의 말을 그냥 듣고 있을 수가 없었다. 개인적으로는 다 용서를 하고 싶고 또 그렇게 하였지만 노근리사건 대책위원장으로서 마을 사람들이 두 눈으로 똑똑히 본 진실을 은폐할 수는 없었다. 50년 아니라 100년이 지난다 한들 어찌 그것을 잊을 수가 있단 말인가.

"그 때 당시 쌍굴 안에는 양민들만 있었어요. 당신의 주장은 맞지 않아요."

전부 마을 농민들이었고 근동의 피란민들이 있었을 뿐이며 총을 가지지 않았다. 총이 없는데 어떻게 총을 쏘고 무슨 총알이 있으며 섬광이 있는가. 잘 못 본 것이다. 아니면 거짓말이다. 그것을 인정할 수는 없었다. 정은용은 불쾌한 어조로 반박하였다.

결국 데일리는 자신의 주장을 거두어 들였다. 사려가 깊은 노병이었다.

"그렇다면 쌍굴다리 밑에서 날아온 총알은 반대편의 미군이 쏜 총알일 수도 있겠네요."

데일리는 그렇게 말하였다. 그것도 최초의 의미 있는 증언이었다. 가정이며 추측이었지만 그것은 틀림없는 사실이었다. 그 때 그 시간에 반대편에는 북한군 인민군이 없었기 때문이었다. 인민군과는 노근리를 7월 29일 떠나 황간 철교부근에서 대치했던 것이다. 황간에서 매곡으로 상촌으로 올라가는 금강 초강천 상류 주마래미 앞 내를 사이에 두고 냇물 건너편 이촌 쪽의 인민군과 치열한 공방전을 벌였던 것이다. 낙동강 이북의 최대의 격전지이기도 했다.

데일리는 피해자들을 만나기 전에 솔직하게 그 자신의 심경을 털어 놓았다.

"노근리의 기억은 내 머리 속 깊숙이 보관되어 있었고 전쟁이 끝나고 나이가 들어 마음이 너그러워지면서 죄책감이 심해졌어요. 노근리사건은 내 인생의 최대의 악몽입니다. 여자와 어린이에게 총을 갈겨본 적이 있는 사람은 누구든 죽는 날까지 머리 속에 비명소리가 울리는 악몽에 시달리지 않을 수가 없을 것입니다. 나는 한국전쟁이 끝난 후 지금까지 정신과 치료도 여러 번 받았어요."

데일리는 노근리사건으로 평생 무거운 짐을 진 채 괴로움에 시달리며 살아온 것이다. 그런 자신의 이야기와 함께 노근리를 거쳐간 전우들의 이야기를 하였다. 데일리는 제7기병전우회 회장을 맡기도 하였으며 전우회 활동을 통해서 수집한 자료와 증언을 바탕으로 제7기병연대가 한국에서 보낸 16개월을 정리한 한국전사 2권을 집필하기도 하였다.

한국전쟁에 참가한 제7기병연대 출신들 중에는 전쟁이 끝나고 공부를 계속한 사람도 있고 가정적으로나 재정적으로 괜찮은 사람도 많았다. 토목 기술자나 항공 엔지니어가 된 사람도 있었고 화물운송업자, 지도 제작자, 은행가, 기업 이사가 된 사람도 있었고 학교 교장이 된 사람도 있었다. 신부가 되기도 했다. 수십 명은 군에 계속 남아 있기도 하였는데 그 때 소위였던 한 장교는 소장까지 진급하기도 했다.

그러나 한국전쟁의 악몽은 그들을 떠나지 않고 괴롭혔다. 간혹적으로 오래된 상처가 쑤셔오고 몸에 박혀 있는 파편 그리고 수술하면서 박아넣은 쇠붙이가 아직도 그대로 있고 겨울만 되면 동상이 도졌다. 팔다리를 잃거나 하반신 마비로 평생 불구자로 성불구까지 안고 살기도 했다. 물론 죽은 사람도 많다. 많은 전우들 중에는 외상후 스트레스 장애 환자가 되어 있었다. 어쩌면 그들도 피해자들이었다.

분노 망상 약물남용 알코올중독 등의 참전군인들이 겪고 있는 증상을 미국정신의학협회는 외상후 스트레스 장애(post-traumatic stress disorder)라고 정의했다. 이 분야를 집중 연구한 로버트 로젠헥은 이것을 전쟁의 숨겨진 댓가라고 표현했다. 전쟁의 댓가, 인간의 탐욕으로 저지른 전쟁에 대한 신의 앙갚음인가.

"전쟁 중에 만행을 저지른 경험은 외상후 스트레스 장애를 유발하는 가장 강력한 요인입니다. 모든 연구결과가 이를 증명합니다. 양민 학살 경험이 있는 참전병일 수록 더 심한 증상에 시달립니다."

코네티컷 주 웨스트해븐 보훈병원에서 로젠헥 박사와 함께 전쟁 후 유증을 연구한 심리학자 앨런 폰테나의 말이다.

한국전쟁에 참가한 경우 전체 외상후 스트레스 장애 환자 중에 만행에 직접 가담한 환자의 비율이 21%로 나타났다는 조사도 있었다.

전우들은 만나면 그 때 노근리사건을 얘기하곤 했다. 도대체 왜 어떻게 그런 일이 일어났는가. 누가 양민들을 학살하라는 명령을 내렸는가. 그리고 자신들이 저지른 일에 대하여 당할 일을 각오하고 있었다.

캔사스 주 클라우드 카운티 고향으로 돌아와 농장을 운영하고 있는 노만 팅클러는 밖으로 나다니지도 않고 흙에 묻혀 죽으라고 일만 하며 살아왔지만 노근리에서 있었던 기억은 지울 수가 없었다. 노근리사건 때 기관총 사수였던 팅클러는 죄책감을 떨쳐버릴 수가 없었던 것이다.

"언젠가는 죄값을 치러야 합니다. 하늘에 계신 분께서 그 판단을 하시겠지요. 잘못을 했으면 천국에 갈 가능성은 거의 없다고 봐야겠지요."

하나님을 믿고 있었다. 열심히 교회에 나갔다. 그러나 팅클러는 하나님을 믿으면 모든 것을 용서해주고 천국에 간다고 하는 기독교의 단순한 논리를 넘어서 인간적인 고뇌를 얘기하고 있었다.

"나는 천국 가기는 틀렸다고 봅니다. 한국전쟁에서 내가 해야만 했고 또 실제로 내가 한 행동 때문이지요. 정말 그 때 내가 왜 그래야만 했는지 잘 모르겠어요. 그러나 분명한 것은 내가 그런 행동을 했다는 사실입니다."

천국행은 아예 포기하고 있었다. 그렇게 부녀자들 어린 아이들 노인 할 것 없이 피란민들을 모조리 쏘아대고 어떻게 천국 천당엘 갈 수 있단 말인가.

1980년대 시카고대 역사학 교수 부루스 커밍스는 2권으로 된 「한국전쟁의 기원」에 한국전쟁이 일어난 원인과 전쟁 초기의 상황을 쓰면서 한국전의 참상을 널리 알렸다. 세계적으로 알린 셈이다. '미군의 만행'을 다룬 장에서는 미국 공군의 무차별 폭격과 지상군의 민간인 살상을 고발하였다. 그 뒤 한국전쟁을 베트남 전쟁보다 더 잔혹한 전쟁으로 본다고 말한 바 있는 커밍스는 이런 말을 했다.

 "나는 항상 한국전쟁은 부끄러운 일들이 너무나 많이 일어난 전쟁이라고 생각합니다."

 미국의 양심이었다. 세계의 양심이었다. 그 책 1권은 잘 알려지지 않은 그림을 표지로 사용했다. 병사들이 두려움에 떨고 있는 부녀자와 어린 아이들에게 총을 겨누고 있는 파블로 피카소의 그림이었다. 당시 프랑스에서 활동 중이던 스페인 화가 피카소가 1951년에 한국전쟁을 예술적으로 완성한 이 작품에 대하여 커밍스는 「한국에서의 학살」이라고 이름을 붙였다. 다른 이야기지만 북침이니 남침이니 하는 얘기의 근원도 이 책이다.

 제7기병연대 전우들 노근리 학살사건에 가담했던 병사들 그것을 옆에서 보고 있었던 병사들 그리고 그렇게 하라고 명령을 내렸던 장교들 장성들의 심경을 팅클러는 대변이라도 하는 것 같다. 정말 그 때 내가 왜 그래야만 했는지 잘 모르겠다. 그러나 분명한 것은 내가 그런 행동을 했다는 사실이다. 데일리의 심정도 그와 꼭 같았다.

 이제 와서 감출 것도 없고 속일 것도 없이 다 털어놓았다. 그러자 참으로 마음이 편안해지고 얼굴도 무척 밝아졌다. 피해자들이 마치 저 승사자처럼 자신을 나꿔챌 것 같은 두려움도 물론 없어졌다. 다른 아무 욕망도 희망도 없었다. 사죄하고 용서받는 것 밖에 없었다. 그런 생각을 하며 한 발 또 한 발 피해자들에게 걸어갔다. 순간 피해자 대표들도 살인마를 향해 걸어나왔다. 서로 포옹을 하였다. 정은용 박선용 양해숙 정명자 정구학 전춘자, 한 사람 한 사람 포옹을 할 때마다 눈물을 흘리면서 말하였다.

"죄송합니다. 용서하여 주세요. 정말 죄송합니다."

기자가 우리 말로 통역을 하였다. 그럴 때마다 피해자들은 굳어진 몸으로 노병을 노려보다가 같이 울다가 하였다.

그 때 다섯 명의 가족을 잃은 전춘자는 노병의 가슴을 마구 치며, 왜 그랬어? 왜 그랬냐고? 응 왜 그랬어? 그러다 같이 울었다. 다섯살배기 첫아들과 젖먹이 첫딸을 노근리사건으로 잃은 박선용은 눈물을 흘리며, 당신도 괴로웠다니 내 마음이 풀렸다고 하였다. 코가 삐뚤어진 정구학도 눈물을 흘리며, 솔직히 털어놓아 좋았다고 하였다.

"우리는 모두 당신을 용서하였오. 그러니 당신도 이제 괴로워하지 마시오."

정은용은 누구보다도 오래 포옹을 하였지만 눈물은 흘리지 않았다. 이미 눈물이란 눈물은 다 말라버렸던 것이다. 모두라는 것은 여섯 사람 피해자 대표들을 말하는 것이었다. 그들을 손바닥을 펴서 빙 둘러 가리키며 말하였다.

"아, 그래요? 그게 정말인가요?"

데일리는 감동을 하며 되물었다.

"우리는 거짓말을 안 합니다."

"감사합니다. 잘 알겠습니다. 미국에 돌아가면 이 사건이 잘 해결될 수 있도록 내가 나서서 할 수 있는 일을 적극적으로 하겠습니다."

"고맙소. 우리의 요구는 다른 것이 없어요. 사실을 사실대로 밝히자는 것이지요. 그런데 그것이 50년이 지나도록 안 되는 것입니다. 진실을 말하지 않기 때문입니다. 당신이 최초로 진실을 말한 미군입니다. 빨리 화해를 하고 서로의 깊은 상처를 치유해야지요."

그제서야 정은용도 목이 메었다.

"알겠습니다."

악몽의 고통 속에서 살아온 피해자 대표들은 노근리 쌍굴다리 밑 피란민들을 향해 기관총을 쏘아대던, 이제 늙은이가 된 미군 병사 데일리를 용서했다. 용서란 아픈 과거로부터의 해방이며 자유이다. 그러나 모든 미군들을 다 용서한 것은 아니었다. 모든 피해자들이 다 용서한 것도 아니었다. 아직은 아니었다. 그 깊은 골이 갑자기 메꾸어질 수는 없는 일이었다. 이제 시작이었고 그것은 우리 모든 산 자들의 몫인지도 모른다. 피카소가 그랬고 커밍스가 그랬고 로젠헉이 그랬듯이, 찰스 헨리가 그랬듯이 정은용이 그랬듯이. 데일리도 큰 역할을 한 것이었다. 그도 그런 역할은 못하나마 그 연결이라도 하고자 하는 것이지만.

용서의 길 화해의 길은 아직 먼 것 같았다. 시사주간지 〈유에스뉴스 앤 월드리포트〉 지는 인사기록을 제시하며 데일리가 그 현장에 없었다고 주장하였고 AP통신은 추가조사 결과 데일리는 제7기병연대 전우회장을 하며 간접적으로 들어서 알고 있었던 것으로 보인다고 하였다. 그러나 정은용은 데일리가 현장에 있었음을 뒷받침하는 자료를 갖고 있다고 하였다. 당시 미 육군 조사반 대변인은, 데일리든 누구든 아주 큰 그림의 아주 작은 부분에 지나지 않는다고 물을 탔다. 제7기병연대 출신의 한 현역 미 육군소령은 노근리에서 대규모 민간인 살상은 없었을 것으로 추측하는 글을 써서 책까지 내었다. 수많은 가해자 피해자들을 만나보지도 않고 그럴 필요성조차 못 느꼈다고 쓰고 있다. 그리고 2001년 미 국방성이 내놓은 최종보고서는 더욱 황당했다.

1950년 7월말 노근리 근처에서 민간인들에게 일어난 일은 전쟁에 따르기 마련인 비극의 일례로 극히 유감스러운 일이다.

결론을 그렇게 내렸다. 그러나 이러한 결론이나 위와 같은 추론 등은 2002년 2월의 영국 BBC방송 다큐멘터리 「모두 죽여라」 에서 추가 증언자의 인터뷰를 통해 미군의 피난민 학살이 광범위하게 일어났음을 세계에 알렸다. 그 사실을 누가 됐든 인정하지 않을 수 없게 만들어 놓았던 것이다.

진실게임을 보고 있는 느낌이었다. 진실을 말해야 용서가 되고 화해가 되는 것이었다. 나라의 이익만 따져가지고 자기 나라의 평화는 이룩될지 모르지만 세계평화는 이루어지지 않는다. 미국은 자국의 이익을 생각해서 진실을 말하지 않고 있었다. 사실을 은폐하고 축소하려 하고 있었다. 거기에 동조하고 있는 무리들이 있었다. 그런 것이 애국인지 모른다. 진실 없이 애국이 될 수 있는 것인가.

미국의 일부 언론이 데일리가 제7기갑연대 2대대 H중대 소속이 아니라 사단병기부대 소속이었다고 하고 델로스 플린트는 7월 25일 부상을 당하여 현장에 없었다고 보도한 것에 대하여 AP통신은 가령 부상은 입었지만 후송 기록은 없다든지 이들이 현장에 있었다는 증거는 얼마든지 있다고 반박을 하였지만 이것은 노근리사건에 대한 보도의 신뢰성의 문제를 제기하여 핵심적인 증언을 무력화시켜, 노근리사건이 미군 지휘부의 명령 하에 조직적인 학살사건이 아닌 경미한 우발적인 사건으로 만들고자 한 음모였던 것이다. 플린트는 AP통신 취재팀에게 노근리사건 발생 첫날인 7월 26일 "나는 미군기의 공중 폭격을 피해 경부선 철도 밑 작은 수로에 숨어 있었으며, 미군이 피난민에게 총을 쏘는 것을 보았다" 고 공중 폭격과 지상 총격의 결정적인 증언을 하였던 것이다. 그런데 진실보다는 이익에 우선하는 미국의 일부 보수언론과 미국 내의 보수세력이 서로 연합해 반격을 시도하는 것이었다. AP 기자들의 퓰리쳐상 수상을 방해하려는 목적도 있었다. 그러나 2000년 4월 AP통신은 퓰리쳐상 탐사보도부문 상을 창사 이래 최초로 받게 되었다. 최상훈, 찰스 헨리, 마사 멘도사 기자의 공이었다. 퓰리쳐상위원회는 증인의 신빙성 여부로 시비가 일고 있는 AP통신의 보도를 재검토한 후에 수상작으로 재확인한 것이었다.

노근리사건대책위원회 부위원장 정구도는 노근리 학살사건 투쟁기 「노근리는 살아있다」에서 이 극적인 재회를 소설 같은 만남이라고 쓰고 있다. 참으로 감동적인 드라마라였다. 그랬다. 의견을 추가한다면 데일리의 증언이 소설을 쓴 것이라고 볼 수도 있다. 그러나 또 한번의 만남의 시도는 소설도 드라마도 되지 못하였다. 무대를 바꾸어서 이번에는 피해자들이 가해자의 나라로 갔다. 미국 NCC(기독교회협의회)가 11월 29일 창립 50주년 행사에 노근리사건대책위원회를 초청했고 거기 클리블랜드 올드스톤교회에서 노근리사건 피해자와 가해 미군의 만남을 주선한 것이다. 같이 예배를 드리고 기자회견을 하기로 하여 클리블랜드에 살고 있는 데일리와 함께 두 사람의 참전 미군이 나왔다. 스피너 그레이와 도날드 다운이었다. 예배가 끝나갈 무렵 미국 NCC 측이 가해자와 피해자와의 화해를 기원하는 촛불 점화를 제의했다. 그러나 그레이가 그것을 거절하여 피해자 대표로 한쪽 눈을 잃은 양해숙과 한국 미국 두 목사가 화해의 불꽃이 타오르기를 기원하며 촛불을 밝히었다. 이윽고 대화의 자리가 마련되었다. 노근리사건대책위원장 정은용은 미국 NCC의 초청과 주선에 감사를 표하고 노근리사건에 대해 증언을 하였다.

"노근리사건은 미군과 북한군 간의 교전 중에 일어난 것이 아닙니다. 당시 전선은 노근리 지역에서 14km 떨어진 영동읍 주변에 형성되어 있었고 미 제7기갑사단 사령부가 사건 현장에 가까이 있는 황간에 있었습니다. 사단 예하 연대 대대본부 등 많은 부대가 노근리 지역에 진지를 구축하고 있는 가운데 무려 3박 4일 동안이나 학살이 행해졌습니다. 그리고 일부 참전 미군들이 먼저 피난민이 쌍굴에서 사격을 했고 피난민 대열 속에 북한군이 있었다고 말하는 사람이 있으나 전혀 그렇지 않습니다."

정은용은 그리고 힘주어서 결론을 말하였다.

"미국의 투명한 진상 조사와 공식적인 사과만이 진정한 화해를 가져다 줄 것입니다."

숙연한 분위기가 되었다. 그런데 노근리사건 당시 수색소대 상사였다는 그레이는 다시 분위기를 깨뜨리는 것이었다. 무척 불만스러운 어조로 그리고 피해자들에 대해 미안함이나 죄책감보다는 당당한 표정을 보이며 말하였다.

"조사를 통해 명확히 밝힙시다. 우리를 비난하지 말아요. 우리 제7기갑연대는 한국을 위해 열심히 싸웠고 나는 우리 부대를 자랑스럽게 생각합니다."

중간에 흥분하여 탁자를 탕탕 치기도 했다.

용서와 화해의 만남은 무산되었다. 달리던 차가 U턴을 하고 있는 것 같았다. 가해자와 피해자 또는 미군과 노근리 희생자들 아니 미국과 한국은 화해가 이루어질 수 없음을 확인을 해주는 것 같았다. 마치 전쟁과 평화가 공존할 수 없는 것처럼.

기병부대를 기갑부대로도 쓰고 있다. 바꾸어서 쓰기도 하고 같이 쓰기도 한다. 기병(騎兵, cavalry)은 말타고 싸우는 군대로 구성된 부대이며 기갑(機甲, armour)부대는 기계화부대를 말한다. 말을 달리던 시대에는 말이 가장 기동력이 있었지만 과학의 발달로 군은 최신 과학을 응용한 병기와 기계력으로 장비되어 있었다. 그런데 한국전쟁 때 말을 몰고 온 것은 아니지만 제1기병사단 제7기병연대로 쓰고 있다. 제7기갑연대를 7th Cavalry로 말이다. 전사에 그렇게 기록되어 있다. 지금도 그렇게 쓰고 있는 것 같다. 제7기갑연대는 제7기병대의 후신으로 전통을 그대로 이어받고 있는 것이다.

악명 높은 운디드니 학살사건을 기억할 것이다. 1890년 12월 사우스다코타의 운디드니(Wounded Knee)에서 여성과 아이들을 포함한 370명에 달하는 인디언 원주민 수족을 몰살시킨 사건이다. 제7기병대가 저지른 짓이다. 일부 기병대원들은 수족 인디언 한 명이 먼저 총을 쏘았기 때문에 응사한 것이고, 인디언들은 남녀를 분간하기 힘들었다고 말하고 있다. 19세기 제7기병대의 운디드니 학살 전력을 제 7기갑연대는 20세기 노근리에서 재현한 것이다. 변명과 구실도 어쩌면 그렇게 꼭 같은가. 그레이 뿐만은 아니겠지, 많은 참전용사들이 자랑스럽게 생각하는 우리 부대 제7기갑연대는 역사적 논란이 되고 있는 운디드니 작전에 대하여 아무 사과 한마디 없다. 그 화려한 이력은 이것 말고도 많다. 인디언 토벌에 참가했던 역전의 노장들이 이끄는 기병대원들은 똑같은 초토화 작전을 펼쳐 마을을 불태우고 수천 필리핀 농민들을 학살했다. 국회 청문회에 출석한 아더 맥아더 장군은, 미국은 필리핀에서 아리아인 선조들에게 물려받은 문명화과업을 수행하고 있을 뿐이라고 증언하였다. 그리고 그로부터 45년 뒤인 1950년 그 아들 더글라스 맥아더 장군은 제8군 제1기갑사단 제7기갑연대를 휘하에 둔 미 극동사령부 총사령관으로 노근리 학살을 맞게 되는 운명의 부자가 되었다. 끊임없는 정보보고에도 불구하고 북한의 남침 가능성을 무시했고 중공군의 개입 가능성을 묵살했던 더글라스 맥아더는 1951년 만주 26곳에 원폭 투하 승인을 트루먼 대통령에게 요청했고 그로 인하여 해임되었다. 맥아더가 노병은 죽지 않고 사라질 뿐이라고 하며 물러나 사망하였을 때 어떤 신문은 사설에서, 맥아더의 해임으로 한국통일의 찬스를 잃었다고 썼다. 그러나 맥아더의 계획이 실현되었더라면 한반도는 제3차세계대전장이 되었을 것이고 우리도 원자폭탄의 세례를 받았을 것이다. 만주에는 누가 살고 있는가. 만주의 조선족 한족 할 것 없이 히로시마 나가사키와 비교도 안 될 인명 살상과 한반도 통일을 바꾸어야 했느냐, 하는 시각도 있다. 1957년 인천 자유공원에 6.25 한국전쟁 때 인천상륙작전을 지휘한 맥아더 장군을 기리기 위해 세운 동상을 허물자고 하는 사람들도 있다. 맥아더는 한국전쟁 때 수많은 민간인을 학살한 전쟁범죄자라는 것이다. 2005년 7월 17일 제헌절날도 맥아더동상 타도를 주장하는 집회와 이를 가로막는 집회가 충돌하였다. 맥아더동상 사수를 주장하는 시민단체는, 맥아더를 전쟁범죄자라고 하면서 정작 전쟁을 일으키고 수백만 명을 죽음으로 몰아넣은 장본인에 대해서는 침묵하고 있다고 말하였다. 그 장본인은 누구인가. 맥아더동상을 헐고 그 자리에 누구 동상을 세울 거냐고 따지기도 했다. 맥아더동상 철거를 주장하며 6.25는 북한 지도부가 시도한 통일전쟁이라고 떠들고 있는 넥타이들도 있었다.

얘기가 이상하게 벌었다.

한 가지 더 추가한다.

피카소의 그림 「한국에서의 학살」(Massacre in Korea)에 대하여 조금 덧붙인다. 이 얘기를 쓸 때는 몰랐던 사실을 알게 된 것이 있어서이다.

우선 피카소의 이 그림은 충북 영동永同의 노근리 학살사건을 그린 것이 아니고 북한 황해도 신천信川의 미군에 의한 학살사건을 그렸다는 것을 그 뒤에 알게 되었다. 잘못 알고 썼던 것을 알기도 전에 『노근리 아리랑』의 뒤에 실었던 이 그림을 『죽음의 들판』으로 다시 내면서 바꾸었었다.

그 뒤 이 그림의 실상을 알고 수습하는 방법으로 문구를 수정하여 다시 내보낼 수도 있지만 파스티슈를 택한 것이다. 새로운 작품을 만드는 욕심이었다.

그건 그렇고, 그런 생각만 하고 있는데 다시 새로운 사실을 알게 되었다. 참으로 새옹지마 같은 이야기가 아닐 수 없다.

좌우간 이 그림은 피카소의 반전 시리즈 세 번째 작품이라는 것이고 제일 먼저 내세우고 있다. Massacre in Korea(1951) Guernica(1937 스페인 내란) The Charnel House(1944~1945, 유태인 학살). 유태인 학살

대신 시체 구덩이라는 이름을 쓰기도 한다.

이 피카소의 그림 '한국에서의 학살'의 제작 의도는 매우 복잡하였다. 1950년 10월 국군과 유엔군이 38선을 넘어 북진하기에 앞서 신천의 공산주의자들이 우익 인사를 대량 학살하는 사건이 일어났다. 이에 맞서 기독교도를 중심으로 한 우익 진영이 봉기하였고 이 좌우익이 충돌한 살육전에서 약 3만 5천명의 주민이 사망하였다. 이 비극적 사건을 북한은 미군에 의해 저질러진 '신천 학살'이라는 프레임을 씌워서 국내외에 알렸다. 프랑스 공산당은 당원인 피카소에게 반미 선전을 위한 작품을 의뢰했고 피카소는 다음해(1951) '한국에서의 학살'을 제작한다. 철학자 싸르트르는 6.25를 미국의 사주를 받은 남한의 북침이라고 주장했고 1980년대에 들어서서는 부르스 커밍스가 북침 주장을 한 '한국전쟁의 기원' 표지에 이 그림을 실으면서 널리 알려졌다.

2002년 필자가 단군 관계 회의차 북한에 갔을 때 그리로(신천박물관) 안내하여 여러 선전 자료들 속에서 그 그림을 보았다. 그 때도 그 사실을 잘 몰랐고 그저 고개를 갸웃둥하고 말았는데 여기 저기 교과서들에도 실려 있는 이 그림에 대한 팩트는 그 뒤에 알게 되었다. 6.25전쟁 허위선전물이라는 사실과 함께.

좌우간 피카소의 '한국에서의 학살'의 의미는 이 글에서 되돌려진 것이다. 신천 학살과 노근리 학살에서 학살은 맞다. 주체를 이리 저리 바꿀 수는 있지만 사실과 진실을 바꿀 수는 없는 것이다. 이 전쟁 6.25한국전쟁을 일으킨 북한이 계속 책임을 떠밀어 남침을 북침이라고 하고 있는 현실을 다시 생각해 본다.

6

노근리사건 발발 55주년이 되는 2005년에는 7월 28일 제7회 노근리사건 희생자 합동위령제를 규모 있게 열었다. 꺾어지는 해이기도 하고 여러 모로 의미가 있는 해에 노근리사건 진혼제를 겸하여 여는 행사였다.

10시 30분, 영동군 황간면 노근리 쌍굴다리 밑 사건 현장에서 유가족 외부인사 등 500명이 모였다.

위령제의 1부 의식행사는 사회를 맡은 당시 양해찬 노근리사건대책위원회(이하 대책위로 씀) 부위원장의 개회사로 막을 열었다.

국민의례와 희생자에 대한 긴 묵념에 이어 35도가 넘는 복더위 속에 검은 정장을 한 영동 군수 군의회의장 교육장 경찰서장 등 기관장과 유족들이 헌화 분향을 하였다.

당시 대책위 정구도 부위원장은 대책위원회 활동 경과를 보고하였다.

"하늘에 계신 우리의 부모님 형제님들께서는 오늘 이 자리를 매우 뜻 깊게 생각하실 것입니다. 금년 5월 23일에는 국무총리를 위원장으로 하는 노근리사건 희생자 심사 및 명예회복위원회에서 노근리사건 희생자를 공식적으로 결정했기 때문입니다. 사건 발생 반세기가 넘은 지금에야 우리 노근리사건 희생자들의 명예가 공식적으로 회복될 수 있는 계기가 만들어진 것입니다. 그렇기에 노근리사건 생존 피해자와 모든 유족들은 어느 해보다도 한결 가벼운 마음으로 이 자리에 참석하였으리라 생각됩니다."

이렇게 시작 되는 장문의 활동 보고는 유인물로 배포되어 있어 모두들 같이 보고 있었다.

그동안 너무 먼 길을 걸어왔다. 외로운 길이었다. 이러한 성과를 거두기까지 많은 눈물과 땀이 배어 있었고 신의 가호가 있어 가능한 일이었다고 그 경과를 정리하였다.

1960년 10월, 정은용 대책위원장이 노근리사건 피해자 여러 명의 연명을 받아 미국정부가 서울에 개설 운영했던 소청所請사무소에 노근리사건에 대한 손해배상을 처음으로 청구했다. 그 때 처리기한이 경과하였다는 이유로 기각하였지만 소청사무소는 이 일을 시초로 하여 40여년 동안 노근리사건의 역사적 진실을 규명하고 인권회복을 위한 오랜싸움을 계속하고 있다.

AP통신 보도 직후인 1999년 10월부터 한미 양국 정부는 1년 3개월 동안 노근리사건 진상조사를 진행하였다. 그리고 2001년 1월 12일 진상조사 결과보고서를 발표하였다. 그러나 유감스럽게도 한미 양국 정부의 진상조사 보고서는 사건의 진실을 축소한 보고서였다. 그날 미국 클린턴대통령은 노근리사건에 대해 깊은 유감을 표명하는 성명서를 발표했다. 이 때 많은 사람들이 소년 다윗과 같은 노근리 미군 양민학살 대책위가 골리앗과 같은 세계 최강국 미국을 상대로 승리했다고 했다.

그러나 이는 절반의 승리라고 할 수 있다. 물론 유감 표명이라는 성명서는 단순한 종이 한 장이 아니며 굴절된 100여년의 한미 외교사에서, 또한 인권사 측면에서도 적지 않은 의미가 담겨있는 성명서이다. 이러한 성과는 비록 힘이 부족한 노근리 피해자들이지만 오랜 세월 동안 포기하지 않고 미국 정부에게 공식적인 사과와 배상을 줄기차게 그리고 당당하게 요구해왔기에 가능하였던 것이라 할 수 있다.

심히 유감스럽게도 클린턴 전 대통령이 성명서에서 약속한 추모비 건립과 장학금 제공이라는 추모사업은 성명서가 발표된 지 4년 반이 넘었지만(취재 당시) 전혀 이행되지 않고 있다. 이는 미국 정부가 노근리사건 추모사업을 통해 한국전쟁 당시 미군에 의해 저질러진 민간인 살상사건 120건에 대한 면죄부를 받으려고 하기 때문이다. 미국정부는 지금(취재 당시)도 노근리사건 희생자를 추모하는 추모비가 아니라 한국전쟁 당시 민간인 피해자 모두를 위한 추모비 건립을 고집하고 있다.

노근리사건 생존 피해자들은 대부분 70~80세의 고령이다. 미국정부는 반세기 전의 한국전쟁에서 숨진 미군들의 유해를 송환하는 일을 매우 중요하게 여기면서도 살아있는 노근리 생존 피해자들을 위로하는 일조차 외면하고 있다. 정말로 한심스럽고 답답한 일이 아닐 수 없다. 그러나 그동안 우리를 더욱 실망스럽게 한 것은 한국정부였다. 한국정부는 1999년에도 피해자신고를 받아놓고 지난 5년간 피해사실 여부의 심사조차 하지 않은 채 수수방관해 왔다. 이런 부끄러운 현실은 노근리 희생자들과 우리 국민들에게, 이땅에 살고 있는 이 시대의 우리들에게 인권뿐만 아니라 대한민국은 우리에게 무엇이고 우리의 정체성은 과연 무엇인지를 심각하게 묻고 있는 것이다.

대책위에서는 2002년 11월, 노근리사건에 대한 역사적 정리 및 피해자의 명예회복에 한국정부가 억지로라도 나서도록 하기 위해 국회에 노근리특별법 제정을 청원하고 법제정을 위해 혼신의 노력을 기울였다. 그 결과 지난 16대 국회 회기말인 2004년 2월 9일, 노근리특별법이 국회에서 통과되었다.

정부는 2004년 3월 5일, 노근리특별법을 공포하였고 8월 25일에는 국무총리를 위원장으로 하는 '노근리사건 희생자심사 및 명예회복위원회'가 설치되었고 그에 앞서 7월 21일에는 충북도지사를 위원장으로 하는 '노근리사건 희생자심사 및 명예회복 실무위원회'가 설치되었다. 이들 위원회에 대책위 임원들도 참여하여 피해자의 피해사실 심사 및 명예회복을 위한 여러 가지 추모사업들을 추진하고 있다. 지난해 7월 6일부터 10월 5일까지 3개월 동안 피해신고를 받았고 그리고

8개월 동안의 사실조사와 심사를 거쳐 지난 5월 23일 노근리사건 희생자심사 및 명예회복위원회 제2차 회의에서 희생자 218명 유족 2,170명을 노근리사건 공식 피해자로 결정했다. 그리고 내년부터는 이곳 노근리 쌍굴 주변의 3만5천 평을 매입해서 억울하게 죽은 희생자들을 추모할 추모탑 건립, 희생자 합동묘역과 추모공원 조성 등 여러 사업들을 단계적으로 추진하게 된다.

대책위의 활동은 여기에서 그치지 않고 미국정부로부터 우리 피해에 대한 정당한 배상을 받아내어 진정한 명예를 회복해야겠고 노근리사건 생존 피해자들과 유족들에게 현실적인 명예회복이 되도록 노근리특별법 개정문제도 추진하였다.

문화재관리청이 2003년 6월, 노근리 쌍굴다리를 등록문화재로 지정하여 사건현장에는 그동안 국내외에서 수만 명의 사람들이 방문했다. 앞으로 노근리 특별법에 따라 추모사업이 진행되어 노근리사건 현장은 피해자 유족들의 부모형제들의 넋을 위로하는 장소로뿐만 아니라 우리의 젊은 세대들에게 우리 역사를 바로 알리고 나라를 사랑하는 정신을 함양하는 장소를 승화되도록 하였다.

그리고 노근리를 방문하게 될 많은 외국인들에게도 인권과 평화교육의 도장으로 자리매김하도록 하였고 한미대학생 노근리 인권평화캠프를 개최하였다. 여기에 참가한 한미 대학생들이 캠프참여의 의미를 중요하게 생각했고 많은 언론에서 관심을 갖고 보도한 바 있다. 앞으로는 미국뿐만 아니라 유럽 아시아 아프리카 등 세계 각지의 대학생들과 청년들이 노근리를 방문할 것이며 이들은 지구상에서 야만스런 전쟁을 막기 위해 마음 속에 굳게 다짐하였고 그리고 인권평화의 파수꾼으로 돌아갈 것을 다짐하였다.

노근리 피해자들은 한미 양국 간의 선린관계가 증진되기를 바라고 미국이 인권대국으로서의 리더쉽이 발휘되기를 진심으로 원하였다.

그렇게 되려면 미국은 먼저 노근리사건의 진실을 정직하게 밝히고 피해배상도 하고 성의 있는 추모사업도 시행해야 하였다. 미국정부의 도덕성이 회복되고 법치국가답게 법을 지켜 노근리사건을 말끔하게 해결하기를 거듭 촉구하고 그렇게 할 때 미국이 그렇게도 중시하는 인권정책의 정당성도 인정받을 수 있을 것이다.

이러한 요지의 활동 경과보고가 끝나고 위령사 순서로 이어졌다.

당시 정은용 대책위원장은 아주 숙연하고 애절한 위령사를 하였다.

"그리운 님들이시어! / 님들이 미국 군인들로부터 처참하게 억울한 죽음을 당한 날로부터 벌써 55년(2005년 당시)이 지났습니다. 우리 유족들은 이 기나긴 세월 동안 님들이 비참하게 돌아가신 사실을 한시 한때도 잊지 않고 살아왔습니다. / 미국정부에 대하여는 상급지휘부의 명령에 따라 미군들이 바로 이곳에서 수많은 피난민들을 무고하게 살상한 이유를 밝히라고 압박해 왔습니다. 이에 따라 한미 양국 정부는 1년 4개월에 걸친 진상조사 끝에 미군들이 이곳에서 수많은 피난민들을 참혹하게 살상한 사실을 밝혀냈습니다. / 또 유족들은 미군들이 우리 피난민들을 살상한데 대하여 원한과 분통을 누를 길이 없어 미국정부의 사죄와 손해배상을 끈질기게 요구해 왔습니다. 물질이 있는 곳에 마음이 있다는 말대로 참된 사죄의 뜻을 물질로 보이라는 것이었습니다. / 이에 대하여 클린턴 미국 대통령은 2001년 1월 12일 노근리사건 희생자들에 대하여 유감의 뜻을 표명하는 성명을 발표할 때 손해배상에 대하여는 아무 언급도 없이 노근리사건 희생자들을 위한 위령탑 건립과 그 유자녀들을 위한 장학기금 설치만 약속했습니다. / 그러면서 그는 1950년 6월 25일에 발생한 한국전쟁에서 미군에 의해 한국 내에서 희생된 모든 사람들도 위에 말한 위령사업 대상에 포함시키겠다고 했으므로 노근리사건 희생자 유족들은 타지역에서의 희생자들을 이 위령사업 대상에 포함시키는 것은 부당하다고 말하면서 클린턴 대통령의 약속의 수령을 거절했습니다. / 우리 유족들의 거절에 대하여 미국은 아무런 반응도 보이지 않았으므로 2003년 6월 심규철 의원 등 35명 국회의원이 우리 유족들의 요청에 따라 국회의장에게 '노근리사건 해결을 위한 특별법 제청'을 요청하였으며, 국회에서 우여곡절 끝에 2004년 2월 9일 출석의원 196명 만장일치로 이 법안을 가결하였습니다. 그리고 그해 3월 5일 대통령이 공포하여 '노근리사건 희생자심사 및 명예회복에 관한 특별법'이 제정되었습니다. / 노근리사건 희생자 유족들이 55년의 긴 세월을 괴롭게 살아오는 동안 우리정부는 국가의 안전을 보장하기 위하여 미국과 동맹조약을 체결하였으며 우리 국민들은 평화롭게 살고자 미국과 친밀하게 지내기를 희망해 왔습니다. / 이러한 국가 분위기 속에서 우리 유족들은 그동안 미국에 대하여 품어왔던 원한과 분통을 세계평화 이념으로 승화시키고 평화애호사상이 전세계로 확산되도록 노력하는 한 편, 한국정부에 대하여 노근리사건 희생자들을 위한 추모사업으로 노근리평화공원의 조성을 요청하였습니다. 이 요청에 따라 정부는 이미 공원조성에 필요한 용지 매입 예산을 책정하는 등 추모공원 조성사업을 시작하고 있습니다. / 님들이시어! / 우리 유족들은 오늘 이곳을 방문해주신 많은 분들과 함께 이곳에다 조촐한 제단을 마련하였사오니 우리의 정성을 받아주시기 바랍니다. / 님들이시어! / 님들께서는 그간의 국내외 여러 사정을 감안하시고 하늘에서 추모사업의 진행을 지켜보시면서 위안 받으시기를 기도드립니다. / 부디 고이 잠드소서."

　　평생 노근리의 한을 풀기 위한 일에만 매달려온 정은용 위원장은 님들로 표현한 영령들에 대한 정분도 각별하였다. 직계 유족으로서의 정 노인은 55년 전에 잃은 다섯살배기 첫아들과 젖먹이 첫딸도 님이었다. 그 아이도 이제 60인 것(취재 당시)이지만.

　　노근리사건 전말의 이해를 위해 위령사를 경과보고의 소개와 함께 옮겨 보았다. 다음 순서인 군수의 추모사도 같은 의도에서 직간접화법으로 여기에 옮겨 본다. 이야기가 다소 중복이 되는 부분이 있지만 시각과 표현이 서로 다르고 의미가 달랐다.

"존경하는 영동군민 여러분! / 지난 55년간 울분과 원통함으로 살아오신 노근리사건 희생자 유가족 여러분! 그리고 내외귀빈 여러분! / 오늘 우리는 우리민족의 비극인 6.25 전쟁으로 말미암아 이곳 노근리에서 억울하게 숨진 수많은 양민들의 넋을 추모하고 그분들의 명복을 빌기 위해 이 자리에 모였습니다. / 가신 님의 후손들이 애통한 마음과 정성으로 위령제를 올리는 이 역사의 현장에서 군민의 애도하는 마음과 정성을 모아 경건한 마음으로 삼가 명복을 빕니다. / 아울러 사랑하는 가족을 잃고 지난 반세기 동안 가슴에 한을 삭히며 온갖 고난 속에서도 굳건히 살아오신 유족과 생존자 여러분께 이 자리를 빌어 진심어린 위로의 말씀을 드립니다."

당시 손문주 군수는 추모의 말에 이어 노근리사건 개요와 의미를 세 가지로 정리하였다.

노근리사건은 한국전쟁 초기인 1950년 7월 미군에 의해 주곡리와 임계리 일대의 피난민들이 이곳 노근리 철로와 쌍굴에서 4일간에 걸쳐 비참하게 희생당한 현대사의 가장 불행한 사건이다.

노근리 사건이 한국전쟁 중에 발생한 여타 사건과 다른 것은 첫째 영동읍 주곡리와 임계리에 거주하는 양민들이 피난 도중 미군에 의해 참혹하게 희생당했다는 점과 두번째는 노근리사건이 만천하에 알려짐으로 인하여 평화와 인권에 대한 소중함을 구체적으로 부각시켰고 세번째는 이러한 전쟁 속의 진실이 미국이라는 강대국으로 인해 역사 속에 묻혀버릴 수도 있었으나 여기에 있는 유족들이 이에 굴하지 않고 진상규명을 위해 55년간 피나는 노력과 눈물겨운 투쟁을 지속하였으며, 그 결과 2001년 미국 클린턴 대통령이 노근리사건 희생자들에 대해 유감의 뜻을 표명하였고, 2004년에는 '노근리사건 희생자심사 및 명예회복에 관한 특별법'이 제정 공포되었다는 점이다.

유족들의 이러한 노력 결과 218명의 희생자와 2,170명이 유족으로 인정되어 희생자와 유족들의 명예를 다소나마 회복할 수 있었으며, 국비 지원사업으로 노근리사건 추모공원이 5만여평 규모로 조성되는 것이다.

"이제 우리는 이 사건이 비단 유족만의 아픔이 아니라 전 인류의 아픔으로 과거의 잘못된 역사인 노근리사건을 재조명하고 전세계에 널리 알림으로써 이곳 노근리를 인권평화의 장으로 승화시켜 나가야 할 것입니다. / 오늘 이 경건하고 성스러운 추모식이 울분과 원통함으로 살아오신 유족에게 큰 위로와 희망이 되시길 바라며 우리들 모두가 바라는 만족할 수 있는 명예회복을 이룰 수 있도록 이 자리에 참석하신 모든 분들이 힘을 보태주시길 간절히 소망합니다."

군수의 추모사는 향후 전망을 피력한 다음 이렇게 마무리를 하였다. 그리고 주최 측과 유족 내빈에게 인사말을 덧붙였다.

노근리사건 현장인 개근철교(쌍굴다리) 북단 좌측 외벽에는 탄흔을 △ ○ 두 가지 모양으로 구별하여 백색 페인트로 표시를 하고 보호망도 설치하여 놓았다. 다른 벽에도 탄두와 탄흔 표시를 다 해두었다. 그래서 모든 벽면의 수많은 총탄 자욱이 벌집 같았다. 그 하나 하나의 표시들이 불꽃을 튀기며 폭음을 발하는 장면이 떠올랐다. 마구 사람들이 쓰러지고 비명을 질러대는 아비규환이 되었다.

제단과 무대는 쌍굴다리 북단 산 밑에 설치되어 있었다. 굴 안에 개폐의자를 늘어놓았고 그 안에 유족과 내빈들이 열을 지어 앉아 있는 가운데와 양쪽으로 좁은 통로가 나 있었다. 55년 전 그 때처럼 이 굴다리 안에 사람들이 꽉 들어차 있었다.

의식행사의 마지막 순서로 평화를 만드는 교회 김동완 목사의 영혼을 적시는 추모기도가 있었다.

2부 진혼제 추모공연은 김정기 영동예총회장의 인사말에 이어 추모시 낭송이 있었고 추모곡 진혼곡 연주, 진혼무 공연 등의 순서로 진행되었다.

추모곡 독창으로 「비목」 연주가 있었고 창작 추모곡 「노근리여 영원하라」가 초연되었다. 황천길로 가는 영혼의 슬픈 한을 담은 곡 「한恨」을 난계국악단의 아쟁 신디 대금 연주로 들려주었다. 그리고 이어진 영동국악협회의 진혼무는 살풀이춤으로 한과 비애를 풀어 슬픔을 예술로 승화시키며 정 중 동 절제미의 춤과 남도 상여소리로 혼을 달래며 헌무로 천도하는 춤이었다. 더위를 가셔주는 무대였다.

영동미술협회의 설치미술 그리고 유족과 해외 청소년봉사단체의 참여로 노근리 쌍굴을 형상화한 대형 추모 걸개그림 그리기도 진행이 되었다.

진혼제는 글자그대로 노근리 굴다리 죽음의 터널과 들판에서 억울하게 죽어간 사람의 넋을 가라앉히고 있었다. 혼이 있고 영이 있고 신이 있고 극락이 있는지 없는지 모르지만 죽은 자의 넋을 극락의 세계로 인도하는 천도를 소망하는 것이다. 산 자들의 몫이다. 그것이 예술이든 시이든 마음을 다 쏟아 붓는 것이다. 난마의 고를 푸는 것이다.

추모시 중에서 경문 시인의 「결자해지」를 옮겨본다.

저기 응어리진
반세기의 원한 안고
피의 들판 가로질러
쌍굴다리 찾아오는 원한들을 보아라.

이승의 무능한
우리를 질타하고 있을
형이상形而上의 원혼들 앞에 서서
여기 생자의 붉은 얼굴 어찌 감추리오

노근리 사건!
이 고蠱를 누가 풀 것인가?
고언에 결자해지結者解之라 했다.
결자는 시급히 매듭을 풀어라.

맺은 자여!
이곳이 양민학살의
현장으로 보존되어
그대들 만행이 홍보되길 바라는 이는 없다.

노근리 사건은
미루면 미룰 수록
그대들 나라 명성에
치명적인 타격을 입힐 뿐이리라.

억울한 누명을
반 백년 동안 써온 영령이시어
이제 오랜 원한을 풀으소서.
우리의 추모의 정성도 흠향歆饗하소서.

오! 지극히 전능하셔서
만방의 왕을 한 손 안에
부리시는 하느님 노근리 문제를 해결할
통치자를 소명召命하여 엄명嚴命하여 주소서.

경문耕文, 글밭을 간다는 뜻인가, 밭 갈던 흙 묻은 손으로 쓴 듯한 문맥으로 결자를 향하여 명령하고 그리고 신을 향하여 하소하고 있다. 그도 어디로 옮겨가 유명을 달리 한 지 오래 되었다.

7

행사가 끝나고 참석자들에게 도시락을 나누어 주었다. 기관장들 내빈들은 쌍굴다리 뒤쪽 노근리로 들어가는 길 위에 친 차일 안으로 안내되었다. 소주도 곁들였다. 정은용 대책위원장은 노구를 이끌고 참석해준 데 대한 인사를 하고 다녔다. 국회의원 군수 군의회의장 경찰서장 교육장 들에게 악수를 하며 술도 권하였다. 그가 앉은 자리까지 와서 악수를 하며 술을 권하는 것이었다. 그가 먼저 술을 따르려 하자 음료수를 달라고 하였다.

"애 많이 쓰셨습니다. 오늘은 바쁘시지요?"

부글부글 끓는 사이다를 한 컵 따르고 그렇게 인사를 하며 물어보았다. 따로 시간을 낼 수 있느냐는 것이었다.

"뭐 바쁠 것도 없어요. 이제 행사가 끝났으니께요."

정은용은 피로한 기색으로 말하였다.

그러나 오늘 같은 날 붙들고 옛날 얘기를 하고 있을 수는 없었다. 물론 옛날 얘기만은 아니지만 무엇이 되었든 한가할 수가 없는 날이었다. 조금 전 위령사를 통해서 얘기를 듣기도 하였으니 다른 사람을 붙들고 얘기를 하리라 생각했다.

"다른 날 연락을 드리겠습니다."

"그래요."

정은용은 얼른 대답을 하고 다른 사람에게로 갔다.

그의 앞자리와 뒷자리에는 예총회장 문협회장 문협회원들이 앉아 있었다. 서로 인사를 하며 술을 권하였다. 안주는 도시락 반찬이었다.

일행인 철산 경문 백송 등 시인들도 같은 자리에 앉아 있어서 술을 한 두 잔 주고 받았다. 낮술이라 모두들 피하였다. 차를 몰고 가야 된다고 하기도 하였다. 그러나 그런 것보다 직접적인 피해자는 아니라 할지라 도 우울한 날이었다.

그는 마주 앉아 있는 매봉梅峰 화백에게 술을 한 잔 권하였다. 작고 한 그의 형과 같은 연배였다. 전 예총회장이며 요즘은 향토사연구회장 을 맡고 있었다. 그의 윗 마을 수원리에 살고 있어 방향도 같았다. 매 봉도 차를 가지고 왔다고 하며 술을 받아놓기만 하고 다른 잔으로 그 에게 술을 따라준다.

"그러잖아도 만나뵈면 말씀 드리려고 하였는데…"

"뭘 말이여?"

"향토사연구회에 입회를 하고 싶은데요."

"그야 대환영이지."

"절차를 밟아야지요."

"뭐 나오기만 하면 돼야."

"답사를 갈 때 같이 가고 싶어요."

"그래야. 발표도 좀 하고."

매봉은 그러다 생각난 듯이 다시 말하는 것이었다.

"저기 말이여, 이번 학술발표대회 때 오면 되겠네. 와서 토론도 좀 하고 그래야. 그러면 좋겠네."

그리고 정말 잘 됐다는 듯이 그에게 또 한 잔 따라주는 것이었다. 그리고 9월 23일 영동대학교에서 충북향토사연구학술발표회를 하는데 '6.25와 노근리 사건'을 주제로 발표한다고 다시 말하는 것이었다.

정말 얘기를 꺼내기를 잘 하였다. 그는 단지 낙향 후 향토사를 연구 하는 사람들을 따라 이 근방의 역사적인 유서지를 찾아 답사를 하고 싶었던 것이다. 연구하는 것은 어려운 일이고 부담 없이 따라다니며 뒷전에서 얘기도 듣고 하고 싶었던 것이다. 가령 그가 사는 노천리의 내 건너 마을인 유전리 앞에 능말기 재가 있고 그 너머에 백금마라는 마을이 있는데 그곳이 신라통일 이전 마연국馬延國의 중심이었다는 것이다. 거기에 왕과 촌장 장수가 거주하였으며 능말기에는 왕들의 무덤이 있고 그 아래 노천리 앞 핏들의 고인돌은 부족장의 무덤이었다는 것이다. 고인돌은 지금은 깨 내어 없어졌고 그 밑에 묻혀 있던 돌칼 돌도끼 돌화살촉 등은 중앙박물관에 소장되어 있다고 하였다. 그런 사실을 영동농고 동창회장을 지낸 최병무가 엮은 「내 고향 산하」라는 책에 같은 마을 출신 강춘식이 쓴 것을 보고 알게 되었는데 그런 사실들을 조금 더 자세히 그리고 정확히 알고 싶은 것이었다. 물론 관심이 그곳에만 있는 것은 아니었다. 노근리도 그 중의 하나였다.

좌우간 그런 얘기였는데 다시 노근리 얘기로 돌아온 것이다. 그날 꼭 가겠다고 하였다.

옆 자리에서 많이 일어나 가고 자리가 홀빈하였다.

행사가 끝나고 그는 저만치 얼굴이 보이는 양해찬 대책위원회 부위원장에게로 갔다. 검은 양복에 검은 넥타이를 매고 있으면서 연방 흘러내리는 땀을 손수건으로 닦고 있었다.

"오늘 더위에 애 많이 쓰셨습니다."

"매번 잊지 않고 와 주셔서 감사합니다."

서로 악수를 하였다.

"마을로 바로 가실 건가요?"

임계리 집으로 한 번 찾아간 적이 있었던 것이다.

"그래요. 포도밭으로 가야 돼요."

"옷을 갈아입어야 되겠네요."

"그래야지요."

"오늘 같은 날 좀 쉬시지 않고요?"

그가 웃으면서 그렇게 위로를 하였다.

"오늘 같은 날, 뭐 특별한 날인가요?"

"그렇지 않은가요?"

"기억하고 싶지 않은 날일뿐입니다."

"네에…"

차라리 일을 하면서 악몽을 잊는 것이 오히려 쉬는 것이 된다고도 생각이 되었다. 얼굴에 그렇게 씌어 있었다.

제단과 무대를 뜯어내고 설치미술 소도구들을 옮기는 등 정리를 하고 있는 옆으로 여러 사람들이 앉아 있었다. 식장이었던 쌍굴다리 밑 햇볕이 들어오지 않는 쪽 개폐의자에 많은 사람들이 남아서 이야기를 나누며 도시락을 먹고 있었다. 쌍굴 입구쪽 광장에 펼쳐놓은 자리에도 뙤약볕 아래 술을 들고 있는 사람들이 많이 있었고 길가 쪽으로는 부산하게 주차되었던 승용차 화물차들을 빼내고 있었다.

"따라가도 될까요?"

"그러시지요 뭐, 우리 포도도 좀 드시고."

"고맙습니다. 포도 농사를 많이 하세요?"

"많이 하는 것도 없지만 요즘 다른 것은 할 것이 없어요."

"쌀농사는 안 지으시고요?"

"쌀농사(벼농사)는 먹을 것만 하지요. 타산이 맞아야지요. 추곡 수매도 안 하지 않아요?"

"직불제를 한다고 알고 있는데…"

"그거 소용 없어요."

그도 농촌에 내려와 살기 때문에 조금은 사정을 알고 있었다. 정부에서 양을 정하고 가격을 정해서 추곡 수매를 하던 것을 국제협약을 지키기 위해서 중단하고 직불제라는 것을 시행하고 있었다. 쌀 생산 농가에 쌀값 하락을 대비해 보조금을 지원하는 제도이다. 기준 목표가격을 정해 놓고 수확기 10월~1월에 산지 쌀값을 조사하여, 목표가격과 차이가 생기는 것의 85퍼센트를 지원해 주는 것이다. 쌀 협상 (BDA라든가) 때 수입쌀 개방이 확대 돼야 하니까, 수입 쌀이 들어올 때 시장기능을 통하지 않고 쌀값 하락을 방지하려는 것인데 금년에는 다른 작물 또는 휴경재배도 허용하는 고정직불금제와 물을 가두어서 벼를 재배해야 하는 변동직불금제를 실시한다고 하고 있지만 농민들 반응은 시큰둥하였다. 무엇보다도 수익성이 문제인데 대부분 벼 농사보다 4배나 수익이 높은 포도 농사를 짓고 있는 것이다. 지금이 포도 갈무리의 고비였다.

바쁜 사람을 붙들고 양해찬의 말대로 기억하고 싶지도 않은 얘기를 하자는 것은 도리가 아닌 것 같았다. 시간을 잘 택하고 분위기를 조성해야 되었다. 언제 저녁에 한 번 가겠다고 얘기하였다. 그러면서 한 가지를 더 물어보았다.

"제삿날은 언제인가요?"

"오늘이 제삿날이잖아요."

양해찬은 웃으면서 말하였다.

"아 그렇던가요? 그런데 집에서 개인적으로 지내는 제사 말인데요, 제삿날이 다 같잖아요?"

"그렇지요. 3, 4일 지간으로 하루 이틀 차이가 나지만 온 동네가 모두 같은 날 제사를 지내는 거지요. 음력으로 지내는데 얼마 전에 다 지나갔어요."

"그래요? 제삿날에 한 번 가보고 싶었는데."

"동네에 절이 있는데 보현사라고, 거기에 모신 분들은 백중에 제를 지내지요."

"아, 그렇군요."

백중이라면 음력 7월 보름이다. 그 때 그리로 가보리라 생각하였다.

밤중에 귀신도 아니고 집으로들 찾아가는 것보다 잘 되었다. 안 물어보았더라면 모르고 지나갈 뻔하였다. 더 물어보고 싶은 것이 많았지만 너무 오래 붙들고 얘기하기가 미안하여 그냥 두었다.

방향이 같은 사람들이나 일행들을 찾기 위해 차일 안도 둘러보고 쌍굴을 빠져나오며 두리번거리다가 여러 명이 개폐의자에 둘러 앉아 이야기를 하고 있는 자리에 눈길이 갔다. 한 여인이 통곡을 하고 있었다. 그는 발을 멈추고 그쪽으로 고개를 들이밀고 사연을 들어 보았다. 사진을 한 장 들고 얘기를 하다가 울다가 하던 여인은 그 사진 속의 어린 여자아이가 자신이라고 하는 것이었다. 그 옆에 있는 아이들은 동생들이고 그 뒤에 있는 사람은 어머니라는 것이었다. 그는 퇴색된 사진 속의 얼굴과 여인을 번갈아보다가 한 마디 던지었다.

"그런데요?"

그게 어쨌다는 것이냐고 물은 것이었다. 왜 그런 질문을 던졌던지 몰랐지만 그래서 그는 그 자리를 바로 뜨지 못하고 일행들과 떨어져야 했다.

"어머니와 동생 남매가 여기서 죽었다니께요."

"아! 그러셨어요?"

그는 그 사진을 달래서 받아들고 희미한 작은 얼굴들을 바라보다가 이름을 물어보았다. 정정자라고 하였다. 65세(당시)의 그 여인은 사진 속에서 자신의 작은 얼굴을 가리켰다.

"돌아가신 분은요?"

그가 다시 물었다.

"야가 둘래이고 야가 구성이에요. 어머니가 딸을 셋을 낳았는데 이 여동생을 둘래라고 이름을 지어 아들을 낳았어요. 그런데 그 금쪽 같은 남동생이 이마에 총탄을 맞고 쓰러진 겁니다. 세상에 이런 일이 어떻게 일어날 수가 있어요? 마른 하늘에 벼락이 떨어진 것이지요. 그 순간을 내 눈에 흙이 들어가기 전에 어떻게 잊을 수가 있겠어요?"

정구성은 1949년 12월 30일 생으로 당시 5개월 된 젖먹이었다. 둘래의 호적이름은 순례로 당시 3세의 어린애이다. 정순례도 어머니 민영옥(당시 31세)과 함께 여기서 죽었다.

"혼자 살아남으셨군요."

마구 큰소리로 울고 있다가 눈물을 닦고 있는 정여인에게 그가 물었다. 위로의 말을 하려는 것이었다.

"동생 순자하고 나하고 쭉데기만 살아남았지요."

"네에…"

"나도 수류탄을 맞고 발목과 발가락을 다쳐서 평생 고생을 하고 있어요."

"참 고생 많으셨군요."

"고생이야 어떻게 말로 다 할 수가 없지요. 그러나 죽은 사람도 있는데 산 사람들이야 뭐 고생이라고 할 수가 있나요?"

정여인은 웃으면서 말하는 것이었다. 아직 눈에서는 눈물이 흘러내리고 있었다.

이야기를 듣다보니 주위 사람들이 다 자리를 뜨고 한 옆에서는 의자를 자꾸 거두어가고 있었다.

"어디 주곡리에 사시는가요? 임계리인가요?"

그가 한 마디 더 물었다.

"아니에요. 6.25 당시 대전에 살았었는데, 지금은 전북에 살아요."

"그래요?"

"예, 동생은 의정부에 살고요."

"네에…"

동생은 정순자를 말하는 것이다. 그녀 옆에서 눈물을 흘리고 있는 할머니 같았다. 시집을 그리로 갔거나 이사를 간 것이었다.

"그 어린아이들 무덤은 있나요? 제사는 지나는가요?"

그는 그것이 알고 싶어 물어보았다.

"무덤이요? 제사요?"

정여인은 그에게 되물었다. 그러다 대답 대신 왜 그러느냐고 묻는다. 누구냐고 묻기도 한다.

그는 우물쭈물하다가 기자라고 하였다. 그랬더니 또 어느 신문이냐고 묻는다. 그래서 전에 있던 데를 대었다.

"무덤이야 있지요. 그런데 어린아이 갓난아기 제사를 어떻게 지내요?"

정여인은 한 참 있다가 그렇게 말하였다. 그에게 다시 되묻는 것이었다.

"그런가요?"

그도 되물었다.

"그럼요."

"그렇지요."

옆에 앉은 사람들이 고개를 끄덕이며 동의를 했다.

"장가를 안 간 사람, 미성년자는 제사를 안 지내지요."

한 남자-할아버지-는 그렇게 말하기도 했다.

그러자 서로의 얼굴을 쳐다보았다.

그는 무덤에를 가보고 싶다고 하였다. 그리고 정여인의 전화번호를 적고 또 연락하겠다고 하였다.

말대로 그 뒤 그녀와 두 세 번 전화를 하였는데, 두 가지 얘기를 추가로 들려주었다. 한 가지는 미군이 던진 수류탄에 부상을 입었고 치료는 인민군이 해 주었다고 하였다. 인민군이 약을 발라주었다는 것이었다. 그런 이야기는 다른 피해자들에게도 들은 적이 있었다. 또 한 가지는 그런 등등의 통한의 이야기들을 노트에 기록해 두었으며 자신의 이야기를 꽁트로 써서 발표하고 싶다고 하였다. 그는 그러시라고 하였다. 그러면서 물어보았다.

"꽁트로 다 쓰실 수가 있겠습니까?"

"안 될까요?"

"꽁트는 짤막한 이야기인데, 사연이 많지 않습니까?"

"많지요. 며칠 밤을 새워도 다 못하는 이야기이지요."

"네에…"

여러 개의 얘기로 쓸 수도 있을 것이다. 형식이 문제는 아닐 것이다. 좌우간 덕지덕지 맺힌 한을 무덤으로 그냥 가지고 갈 수가 없었던 것이다. 그도 그 노트를 읽어보고 싶다고 하였다. 다시 연락하기로 하였다.

그리고 뒤에 노근리사건 희생자 명단 자료를 보고 안 일이지만, 영동읍 주곡리 412번지에 살다가 1950년 7월 26일 노근리 철길 위에서 사망한 정정자는 1943년생으로 당시 8세였다. 그리고 부모가 주곡리 144-4번지에 살다가 대전 목동 46번지로 이사가 살던 정정자는 당시 10세 부상자로 동명이인이었다. 다 같은 영일 정씨였고 정은용 정구일 정구호 정구헌 정구학 등은 가까운 친척이다.

백중날을 기다려 보현사를 찾아갔다. 저녁 때, 소설을 쓰는 윤영과 같이 갔다. 그녀와는 남북작가회의 때 묘향산의 보현사를 같이 갔었던 것이다. 그래서 여기 보현사를 같이 가자고 한 것이었다. 동행의 구실이 되었던 것이다.

혹시 헛걸음을 하지나 않을까 해서 연락을 하고 갔다. 114에 물어도 알 수가 없어서 군의 문화과에서 전화번호를 알았다. 저녁 예불 공양 시간인 6시를 피해서 오라고 하여 시간을 맞추어 간 것이다. 주곡리를 거쳐서 2킬로미터 이상 들어간 임계리에서 가파른 길을 따라 산속으로 한참 올라간 곳에 보현사가 있었다. 절이라기보다 산막 같은 곳이었다. 곧 쓰러질 것 같은 법당에 불을 밝혀 놓고 그를 기다렸다. 윤영과 같이 갔던 보현사는 북의 대표적인 사찰이었던 것이다.

그들이 도착하자 주지스님이 평상으로 안내를 하는 것이었다. 정민 貞玟 스님, 쉰이나 됐을까, 체구가 자그만한 여승이었다. 적막강산 같은 곳에 여승 한 사람 뿐 다른 사람은 아무도 없고 산비둘기만 울어대었다.

거기서도 그는 기자라고 자신을 소개하였다. 그것이 편리할 것 같았다. 그리고 신경을 쓰는 것 같아서 시를 쓴다고도 하였다. 윤영은 소설을 쓴다고 하고, 여승 혼자 있는 인적이 끊긴 절에 그녀와 같이 오길 잘 했다. 전화로 미리 얘기했지만, 노근리사건 희생자를 모시고 있다고 하여 참배도 하고 그 위령 현황도 좀 알고자 하여 온 것이라고 용건을 다시 말하였다. 그런데 얘기는 처음부터 잘 되지가 않았다. 이 스님이 이곳 보현사에 온 지가 석 달도 채 안 되는데다가 오자 마자 비가 새는 지붕을 고치고 벽의 도배를 하고 무성한 마당의 풀을 뽑는 등 백중기도를 위한 준비를 가까스로 연결을 한 것이고 그래서 다른 아무것도 정신이 없었다고 하였다. 우선 노근리사건에 관해서도 잘 모르고 있었다. 그래서 그들이 설명을 하였다.

그리고 오늘 백중기도를 하러 온 사람 중에서 그리고 주곡리 임계리 사람들 중에서 6.25때 노근리다리에서 희생된 영가가 없었고 그런 망축亡祝이 없다고 하였다. 희생자 가족이 현재는 이 마을에 살지 않고 있는 경우도 생각할 수 있었다. 그것은 알 수가 없었다. 그러나 좌우간 숫자가 얼마 되지 않았고-몇 안 되었다-스님이 온 지가 얼마 되지 않아 먼저 있던 스님에게 물어보라고 하였다. 그러면서도 그 전화번호는 알켜 주지 않았다. 그러면서 한 가지, 그녀가 오기 전에 벽에 잔뜩 씌어 있던 이름들이 있었는데 글씨도 잘 알아볼 수도 없고 하여 그 위에 도배지를 덧발랐다고 하였다.

"아! 그래요?"

그는 거기에다 희망을 걸었다. 여기 찾아온 의미를 그것으로라도 찾자는 것이었다.

"저도 아무래도 그것이 무언가 신경이 쓰이더라고요. 지금 생각하니 그것이 망축이었던 모양인데…"

"그런 모양이군요"

그는 법당으로 가서 불전에 참배를 하였다. 절이 작다보니 부처님도 자그마했다. 작은 대로 불전의 배치나 뒤의 영상회상 그림 등이 조잡한 대로 갖추어져 있었다. 천정과 벽면도 도배지로나마 단청 모양을 내었다.

다시 평상으로 나오자 스님은 공양은 어떻게 하였느냐고 묻는다. 그는 그 말을 잘 못 알아듣고 조금 하였다고 하였다. 시주함에 지폐 한 장 넣은 것을 말하였다. 그런데 그것이 아니었다. 늦었으니 국수라도 삶을까 묻는다. 이야기나 좀 하자고 하였다. 윤영도 그러지 말라고 하였다. 그러나 스님은 말을 듣지 않는다. 바깥 화덕에 걸어놓은 무쇠 솥에 물을 붓고 불을 지폈다.

얘기하는 동안 평상 옆 호두나무에서 떨어진 호두를 주어다가 아직 덜 익은 하얀 알갱이를 까서 입을 다시게 하던 윤영이 이번에는 불을 때었다. 다른 것도 그녀가 하겠다고 팔을 걷어부치었다. 스님은 그와 얘기를 하라는 것이었다. 그녀는 옆에서 듣겠다고 하였다. 아닌게아니라 그래서 스님은 그와 이야기를 계속할 수 있었다.

사람이 죽으면 어디로 가느냐, 비명에 죽는다는 것은 죄를 져서이냐, 죄를 진 사람은 어디로 가느냐… 그의 뜬금없는 질문에 스님은 죄를 진 사람은 지옥으로 가는 것이 정한 이치가 아니냐고 되물었다. 그러나 스님은 그들이 온 연유를 생각해서인가 말을 바꾸는 것이었다. 죄를 씻겨서 죽은 사람의 넋이 정토로 천상으로 극락의 세계로 갈 수 있도록 불보살에게 재齋를 올리고 기원하는 하는 것이 불승佛僧들의 사명이 아니겠느냐고 근엄하게 말하였다. 천도재薦度齋를 말하는 것이었다. 천령薦靈 천혼薦魂의 의식으로 죽은 영혼이 좋은 곳으로 가서 좋은 곳에 다시 태어나는 길을 안내하고 이끌어 주는 것을 말한다. 재는 축제와 같은 의식행위를 말한다. 건넌다 건진다 구제한다의 뜻으로 건널 제濟, 제사 제祭자를 쓰기도 한다. 사람이 죽으면 육체는 없어지지만 영혼은 그대로 남아 있게 되는데 이 영혼을 영가靈駕라고 부른다. 천도재 천도제는 영가를 불러 성인聖人의 가르침인 무상법문無常法門을 들려주고 선신善神의 위신력으로 왕생극락往生極樂 하도록 기원하는 의식을 말한다.

정민 스님은 장황하게 설법을 하듯이 법문을 하듯이 떠듬떠듬 대답을 하다가 말고 그런데 그것을 왜 묻느냐는 것이었다. 대답이 어려워서인가, 아닌 밤중에 홍두깨 격으로 찾아와 물어대는 것에 거부감을 느끼는 것인가, 어쩌면 둘 다인지 모른다. 쉽다면 쉽고 어렵다면 한없이 어려운 물음이었다. 그런데 그가 기자라고 하니 평범하게 얘기할 수도 없는 일이고, 그냥 거절할 수도 없는 일이었다. 어디다 낼 것이냐고 묻기도 하는 것이었다. 그것이 또 신경이 쓰이는 모양이었다. 그는 그렇다고 할 수도 없고 아니라고 할 수도 없고 해서-사실이 그랬다-적당히 얼버무렸다. 공부 겸해서 왔다, 노근리사건에 대해서 관심이 많다, 무언가 역할을 하고 싶다, 보현사라는 절을 보기 위해서 왔다고 하였다. 그것도 사실이었다. 그래서 자꾸 보현사 얘기를 하였다. 얘기를 듣기 위한 분위기를 만드려는 것이었다.

전국 곳곳에 보현사普賢寺 절이 있었다. 강릉 보광리, 광주 지산동, 부산 당리동, 충주 지현동, 포항 덕수동, 거제 산방리… 평북 묘향산妙香山에 있는 보현사는 북한 불교의 총림叢林 격이었다. 북에서 절 하면 보현사였다. 보현사 대웅전 앞뜰에는 8각 13층 석탑이 서 있다. 고려 초에 세운 높이 8.58미터의 화강석 불탑으로 탑몸은 1층과 13층, 2층과

12층 위 아래 서로 마주하는 층 높이의 합이 같도록 짜여져 있어 기하학적 아름다움을 느끼게 한다. 북한에 남아 있는 석탑중 가장 빼어난 유물이다.

일제시대에만 하더라도 31본사의 하나로 사찰이 50여 채 되었지만 6.25때 반 이상이 불타고 전후에 복구해 새로 단장해 놓은 것이 20여 채 되었다. 경내에 불교역사박물관을 세우고 전국 사찰에서 나온 많은 불교유물을 여기에 보관 전시하고 있다. 불상이 101개, 불화가 84점, 불교장식품이 149점, 그리고 불경목판 원판과 팔만대장경 목판인쇄본 완질 1천159권 등이 있다. 그 중에는 고려말기 대표적인 금동보살상, 평북 피현의 불정사에 있던 다라니 석당石幢도 있었고, 또 금강산 유점사의 범종도 있었다. 외국 관광객들에게 특히 남에서 간 사람들에게 꼭 보여주는 관광지이며 북한의 신혼부부들이 많이 찾는 곳이다. 13층 석탑 대웅전 만세루 앞에서는 필수적으로 사진을 찍었다.

묘향산 단풍을 배경으로 석탑 앞에서 사진을 찍었었다. 두 절을 비교하려는 것이 아니고 그 이름으로 인해 찾아오게 되어 그랬고, 이것 저것 설명이 길어지는데… 개천절 남북 공동개최 명분으로 북에 갔던 것이다. 거기서는 보여주고 싶은 곳만 갈 수 있었는데 환인 환웅 환웅을 모셔 놓은 황해도 구월산九月山 삼성사三聖祠 신천의 신천박물관 등을 다녀 왔다. 거기서 보았던 피카소의 「한국인의 학살」 그리고 신천 학살의 얘기는 지금도 혼동을 하고 있다.

8

스님은 국수를 말아 고사리 도라지 무나물 반찬과 함께 평상으로 내
왔다. 참으로 고맙게 생각되었다. 시주를 많이 해야 되는데 그의 형편
대로 하였던 것이다. 뒤에라도 더 하면 되었다. 그는 잘 먹겠다는 인사
를 하는 대신 엉뚱한 청을 하였다.

"떡 본 김에 제를 좀 올립시다."

"제라니요?"

주지 스님은 말을 알아듣지 못하였다.

"오늘이 백중날이니 노근리사건에 희생된 영령들에게 천도제를 올
리면 안 되겠습니까?"

"그거야 안 되지요."

스님은 한 마디로 안 된다고 하였다.

"왜 안 될 것이 뭐 있습니까?"

"위패도 없이 무슨 천도제를 지낸다고 그래요? 이 밤중에, 말이 안
되지요."

"우린 괜찮은데, 그런 건 상관 없어요."

"우린 상관 있어요."

스님은 정색을 하고 다시 안 된다고 말하였다.

그러는데 윤영이 그에게 나지막하게 말하는 것이었다.

"천도제가 그냥 올려지는 게 아니에요."

거기에 따르는 것이 있어야 하지 않느냐고 말하는 것이었다.

"그것도 그렇지요."

스님은 그 말도 인정하였다.

따르는 것이라면, 글쎄 뭘 말하는지 알 것 같았다. 그러나 그는 앉아서 말만 하고 있지 않고 음식상을 들고 내려왔다. 법당으로 상을 가지고 가려는 것이었다.

원래 그럴 생각으로 여기에 온 것은 아니었다. 갑자기 그런 생각이 든 것이고 내친 김에 고집을 부리고 있는 것이었다.

"위패는 벽 속에 들어 있습니다. 음식을 잘 장만해야 되겠지만 뭐 성의가 중요한 것 아니겠습니까? 떡 본 김에 제사 지낸다고 말도 있지 않아요?"

"떡은 있어요. 그런데 국수를 가지고 무슨 제를 지낸다고 그래요? 참, 떼가 보통이 아니시네요."

스님은 할 수 없다는 듯이 더 말을 하지 않았다. 그리고 부엌으로 가서 무엇을 주섬 주섬 담아 내오는 것이었다. 떡이었다. 떡 본 김에 제사 지낸다고 하여 떡 생각이 난 모양이었다.

"정말 웬 떡이지요?"

윤영이 배창자를 쥐고 웃으면서 물었다.

"오늘이 백중이잖아요. 그럴 줄 알았다면 밥을 할 것인데, 잘 못 됐네요."

참으로 도량이 넓은 스님이었다.

"고맙습니다. 고맙습니다."

그는 음식을 들고 법당으로 들어가면서 윤영에게 손짓을 하였다.

"윤선생도 어서 올라와요. 서러운 영령들에게 절 한 번 하고 가야지요."

"제가 뭘 해요."

윤영은 그러며 법당 앞 댓돌 아래에 와서 옷깃을 여미고 서는 것이었다.

"절은 한 번만 하시게요?"

스님은 또 사과와 포도를 가지고 와서 올려놓으며 따지는 것이었다.

"아 두 번 해야지요. 죽은 사람에게 절을 한 번만 하는 줄 아셨어요?"

"중도 필요없네요."

"그러지 말고 어서 와서 염불을 좀 해주셔야지요."

"그게 그냥 되냐고요?"

여러 가지가 구비되지 않았다는 것이다.

그것을 그도 잘 알고 있었다. 하지만 그냥 밀어부쳤다. 하는데까지 해달라고 하였다. 가만히 있지 않겠다고도 하였다.

"그 양반 참!"

스님은 할 수 없다는 듯이 법당 안으로 들어와 정좌를 하는 것이었다. 그리고 그의 말대로 목탁을 두드리며 염불을 하는 것이었다. 위패도 없이 망축문도 없이 노근리사건으로 희생된 농민들, 무고한 양민들, 천진난만한 어린 아이들… 이름 없는 영가들을 부르며 요령을 흔들었다.

"요령을 흔들어 알리오니 영가들께서는 이 소리를 듣고 맑은 마음으로 부처님의 힘을 빌어 이 자리에 내려오십시오."

그리고 스님은 목탁을 두드리며 영가들에게 고하였다.

"신령스런 마음을 헤아리기 어려우나 생을 다하여 황천객이 되었으니 꿈 같은 몸 생각 버리고 혼백은 이 자리에 편안히 앉으소서. 향과 등불로 삼가 청합니다. 태어남은 본래 없고 죽는 것도 본래부터 없는 것이니 나고 죽는 현상 속에 불생불멸不生不滅의 도리를 아시겠습니까? 영가시여, 한 순간 확실하게 그 진리를 깨닫고 체득하면 고통에서 영원히 벗어나게 되니 부처님의 위신력과 가피력을 의지하여 이 재단에 오셔서 저희들이 올린 음식을 받으시고 생사生死 없는 법을 확연히 깨달으소서. 태어날 땐 어디에서 왔었으며 돌아갈 때는 어디로 가시나요? 태어나는 것은 한 조각의 뜬구름이 생기는 것과 같고 죽는 것은 한 조각의 뜬구름이 사라지는 것과 같은 것이며 뜬구름은 본래부터 그 자체가 없는 것이니 태어나고 죽는 것이 또한 어디 있겠습니까? 그러나 형체는 없지만 항상 존재하며 죽음에 따르지 않는 묘한 존재가 있으니 이것이 무엇인지 아시겠습니까? 영가들이시여, 오늘 별로 차린 것은 없으나 지극 정성으로 영가들을 모시고자 하는 중생이 여기 있습니다. 이 재단에 오시어 좋은 가르침을 들으시고 음식을 받으소서."

그리고 또 스님은 진언을 하며 목탁을 두드렸다. 보소청 진언, 보공양 진언, 파지옥 진언, 항마 진언을 순서대로 되뇌이었다.

"나무 보보제리 가리다리 다타 아다야(청하오니 이 자리에 오십시오), 옴 아아나 삼바바 아아라 훔(청하오니 이 음식을 받으소서), 옴 가라지야 사바하(지옥이여 사라져라), 옴 소마니 소마니 훔 하리한나 하리한 훔 하니(마귀여 물러가라)"

천도제였다. 그것이 약식이고 대충 대충 하는 것인지 모르지만 과정들이 지루할 정도로 시간이 걸렸고 국수가 다 불었다. 그는 시키는 대로 절을 수없이 하며 연신 관세음보살 관세음보살… 스님을 따라 되뇌었다.

"됐습니다. 이제 그만 하세요."

그는 이제는 또 빨리 끝내라고 깝치었다.

스님은 그러고도 한참을 더 목탁을 두드리고 진언을 하며 여러 번 절을 하고야 불공을 마무리지었다. 그리고 나서 또 불평을 하는 것이었다.

"이렇게 엉터리로 재를 올린 것은 처음이네요. 그런데 중간에 그만 하라는 것은 또 무슨 경우라요?"

"그만 하면 충분하다는 거지요. 너무 오감해서 그랬습니다. 좌우간 고맙습니다. 너무 떼를 써서 죄송합니다. 제가 왜 그러는 줄은 아시지요?"

"떼를 쓴 줄은 아시는구만요. 목욕 진언(목욕을 하소서), 작양지 진언(양치질 하소서), 정의 진언(옷을 바로 고쳐 입으소서)은 오늘 생략했어요. 천도제는 먼저 죽은 영혼을 불러 목욕시키고 새 옷으로 갈아입힌 후 좋은 음식을 접대하고 좋은 곳으로 가 다시 태어나는 길을 안내하고 인도하며 그 방법을 가르쳐주는 과정이지요. 부처님의 말씀을 염불로 말하면 영가는 스님과 마음이 통하여 그 내용을 모두 이해하고 알아듣는데, 염불 내용은 살아생전의 못다한 욕망과 집착을 끊어버리고 불생불멸의 도리를 깨닫도록 하는 겁니다. 그나 저나 국수가 다 불어서 어떡하지요?"

스님은 묻는 말은 대답을 않고 음식을 다시 내오면서 볼멘소리를 하는 것이었다.

"아니에요. 괜찮아요. 잘 먹겠습니다."

윤영이 법당 앞에서 상을 받아가지고 오면서 공손히 말하였다.

시간이 꽤 되어 시장하던 차여서 두 사람은 불은 국수를 훌훌 소리를 내며 그녀의 말대로 맛있게 먹었다. 염치가 없어서인가 떡이나 과일은 손을 대지 않았다. 두 사람 생각이 같았다. 그런데 그가 또 새 따먹는 소리를 하였다.

"곡차는 좀 없습니까?"

옆에 앉아 있는 스님에게 물었다.

"뭣이라고요? 이 양반이 정말 떼만 대단한 것이 아니라 넉살도 참 좋으시구만요."

"뭐 그냥 한번 해본 소립니다."

"그냥 해보는 소리를 뭘 하려 해요?"

스님은 벌떡 일어나 평상을 내려서는 것이었다. 화가 난 줄 알았다.

그런데 절 뒤로 갔다가 돌아온 스님은 등 뒤에 무엇을 감추어 가지고 왔다.

"정말 참 이상한 양반이네요."

"뭔데 또 그래요?"

그가 스님을 돌아보면서 따지듯이 물었다. 느낌이 좀 이상하여서 였다.

"뭐는 뭐라요, 곡차 가져오라면서요?"

"가져 왔으면 빨리 내놓으셔야지요."

"참 성질도 급하시네요."

"하하하하……" "호호호호……"

두 사람은 도저히 웃음을 참을 수가 없어 큰 소리로 웃어대었다.

"그렇다고 정말 가져오신 거예요?"

윤영은 계속 웃으면서 말하였다.

"제가 오늘 무엇에 단단히 씌었나 봐요."

스님은 정말 술병을 평상 위에 올려놓으며 묻지도 않는 그 술의 출 처를 말하는 것이었다.

"얼마 전에 읍에 있는 사람이 죽은 아들 영구 위패를 봉하고 재를 올릴 때 가져온 것인데 누가 볼까봐 감춰 두었었지요."

"절에서 고기 먹고 곡차 마시는 줄 다 압니다."

"말씀이 지나치시네요. 그러면 안 드릴래요."

스님은 이번에는 정말 화를 벌컥 내는 것이었다.

"농이었어요. 그 말은 취소할 테니 어서 이리 내놓으세요."

"정말이시지요?"

"그럼요. 하하하하……"

"그럼요. 농담이지요."

윤영도 거들었다. 같이 웃어대면 안 좋을 것 같아서인가, 정색을 하고 말하며 술병을 끌어다 상에다 올려놓는 것이었다. 약주였다. 됫병이었다.

"농이 지나치셨어요"

스님은 그 말은 도저히 용납이 안 되는 모양이었다. 그가 다시 한번 취소를 하고서야 겨우 받아들이는 것이었다.

"뭐 말을 잘 못 했으니 잔은 달라고 하지 않겠습니다."

그는 그러며 국수를 먹고 난 대접에 술을 자작 따랐다. 그리고 윤영의 그릇에도 술을 따랐다. 그녀는 차를 몰고 가야 된다고 하며 조금만 받는다.

"또 화 내실까봐 스님께는 안 드리겠습니다."

그리고 두 사람이 술을 들었다.

"오늘 참 여기 잘 왔어요. 스님도 참 훌륭하시고, 외로운 영가들에게 천도제도 올렸으니 음복을 해야지요. 자아, 이제 살아 있는 자들을 축복합시다. 살아 있다는 그 자체가 행운이고 축복입니다. 환희입니다. 안 그렇습니까?"

그는 잔을 들며 웃고 있는 윤영의 눈을 바라보았다.

"호호호… 그저 이선생님은 술만 있으면…"

"어떻다는 겁니까? 제가 틀린 말 했습니까?"

"아니요. 옳은 말씀만 하시지요. 좌우간 저쪽 보현사에 갔을 때보다 좋으네요 뭐. 호호호…"

윤영은 계속 웃으며 초를 쳤다.

"하하하… 그러게 말입니다. 대찰이면 무얼 하고 명찰이면 무얼 합니까? 절간에 가서도 눈치가 빠르면 젓국을 얻어먹는다고 하였어요."

"새우젓도 갔다드릴까요?"

"애해, 그게 아니라고요. 그러지 말고 이리 올라앉으세요. 어리석은 중생들에게 설법을 계속하셔야지요."

말은 그가 하고 윤영은 스님을 모시었다. 손발이 척척 맞았다. 스님은 못 이기는 척하고 그들 옆으로 앉는다. 윤영은 그에게 술을 또 따랐다. 가양주인 것 같았다. 어디다 감추어 두었었는지 시지도 않았다.

　"술이 아주 좋습니다. 이거 다 먹고 가도 될까요?"

　"밤을 새우실라고요?"

　"하하하하……"

　어느 사이 구름이 걷히고 중천에 달이 휘영청 떠 있다. 보름 달이다.

　"올해 백중은 이렇게 가네요"

　스님은 쓸쓸한 어투로 말하고 한숨까지 쉰다.

　"오늘 손님들이 많이 왔지요?"

　윤영이 스님의 심중을 헤아려 그렇게 물었다.

　"아 이렇게 밤중까지 많이 오셨지요"

　그는 주지 스님의 말을 마음 편하지 않게 듣고 있었지만 딴청을 하였다.

　"뭐 오늘 달도 밝고 하니 밤 새워 얘기나 하십시다."

　그러자 스님은 가만히 있고 오히려 윤영이 안 된다고 한다.

　"아이고 안 돼요. 집에서 쫓겨나라고요?"

　"스님하고 있다고 전화 하세요. 지옥에 있는 것이 아니고 극락에 있다고 말이에요"

　"반대로 말씀하시는 것 아니에요? 히히히히……"

　"정말 지금 뭘 하시는 겁니까?"

　스님이 다시 한 마디 하는 것이었다.

　"아 스님이 가만 계시니까 한 말씀 하시라고 그러는 겁니다."

　그러고 그는 질문을 던지었다.

　"백중이 무슨 뜻인가요? 백중날이 무슨 날이지요?"

　스님은 그들을 바라보며 웃는다. 속이 없는 것이 아니라 불한당 같은 그의 행동이 마음에 들었는지도 모른다. 그녀는 묻는 대로 다시 법문을 하듯이 대답을 하는 것이었다.

"일백 백百자에 가운데 중中자 또는 무리 중衆자, 백중일은 승려들이 재를 올리어 부처를 공양하는 큰 명절이지요. 불교가 융성했던 신라나 고려 때에는 이날 일반인까지 참석하여 우란분회盂蘭盆會를 열었다고 하지요. 조선 시대 이후로 사찰에서만 행하여지고 있습니다. 민간에서는 여러 과실과 음식을 마련하여 먹고 노는 날이지요."

"그렇군요. 저는 그저 노는 날로만 기억이 나요. 옛날 우리 집에 머슴이 둘 있었는데 백중날은 일을 하지 않고 깨끗한 옷을 입고 놀았어요. 아버지가 상머슴 겹머슴에게 쪼끼 주머니에서 돈을 꺼내어 주며 가서 놀라고 하시던 모습이 떠올라요. 나에게는 물론 그런 큰 돈을 주시지 않았지요. 농촌에서는 일종의 노동절 같은 날이었던 것 같아요."

"글쎄요…"

스님은 그것-민간의 일-에 대하여는 그에게 맡기는 것이었다.

"우란분회는 무엇이지요?"

윤영도 질문을 하였다.

"아귀도에 떨어진 망령을 위하여 여는 불사佛事입니다. 우란분재盂蘭盆齋라고도 하지요. 목련존자가 아귀도에 떨어진 어머니를 구하기 위해 석가모니의 가르침을 받아 여러 수행승에게 올린 공양에서 비롯되었다고 합니다. 하안거夏安居의 끝 날인 음력 칠월 보름을 전후로 해서 한 사흘간 여러 가지 음식을 만들어 조상이나 부처에게 공양을 하지요."

"아 그래요?"

윤영이 고개를 끄덕이며 잘 알겠다고 하였다. 그러며 이번에는 그녀가 악역을 맡는다.

"제가 술 한 잔 올리면 안 될까요?"

스님에게 말하는 것이었다.

스님은 화를 내는 대신 웃는 것이었다. 어이가 없다는 것인가.

"제가 술을 먹으면 안 되지요. 안 그래요?"

"안 그렇습니다. 저도 신라시대 얘기 좀 할까요? 옛날 원효대사는 술도 많이 마시고 장가도 갔지요. 그것도 왕실의 공주 하고 말이에요. 아들이 누군지 압니까?"

스님이 대답을 않자 윤영이 대신 말하려 한다.

그러자 스님이 손을 내젓는다.

"아이 그만 둬요."

윤영은 때를 놓지지 않고 스님에게 술을 따랐다. 2인조 악당이었다.

"제가 이래 뵈도 술 권하는 선수입니다."

"참 대단한 양반이시네요."

"그래 봐 주시니 고맙습니다. 그런데 아귀도는 아귀떼들이 사는 섬인가요?"

그러며 그가 다시 물었다.

"삼악도三惡道라고 악인이 죽어서 가는 세 가지의 괴로운 세계가 있습니다. 지옥도地獄道 축생도畜生道 아귀도餓鬼道이지요. 아귀들이 모여 사는 세계에서 아귀들이 먹으려는 음식은 불로 변하여 늘 굶주리고, 항상 매를 맞는다고 합니다."

그가 공연한 질문을 하나 더 하여 마음이 무거워졌다. 두 사람은 서로 바라보며 숙연하게 고개를 끄덕끄덕하였다.

"오늘 정말 많이 배웠습니다."

윤영은 스님에게 그렇게 인사를 하였다. 그리고 그에게 이제 그만 가자고 한다. 그러나 그는 못 들은 척하고 그녀에게 술을 따라 준다. 그가 먹던 대접에 반 잔을 따른 것이다. 그녀의 잔은 스님의 앞에 가 있었다.

술이 반은 남았다. 그리고 물어보고 싶은 것 말하고 싶은 것이 많았다.

"지옥은 어떤 곳입니까? 지옥이라는 것이 정말 있는 것일까요?"

"죄업을 짓고 가는 끝없는 괴로움의 세계입니다. 남섬부주의 땅 밑, 철위산의 바깥 변두리 캄캄한 곳입니다. 나락奈落 음사陰司 이리泥 犁라고도 하지요. 왜 그쪽으로 가시게요? 호호호호…"

스님은 다시 숙연한 좌중을 한 바탕 웃기었다.

"그런 곳이 정말 있느냐, 누가 가 봤느냐 하는 것입니다. 책만 보고 불경만 보고 하는 얘기 아닙니까?"

"호호호호……"

스님은 한참 호들갑스럽게 웃고 나서 그에게 묻는 것이었다.

"그래 선생님이 보시기엔 극락만 있고 천국만 있는 것 같습니 까?"

"아니 그런 것이라기보다 다 지어낸 이야기, 만들어낸 이야기가 아 니냐 이겁니다."

"소설이 아니냐 이 말이지요?

"예, 맞아요. 그런 말이예요."

소설을 쓰는 윤영이 얼른 대꾸를 한다.

"전들 알 수가 없지요. 제가 가보기를 했나요, 목탁만 두드리고 앉 아서 뭘 알겠어요. 그러나 그런 소설을 쓰기가 어렵지요. 너무 끔찍하 잖아요?"

"그럴까요?"

윤영이 그렇게 동의인지 반문인지를 하였다.

그러나 스님은 다시 이렇게 말하였다.

"제가 알기로는 지옥이 없다고 믿는 사람들이 지옥엘 가는 것 같애 요."

"거기 가서야 느끼는 거지요. 나처럼 말이지요."

"선생님은 오늘 보니까 안 그런 것 같아요. 오늘 잘 하셨어요. 제가 생각이 짧았습니다. 시주만 많이 하면 되겠어요."

"그래요? 하하하하……"

모두 함께 웃었다.

그는 주머니를 있는 대로 털어서 시주를 하였다. 물론 노근리 영령들에 대한 천도제에 대한 것이었다. 그리고 윤영에게 집에까지 태워다 달라고 하였다. 다시 술을 따라 마시고 두 여인에게 권하였다.

"차 때문에 안 돼요. 그리고 인제 가야 돼요."

"두 가지가 서로 안 맞네요. 그럼 윤여사는 먼저 가세요. 나는 여기서 이 스님과 같이 술 다 마시고 갈께요."

그러나 그의 그런 신소리는 받아들여지지 않았다.

백중 달이 대낮같이 밝았다.

9

절에서 내려와 한 군데를 더 가려고 하였다. 그 아래 동네 임계리에 살고 있는 양해찬에게 들러 이야기를 좀 듣고 몇 가지를 물어보려는 것이었다. 그렇게 예정을 하고 갔던 것이다. 절에서 있었던 일과 듣던 거와 다른 사항도 얘기를 하고 싶었다. 다른 사람들 제사 그리고 어린 아이들 희생자에 대하여도 더 알고 싶었다. 그런 저런 얘기도 하고 싶었지만 같은 동네임으로 들러가려는 것이다. 그런데 시간이 좀 늦었다.

윤영에에게 그렇게 말하자 역시 늦었다고 안 된다고 하였다.

"좀 늦긴 했지만 온 김에 들러가지요."

"좀 늦은 것이 아니에요."

밤 10시였다.

"그리고 밤에 같이 간다는 것이 안 좋지요."

"뭐 어때요?"

"아니에요. 안 돼요."

윤영은 아주 단호하게 거절하였다.

"예에…"

"다음에 와요. 혼자 들리시든지."

"혼자요?"

"혼자 걸어오시겠어요?"

"그러지 말고 내가 잠깐 들렸다 올테니 저 아래서 기다려요."

"뭐 오늘 꼭 만나야 되는 것도 아니잖아요?"

"그렇긴 하지만 온 김에 만나보고 가면 좋겠는데…"

"너무 늦었다니까요. 지금 자고 있을지도 몰라요."

그러는 사이 차는 임계리 마을 앞을 지나서 들판 가운데를 지나고 있었다.

그가 억지로 차를 멈추게 할 수도 있었고 그 혼자 내려서 갈 수도 있었지만 그러지를 않았다. 윤영의 말을 듣는 것이 좋을 것 같았다. 그녀의 입장도 봐주어야 하고 그녀와 더 이야기를 하고 싶었던 것이다.

"그래요 그럼. 가다가 우리 얘기도 좀 더 하고."

"무슨 얘길 또 더 해요. 저도 인제 가봐야 돼요."

"뭐 집엔 매일 가는데 하루 쯤 안 들어가면 안 되나요?"

"그러면 쫓겨나지요."

"하하하하… 쫓겨나면 안 되지."

"호호호호… 그럼요."

"그러나 일이 있으면 늦게 갈 수도 있고 그런 것 아녜요?"

"이미 늦었잖아요. 그런데 정말 무슨 일이 또 있어요?"

"있어요. 아주 중요한 일이에요."

"그게 뭔데요?"

"대포를 한 잔 더 하면서 얘기해요."

"차를 한 잔 하지요."

"뭐가 됐든 한 잔 더 합시다."

그런데 어디 다방도 없었고 술을 마시고 운전을 할 수도 없었다. 그리고 그의 집까지 태워다주지 않으면 무슨 교통도 없었다. 택시를 타면 되지만 가까운 거리가 아니었다. 그러나 좌우간 집에 가는 것이 목적이 아니고 얘기를 하는 것이 목적이었다. 얘기도 다음에 하면 되었지만 중요한 얘기라고 하였다.

"하실 말씀은 무엇이지요?"

윤영이 그에게 물었다.

"말씀은 무슨, 얘기를 좀 하자는 거지요."

"그래 무슨 얘기인가요?"

"애해 참, 그냥 얘기만 하라는 겁니까?"

그는 큰소리로 따지듯이 말하였다. 술이 한 잔 있어야 된다는 것이었다. 윤영은 여태 술을 하지 않았느냐고 대꾸를 하는 대신 한 술집 앞에서 차를 세우는 것이었다.

"대단히 중요한 얘기인가보지요?"

윤영은 정말 대단히 중요한 얘기라도 있는 줄 아는지, 아니면 그의 청을 거절할 수 없어서인지 몰랐다. 어떻든 그의 얘기를 듣겠다는 자세로 응하는 것이었다.

막 문을 닫으려는 허름한 시골 음식점이었다. 못 이기는 척하고 넘어가 주는 것인지도 모른다. 무엇이 됐든 그의 말에 따르는 윤영이 참으로 고마웠다. 대단히 미안하기도 했다. 자리에 앉아서는 다시 용건이 뭐냐고 깝치지도 않는다. 막걸리를 시켰다. 그가 윤영의 잔에 술을 따랐다.

"오늘은 세작 안 하세요?"

그녀는 그렇게 웃으면서 말하기도 하였다.

그가 늘 술로 잔을 씻었던 것이다. 제사를 지낼 때처럼. 음주란 그리고 만남이란 어떤 면에서는 제의적인 의미가 있는지도 몰랐다.

"아 세작은 해야지."

그가 그러며 윤영에게 따른 술을 그의 잔에다 부었다가 땅바닥에 쏟아 버렸다. 그리고 다시 윤영의 잔에 조금 따랐다.

그녀는 또 주전자를 받아 그의 잔에 가득 따른다.

"자아, 우리가 살아 있다는 것은 축복입니다. 그런 의미에서."

그가 잔을 들고 말하였다. 그녀도 잔을 든다. 서로 잔을 딱 부딪쳤다.

"그러면 축하를 해야겠네요."

"그렇지요. 서로 자축을 합시다."

무슨 축제를 시작하는 의식 같았다. 윤영은 술을 조금 입에 대고는 내려놓는다.

"한 잔 해야 얘기할 거야."

"억지 부리지 말고 어서 얘기하세요."

"하하하하… 무슨 억지를 부린다고 그래."

그런데 그는 엄포만 놓았지 알맹이는 내놓지 못하였다. 할 얘기를 잃어버린 것이었다. 원래 그런 것이 없었는지 모른다.

"술 마시자고 한 거지 뭐."

그는 술을 주욱 들이키고 나서 윤영에게 잔을 건네고 술을 역시 조금 따랐다.

윤영은 앞에 있는 잔을 들고 조금 마시는 듯 마는 듯 하고는 새 잔에다 붓고 그에게 잔을 건네고 다시 가득 따라주었다.

"그래요?"

"하하하하… 실망했어요?"

"아니요."

"저어… "

그는 언제나 다소곳한 윤영의 언행을 물끄러미 바라보다가 말을 끄냈다.

"저기 말이야. 우린 죽어서 어디로 갈까?"

"호호호호… 그걸 얘기하려는 거였어요?"

"그것처럼 중요한 것이 어디 있어?"

그의 말투는 흐트러져 있었다. 아까 술이 이제야 오르는 것 같았다.

"그렇긴 그렇지요. 그러나 아직 살 날이 많지 않아요? 120까지 사실려면 아직 얼마나 더 살아야 하는데요?"

"그런가?"

"그러셨잖아요?"

그랬었다. 120살까지 산다니까 반 조금 더 산 것이 아니냐고. 수명이 연장된다는 얘기를 듣고 해본 소리였는데 그것을 기억하고 있었던 것이다.

"하하하하… 참 그래서 윤여사가 마음에 든단 말이야. 그래서 한 잔 더 하자고 한 거야."

그녀에게 술을 다시 따라주었다.

"용건은 없으시고요?"

"아, 그보다 더 큰 일이 어디 있습니까?"

"호호호호… "

"아직 정말 젊어서 실감이 안 나는 모양인데, 삶이란 죽음으로 연결되는 것이고 어떻게 죽는가 하는 문제는 결국 어떻게 사는가 하는 문제가 되는 것인데 그것은 죽은 후에 아니 죽음이 임박해서 준비하는 것이 아니고 미리 건강할 때 젊을 때 생각하고 예비하는 것 아니겠어요? 안 그래요?"

"그래요. 맞아요."

"죽음도 하나의 삶의 단계인 것 같아요. 한 단계를 뛰어넘는 거지요."

"어떻게요?"

"삶의 형식을 바꾸는 거지요. 잉태의 단계가 있어서 뱃 속에서 물 속에서 살다가 출생을 하듯이, 고고의 소리를 지르고 세상 밖으로 나와서 땅 위에서 한껏 생명을 꽃피워 나가다가 열매를 맺고 열매가 익어서 떨어지고… 그 다음의 단계는 허공 속으로 들어가는 거지요. 우주 유영을 하듯이…"

"부웅 떠 있는 건가요?"

"맞아요. 우주로 복귀하는 거지요. 흙으로 복귀하는 거지요. 우주의 언어 흙의 언어로 통화를 하면 되는데, 그 언어를 우리가 모르기 때문에 발신만 있고 수신은 없고 편지도 보내기만 하는 거지요. 그러나 언젠가는 그 답장을 한꺼번에 한 권의 책으로 받게 되지요."

"뭐 소설을 쓰는 거에요?"

"소설이지요. 인생이 소설 아니예요?"

"호호호호… 그렇긴 하지만요"

"지옥이다 극락이다 하는 것도 다 소설이에요. 대단히 공감이 가는 소설을 쓴 거지요. 그래서 불경을 외고 절에 찾아가 시주를 하고 등을 달고 천도제를 지내고 하는 것 아니겠어요?"

아까도 한 얘기였다. 그러나 윤영은 그것을 탓하지 않고 고개를 끄덕거리며 듣고 있다가 학생이 질문을 하듯이 묻는 것이었다.

"기독교도 그런 건가요?"

윤영은 캐돌릭이었다.

"그렇지요. 성경을 바이블이라고 하지요. 가장 권위 있는 책, 책 중의 책이라는 뜻이라든가, 세계에서 제일 많이 팔린 책이라고 하는데… 그런 소설을 쓰세요."

"딴 소리만 하시네요"

"왜 윤여사는 안 된다는 법이 있나요?"

"그럴까요?"

"그러기 위해서는 하루 쯤 집에 안 들어갈 수도 있고 사고를 치기도 하고 뭐 그래야 되는 것 아니에요?"

"저 보고 사고를 치라고요?"

"애해 참, 못 알아듣는 건가, 넘겨치는 건가?"

"이선생님도 참, 저도 잘 모르겠네요. 호호호호…"

술이 또 한 순배 돌았다. 윤영도 술잔을 들었다 놓았다 하며 조금씩 마시었다.

"어린 아이들에게 무슨 죄가 있었던 걸까요? 그런데 그들은 지금 어디 있는 걸까요? 절에는 없고 무덤 속에 있는 걸까요? 땅 속에 있는 걸까요? 하늘 위에 있는 걸까요?"

그는 술을 한 잔 더 들이키고는 얘기 방향을 바꾸었다.

"스님에게 물어봤어야지요."

"물어봤지요."

"그랬어요?"

"그랬지요. 그런데 그들은… 그들이 뭐 천당에나 극락에 가 있을 리도 없고, 그런 것을 어떻게 알 수 있는지 모르지만, 그들이 지옥에 가 있을 리는 더구나 없지요. 태어나자 마자 무슨 죄를 지었겠어요?"

"원죄가 있잖아요. 그리고 당대가 아니라 아들 손자 3대 4대까지 죄를 갚는다고 하였어요."

윤영은 기독교 천주교의 얘기를 하는 것이었다.

"십계명에 그렇게 씌어 있지요."

"잘 아시네요."

"그런데 정말 그런 걸까요?"

"예에? 호호호호…제가 뭘 알아요?"

"그것도 모르고 나가세요?"

성당에 나가고 소설을 써 나가느냐고 묻는 것이었다.

"네에, 그런가요?"

"예수가 서른 셋에 죽었잖아요. 우린 그보다 얼마를 더 살았어요?"

"그런 성인과 같아요?"

"물론 같지는 않겠지요."

"이선생님은 답을 다 아시고 있는 것 같은데요…"

"그래요? 그런 것 같애요?"

"말씀해 보세요."

"제가요? 하하하하…글쎄, 전들 뭘 알겠어요. 술이나 퍼 마시지. 하하하하… 그런데 말이지요. 그 어린 아이들이 그의 아버지나 어머니나 할머니나 할아버지 증조할아버지 고조할아버지의 죄나 원죄 때문에 죽었을까요? 그래서 비명횡사를 하였을까요? 정말 그랬을까요?"

그는 얘기해 보라는 윤영에게 따지는 것이었다. 그녀는 그 대응을 하지 못하였다. 질문이 애매하고 너무 어려운 것이었는지도 모른다.

"글쎄요오…"

그저 그렇게 얘기할 뿐이었다.

"그리고 그것을 누가 체크하고 기억을 하나요? 누가 있어서 그 고가표 성적표를 매기나요? 치부책이 있나요? 하나님 부처님이 치부하고 있는 걸까요? 그 많은 사람들 것을 말이지요?"

"그렇지요. 무소부재로 우리를 내려다 보고 계시지요."

"그런가요? 하나님이 말이지요. 천주님이 말이지요."

"그럼요."

"그래서 죄를 안 지으시지요?"

"못 짓지요. 호호호호…"

"하하하하…"

그들의 웃음은 길었다. 그것이 뭘 얘기하는지 두 사람은 알았다.

"제가 보기에는 그런 것 같지 않아요. 그러면 그 하느님이 지진을 일으키고 해일을 일으키고 전쟁을 일으키고 하는 건가요? 재앙과 행운을, 그 죄를 짓고 선행을 하고 한 것에 따라 배분을 하는 건가요? 그러면 전쟁을 일으키고 총을 쏜 사람들에게도 벌을 내리고 있는 건가요? 나는 그렇게 믿지 않아요."

"그러면 어떻게 믿고 계신 거예요?"

윤영은 이제 집에 가자고 깝치지도 않고 술도 조금씩 들면서 말한다.

"부처님은 믿고 천주님은 안 믿어진다 이 말씀인가요?"

"아니요, 오해하고 계신 모양인데 내 얘기는 그런 게 다 소설이라는 거지요."

"그런 얘기를 계속하고 계신 거예요?"

아까부터 하고 있는 얘기였다. 앞에서도 여러 번 얘기했었지만 앉은 뱅이 용쓰는 것이었다. 이불 속에서 활개치는 것이었다. 그 나름대로 생각하는 것을 얘기하는 것이었다. 좌우간 그런 종교적인 계율 같은 것은 하나의 도덕 교과서였다. 엄포였다. 삶의 질서를 위한 원칙이었다. 삶의 올바른 길, 정도正道였다. 그 금과옥조 같은 원칙들을 그냥 따르면 되는 것인데 그것을 믿지를 않고 실천을 않는 사람들이 많았다. 실천을 못하는 것인지 않는 것인지, 쇠귀에 경읽기라는 말도 있지만 그런 마대무르기-말을 듣지 않는 아이를 말하는 것인데 그의 시골 마을에서는 다 알고 있는데 사전에는 없었다-말썽꾸러기들이 많았다. 그도 그런 사람인지 몰랐다. 좌우간 그만 그런 것인지는 모르지만 무시로 터뜨리는 흰 소리 신소리였던 것이다. 적어도 술주정을 하고 있는 것만은 아니었다. 그가 보기에는 분명 그런 것 같은데, 좀 다부지게 따져야 되는데 늘 이렇게 말로만 지껄이고 술이 취해서만 큰소리를 치고 있는 것이다. 오늘도 어떤 결판을 내기라도 하려는 듯이 밑도 끝도 없이 얘기를 해 대고 있고 밤은 늦었다.

가끔 캐돌릭 신자인 윤영과 무신론자-라기보다 범신론자-인 그가 그런 토론을 하였다. 그러나 윤영은 그것을 탓하지도 않았다. 그렇게 독실하지 않은 신자인 그녀는 솔직히 반신반의였고 그 문제에 대하여 답을 내놓지는 못하였지만 깊은 관심을 가지고 있었던 것이다. 윤영은 자신이 마신 잔을 그에게 권한다.

"안 가실 거예요?"

"가야지요. 여기서 밤을 샐 수는 없지요."

그러나 그는 일어날 생각을 않고 술을 다시 시키었다.

"그러면 죄를 아무리 져도 상관이 없다는 얘기인가요?"

"하하하하… 이제야 말귀가 열리는 모양이군요. 그러면 죄를 얼마 든지 지으실 생각입니까?"

그는 아까와는 달리 깍듯이 말하는 것이었다. 말의 내용이 이상하여 서인가.

"호호호호… 꼭 그렇다기보다도… 뭐 그렇다면 다들 죄를 짓겠지 요."

"윤여사 얘길 묻는 겁니다."

"호호호호… 걸려든 것 같네요."

"하하하하…"

술집 주인남자는 졸리는 눈을 비비며, 들어가 잘 터이니 두 분이 들고 가시라고 하는 것이었다.

밤이 많이 늦었다. 자꾸 술을 마셨다. 주로 그가 마셨지만 윤영도 꽤 마셨다.

두 사람은 다 택시를 탔다.

며칠이 지나서 그는 임계리로 다시 갔다. 양해찬을 만나보기 위해서 였다. 포도는 끝나고 마당에서 참깨 타작을 하고 있었다.

그는 바람을 좀 쏘이고 오겠다고 도로 나와서 보현사에 들러 인사를 하고 한 참을 걸어서 막걸리를 두 병 사가지고 다시 양해찬의 집으로 갔다.

타작을 대충 마치고 나머지는 부인에게 맡긴 양해찬은 감나무 밑에 멍석을 깔고 그를 맞이하였다. 끝물의 포도를 씻어 내왔다.

"오시면 드릴려고 조금 남겨 놓았습니다."

양해찬이 대소쿠리에 내온 포도를 권하였다. 지난 번에 집으로 찾아 가겠다고 하였던 것이다.

"고맙습니다. 일하시는데 와서 죄송합니다."

인사를 나누고 몇 가지 얘기를 하였다. 주로 그가 물어보는 것이었다. 우선, 여기서부터 노근리까지 8, 9킬로미터 거리가 떨어져 있고 그 중간에 여러 마을들이 있는데 왜 임계리 주곡리 사람들만 희생이 되었는지, 물어보았다. 피해자 신고 자료를 보면 영동읍 가운데서 주곡리 62명, 임계리 79명, 계산리 13명, 회동 6명, 당곡 5명, 설계리 4명, 심원 3명이고 다른 마을은 한 두명이었다. 특히 주곡리에서 노근리 사이 상가리 중가리 하가리 서송원 명륜동 무근점 목화실 신탄리 등의 마을이 있는데 그 중에서 가리 1명 사망으로만 되어 있었던 것이다. 어디서 본 자료에 그렇게 되어 있었다. 노근리 쌍굴다리 앞 길은 서울 부산 간 1번 국도-지금은 번호가 바뀌었다-이며 모든 교통이 경부선 철로 아니면 이 길밖에 없었다. 다른 뒷길이 있었지만 둘러가는 길이요 좁고 험하였다. 20년 후 경부고속도로가 놓여지기 전까지 말이다. 그래서 영동읍에서 황간 김천 쪽으로 가기 위해서는 다들 이 길로 가게 되어 있는데 주곡리 임계리 사람들이 집단적으로 희생이 된 것이었다.

"여기 임계리가 산 골짜기로 들어와 있는 마을이기 때문에 주곡리로 해서 이리로 모두들 피난을 왔던 거지요. 우리도 피난 갈 생각을 않았고. 그런데…"

양해찬은 그리고 그 때의 학살사건 개요를 시간대별로 정리해서 설명을 하였다.

①1950년 7월 23일 정오 경 아랫 마을 주곡리에 찦차를 탄 미군 2명과 한국 경찰관 1명이 와서, 이 마을은 전투지역이 될 위험성이 크니 주민 모두는 빨리 마을을 떠나라고 소개 명령을 내렸다. ②그리고 25일 해질 무렵 몇 명의 미군들이 임계리에 들어와 대구 부산 방면으로 안전하게 피난을 시켜준다면서 마을에 있던 500~600명 주민들을 마을 어구에 집합시킨 다음 도보로 피난길에 나서게 하였다. ③피난민들

이 주곡리를 지나 부락 앞 국도로 걸어 1.5킬로미터 떨어진 하가리 앞에 이르렀을 때 밤이 깊어지자 미군들은 피난민들을 오른쪽 하천으로 유도하여 거기서 밤을 지새도록 하였다. ④26일 날이 밝자 피난민들은 인솔하던 미군들이 어디론가 사라져 자신들만이 남아 있다는 사실을 알고 다시 도로 위를 걸어서 남쪽으로 피난길을 재촉하였다. ⑤정오쯤 인솔자 없이 서송원리 앞에 이르렀을 때 갑자기 미군 4, 5명이 나타나 앞을 가로 막고 모두 철로 위로 올라가게 한 다음 피난민들의 몸과 짐을 수색하였다. 그러나 의심할만한 것을 찾아내지 못하였다. ⑥그 후 무전기로 어딘가에 연락을 취하자 미군 비행기가 나타나 철로 위 피난민들을 향하여 폭탄을 투하하면서 기총소사를 하여 많은 사람들이 살상을 당하였다. ⑦현장에서 살아남은 사람들이 철로 밑에 만들어진 대 소 두 개의 배수로와 쌍굴다리(개근철교) 터널 밑으로 숨어 들어갔다. 미군들은 두 배수로에 숨어 있던 사람들을 끌어내어 쌍굴다리 터널 속으로 다 들어가게 한 다음 밖으로 나오지 못하게 하고 터널의 양쪽 입구를 향하여 총을 쏘아대었다. 이 양민 학살만행은 29일 아침 미군들이 인민군에게 밀려 이곳을 철수할 때까지 계속되었다.

사건 경위 설명대로 산간 마을인 임계리로 피난민들이 몰렸고 다른 마을과는 달리 미군이 피난을 인도한 것인데 그 죽음의 대열에서 이탈할 수가 없었다고 하였다. 미군들은 그들의 지시를 받지 않고 움직인 4명의 피난민을 쏘아죽였다고 하였다. 다른 사람들에게도 그런 증언을 들었다. 전춘자(66세 당시 11세)도 당시 하가리 강변에서 서서 움직이는 피난민 3, 4명을 쏘아 죽였다고 하였다. 금초자(67세 당시 12세)도 소변 보러 간 사람들이 안 와서 가 보니까 거기서 총살을 당해서 죽었다고 들었다고 하였다. 정구헌(72세 당시 17세)도 내려가는 것이 늦으니까 미군이 피난민을 총으로 쏘았는데 아이 1명이 즉사하고 부인이 부상했다고 하였다. 그러니 미군의 지시를 따르지 않을 수 없었고 그러다가 마을 사람들은 떼 죽음을 당하였다고 하였다.

"결국 이래 죽으나 저래 죽으나 마찬가지였지요."

양해찬은 그렇게 간단하게 결론을 내리는 것이었다. 베잠방이를 입고 머리에 탑쌔기를 잔뜩 뒤집어쓴 채였다. 여러 직함을 가진 영동 군의회 의원을 지내고 노근리사건유족회 회장 대책위원회 부위원장 일을 하는 사람 같지 않게 완전한 농삿군 차림이었다.

10

어느 사이 열무김치에 막걸리와 포도주를 주전자에 담아 내온 것을 사양하고 일어설 수가 없었다. 일을 방해하는 것이 송구하여 가겠다고 하자, 빈 집 들러 기둥이 가면 되느냐고 하며 정색을 하고 나무라는 것이었다. 투박한 시골 인심이 그의 가슴을 적시었다.

"네 그러겠습니다."

그는 사죄를 하듯이 허리를 굽히며 시골법을 따르기로 하였다.

주인은 아직 덜 익었을 거라고 하면서 포도주부터 맛을 보라고 한 잔 따라주는 것이었다. 차게 냉장된 포도주는 비행기 안에서 스튜어디스가 양손에 들고 레드? 화이트? 하고 물으며 따라주는 적포도주 백포도주보다 훨씬 맛이 좋았다. 사발에다 따라주는 것을 주욱 들이켰더니 속이 찌르르하였다. 얼마 전 윤영과 이 마을 절에 왔다 간 생각이 떠올랐다. 그날 많이 취했었다. 사실은 그녀가 양해찬을 인사를 시켜주었었다. 군의원이고 무슨 회장이고 위원장이고 부위원장이고 하는 것보다 양해찬은 대표적인 희생자 유족이었던 것이다. 그 때 1950년 7월 26일 미군들에 의해 강제로 노근리 철길 위로 올라가 있다가 비행기 폭격으로 허벅지 정강이 파편상을 입고 평생 비올 때마다 날궂이를 하며 살지만 같은 시간 장소에서 눈이 빠져 달아나 한쪽 눈만으로 살고 있는 누님 양해숙을 생각하면 그런 고생 쯤은 아무 것도 아니었다. 두 팔 두 다리를 흔들고 다니며 농사도 짓고 번듯하게 남의 앞에서 공무를 보기도 하는 것이다. 그 무엇보다도 대견한 것은 살아 있다는 것이다. 할머니 어머니 형이 다 노근리 사건 현장에서 희생되었고 참으로 외롭고 서럽고 힘들게 살아왔다.

"살아 있다는 것은 축복입니다."

그날 저녁에 하던 얘기였다. 그렇게 말하며 그가 사온 막걸리를 따라 주인에게 권하였다.

"행운이지요. 천운天運 아닙니까?"

양해찬이 말을 고쳐서 동의를 하며 잔을 들었다. 목이 컬컬하던 참이었다.

"상처뿐인 행운이지요. 천천히 드세요. 포도 농사는 베렸고 술은 잔뜩 담아 놓았습니다."

"고맙습니다. 그러겠습니다. 한 두 가지 더 물어보기도 하고."

그는 다시 허리를 굽히며 말하였다. 목이 메이었다. 시골 인심이 푸근하긴 하지만 마음이 편하지는 않았다. 올해 포도 농사가 잘 못 되었다고 하는 것도 그랬고 일을 못하게 붙들고 있는 것도 그랬다. 무엇보다 억지로 슬픔을 참고 있는 것을 뒤집어서 말하는 것이 다시 뒤집어져서 들리는 것이었다.

"아 뭐 한 두 가지만 말고 다 물어보세요. 이제 뭐 걸리는 것도 없고 슬픔도 바랠 대로 다 바래지고 눈물도 다 말라버렸습니다. 남은 것이 있다면 희생된 분들의 한을 풀어드리는 것인데…"

양해찬이 포도주를 한 잔 더 따라주며 말하는 것이었다.

그는 숙연하게 고개를 끄덕거리기만 하다가 물었다.

"어떻게 해야 한이 풀리지요?"

"명예회복을 시켜드려야지요. 우리가 어디 죄인입니까? 무슨 범인입니까?"

"그 반대지요."

"예?"

"살인자들이 죄인 아닙니까?"

"그렇지요. 사과를 다시 받아내야지요."

"클린턴 대통령이 사과를 하지 않았던가요?"

"그건 사과가 아니고 변명이에요."

"그래요? 유감 표명을 한 것으로 알고 있는데…"

"한 번 보실래요? 도대체가 말이 안 되는 거예요."

그러며 양해찬은 방으로 들어가 이것 저것 자료를 찾아가지고 나와서 펼쳐보이는 것이었다. 그도 신문에서 보았었고 다른 자료에서도 보았는데 양해찬이 펼쳐보이는 스크랩을 다시 차근차근 읽어보았다.

2001년 1월 12일 백악관에서 발표한 것을 13일자 한국의 여러 신문들이 보도한 것이었다.

본인은 미국인들을 대표해서 1950년 7월 하순 노근리에서 한국의 민간인들이 목숨을 잃은 데 대해 깊은 유감을 표명한다.

클린턴 대통령의 성명서는 이렇게 시작하였다. 미국말, 영어는 늘 이렇게 반말이었다. 그러나 그것을 탓하는 것이 아니다.

지난 1년여 동안 실시한 집중적인 조사는 전쟁의 비극과 전쟁이 사람들과 국가에 남긴 상처를 뼈저리게 일깨워 주었다. 비록 노근리에서 발생한 사건의 경과를 정확히 가려낼 수 없었으나 한국과 미국은 공동 발표문을 통해 인원을 확인할 수 없는 무고한 한국인 피란민이 그곳에서 죽었다는 결론을 내렸다. / 본인은 노근리에서 사랑하는 사람을 잃은 한국인들에게 위로를 전한다. 많은 미국인이 전쟁의 무고한 희생이라는 고통을 경험했다. 우리는 반 세기가 지난 후에도 남아 있는 상실감과 슬픔을 이해하며 동정을 느낀다. / 본인은 이들을 비롯해 전쟁 중에 살해된 한국의 무고한 민간인들을 위해 미국이 건립하는 추모비가 어느 정도의 위안과 함께 사건의 종식을 가져오기를 진지하게 희망한다. 우리가 추진할 추모 장학기금은 그들을 기리는 생생한 조의가 될 것이다. / 우리는 한국전쟁의 희생자들에게 경의를 표하는 한편으로 고통이 이 분쟁의 유일한 유산은 아니라는 점을 잊어서는 안 될 것이다. 미국과 한국의 참전용사들은 가장 혹독한 환경에서 자유라는 대의를 위해 어깨를 나란히 하고 싸워 결국 승리했다. 한국에서 진동하고 있는 민주주의와 우리 두 나라의 강한 동맹, 그리고 오늘날 양국민의 친밀감은 양국이 50년 전(당시) 함께 치른 희생을 입증하고 있다.

서울과 워싱턴에서 동시에 발표한 노근리사건 한미공동발표문과 함께 실은 것이다.

"그렇군요. 그저 깊은 유감을 표명했다는 것인데… 요리조리 다 빠져나갔군요."

"처음엔 굉장한 것을 얻어냈다고 생각했어요. 그런데 자세히 살펴보니 그게 아닌 거예요."

"그렇긴 한데… 세계에서 제일 콧대가 센 나라 대통령의 사과를 받아냈다는 것은 대단한 겁니다. 정말 굉장한 겁니다."

"사과가 아니고 유감이라는 거지요."

"그게 다른 거지요?"

"그럼요. 아 해서 다르고 어 해서 다른 건데… 그게 아니지요."

"그런가요? 그렇지요?"

그는 다시 고개를 끄덕거리며 자료들을 더 살펴보았다.

기사의 제목들은 일제히 '미국, 노근리 학살 공식 인정' '클린턴 유감 표명'이었다. 한미공동조사결과 발표문은 노근리사건을 미군에 의해 피난민 다수가 살상되거나 부상한 사건이라고 규정하고 있고 거기에 대해 클린턴 미국 대통령이 유감을 표명하는 성명서를 발표했다는 것이 핵심 내용이었다.

그런데 절박한 한국전쟁 초기의 수세적인 전투상황 아래서 북한군의 강요에 의해 철수중이던 미군이 수 미상의 피난민을 살상하거나 부상을 입힌 사건이라고 밝히고 있다. 그리고 미국 국방부 조사단(실무조사반장 마이클 애커먼 감찰관)은 조사보고에서 양민을 고의로 사살하려는 의도가 없었으므로 피해자들에 대한 직접 배상은 없다고 하였다.

제목과는 달리 조사결과 보고서의 내용은 '학살사건'이라고 규정하고 있지 않았다. 그리고 노근리쌍굴다리에서의 미군과 북한군과의 교전 사실 여부, 사격명령과 공중공격 존재여부 등 노근리사건의 핵심쟁점에 대한 명확한 결론을 내리지 않고 있다.

"그러면 부시 대통령의 사과를 다시 받아낼려고 하고 있나요?"

"글쎄 그런데 그게 잘 될지 모르겠어요."

"강하게 요구를 해야지요."

"글쎄 그래야 되는데…"

물론 혼자 하는 일은 아니었다. 양해찬은 노근리사건 대책위원회 부위원장이다(당시). 회장도 있고 다른 부위원장도 있고 대책위원들도 여럿 있다. 지금 소송을 진행하고 있는데 그 보고회를 갖는다고 하였다. 지금 상황이 그런 정도인 것 같다. 전 대통령의 유감 표명을 고쳐서 다시 사과문을 받아내기란 쉬운 것은 아니었다.

"그러시군요…"

그는 고개를 끄덕거리는 것으로 그 아쉽고 안타까움에 대한 위로를 하였다. 해묵은 슬픔과 아픔에 대한 위로도 하였다.

그리고 화제를 바꾸어 생각나는 것을 물어보았다. 보현사에 갔던 얘기도 하였다.

양해찬은 중이 새로 와서 잘 모르는 것 같은데 거기에 여러 사람을 모시고 있고 어린아이들 미성년자들은 거기에 모시고 있다고 하였다. 희생자에 대한 제사는 대개 음력으로 지내는데 양력 기준으로 7월 25에 제사를 지내는 경우가 40집으로 제일 많았고 26일이 24집, 27일이 13집, 28일 3집 등의 분포로 되어 있었다. 명절에만 지내는 경우도 있고 무제사가 60집이었다. 무제사는 교회에 다니는 경우가 많았다. 제사는 전날 지내므로 25일은 26일 죽은 사람의 제사를 지내는 것이다. 1950년 7월 25일은 음력으로 6월 11일이었다. 그래서 음력 6월 11일 12일 13일은 임계리 주곡리는 온통 마을이 다 제삿날이었다. 지금은 외지로 나간 사람들도 많이 있지만 한 동안은 매년 7월마다 마을 전체가 비통에 젖어있었고 그래서 마을을 떠나기도 하였다. 그 사람들이 합동 위령제 때 다시 다 모이는데 이제 55년(취재 당시)이 지나 눈물도 슬픔도 다 말라비틀어진 것 같지만 울컥울컥 그 때 학살 만행의 살인마들에 대한 울분이 치솟아 올랐다. 반 세기가 지나도록 사과 한 마디 없는 미국도 미국이지만 한국 정부는 도대체 무엇을 하였는가, 도대체 그걸 조사라고 하였는가, 그렇게도 힘이 없고 말도 못하는가… 분통이 터졌다.

"가끔 포도를 따다가 마구 짓뭉갤 때가 있어요."

양해찬은 이야기 끝에 그런 말을 하였다.

공직을 갖고 있기도 하고 참으로 차분한 성격이지만 도저히 울분을 이기지 못할 때가 있다. 땅 없는 농민의 비애를 다룬 존 스타인백의 소설 「분노의 포도」가 떠오른다. 미국 중서부에 몬트레이 항구가 있고 그 근처에 스타인백의 기념관이 있다. 거기에 울분에 차 있는 그 소설 주인공들을 밀랍 인형으로 연출해놓은 것을 본 적이 있다.

그러나 이것은 땅 가지고 도저히 설분을 할 수 없는 비애였다. 아무 명분도 이유도 없는 떼죽음이었던 것이다.

마을 사람들이 대부분 당하고 많은 사람들이 처참한 신세가 되었지만 양해찬은 다른 누구보다도 혹독하게 당한 경우였다. 누나 양해숙의 이야기를 하였지만 노근리사건으로 할머니(이자선) 어머니(이순이) 형(양해영) 동생(양해용)이 노근리사건 첫날인 7월 26일 철길 위에서 공중 공격으로 다 죽은 것이다. 누나는 왼쪽 눈을 잃었고 자신은 허벅지와 정강이에 파편상을 입고 절룩거렸다. 그뿐만이 아니라 같은 마을에 살던 큰 고모(양계순) 큰 고모의 며느리(민은순) 고종사촌 동생(정현목) 그리고 심천에 살던 작은 고모(양말순) 작은 고모부(박내웅) 고종사촌 (박상자, 박화순)도 함께 피난을 가다가 그 악마의 철길 위에서 다 쓰러져 죽었다.

"정말 아비규환이었지요. 생지옥이었어요. 세상에 지옥도 그런 지옥이 어디 있겠어요."

"네에…"

그는 고개를 들 수가 없었다. 도저히 양해찬을 바라볼 수가 없었다. 여러 사람 경우를 많이 들었지만 도무지 너무도 처참한 얘기였다. 목 안이 뜨거웠다. 속이 끓어오르는 것이었다.

"그런데 도대체 왜 철길 위로 피란민들을 올려 보냈을까요?"

"글쎄 그것을 모르겠단 말이에요."

"그 이유를 모른다고요?"

"그것을 도무지 모르겠어요. 서송원 입구에서 미군이 자동차로 길을 막고 피란민 행렬을 철로로 이동시켰어요. 무슨 이유를 물을 수 있었나요? 총을 들고 시키는 대로 무조건 따라야지요. 안 그러면 죽는데요. 철길 위에서 700~800미터 갔을 때 피란민을 한쪽에 몰아놓고 짐 수색을 하는 거예요. 각자가 보따리를 풀라고 한 후에 칼 낫 등을 수거한 뒤 두 번 세 번 확인을 하는 거였어요. 그러다가 어디론가 무전을 치고 나서 미군들이 사라지고 3, 4분 후에 비행기 폭격이 몇 차례 있었어요. 그리고 폭격을 피하고자 하는 피난민을 어디에서 사격했는지 알 수 없지만 픽 픽 쓰러져 죽는 것을 목격했어요."

"네에… 어디에서 사격했는지 알 수 없다는 것은…"

"위에서 쏘았는지 아래서 쏘았는지 앞에서 쏜 것인지 뒤에서 쏜 것인지 알 수가 없다는 거지요. 포탄인지 총알인지도 알 수가 없고, 짐승인지 사람인지도 알 수 없고…"

"그러면 인솔하던 미군들이 쏘았다 그 말입니까?"

"그러면 또 누가 있어서 총을 쏘겠습니까? 인민군은 아직 그까지 안 왔고, 인민군이라면 미군을 쏘지 우리를 쏘았겠습니까? 좌우간 어떻게 된 셈판인지 모르겠지만 우리 가솔들을 비롯해서 많은 피난민들이 마구 쓰러져 떼 죽음을 당하는 것을 제 두 눈으로 똑똑히 보았습니다."

"도무지 이해가 안 갑니다. 어떻게 그럴 수가 있단 말인가요? 안전하게 피난길을 인도한다고 해 놓고…"

"이해가 될 리가 없지요. 제가 평생을 생각해도 이해가 안 되는데 갑자기 이해가 되겠어요?"

도무지 말이 안 되었다. 산 속 마을에 피란을 하고 있는 사람들을 다 끌어내어 땅바닥에서 밤을 새우게 하고 또 멀쩡하게 도로로 걸어 남쪽으로 피난을 가는 사람들을 철로 위로 올라가게 하고는 비행기로 폭격을 하고 기총소사를 해대었으니, 그리고 거기서 살아난 사람들이 도로로 내려와 달아나는 것을 쌍굴다리 속으로 밀어넣고 또 총을 쏘아대었던 것이다. 그것도 3일 낮밤 60시간 동안 공중과 지상에서 기총소사를 해대었으니 그것이 말이 되는가. 그것을 어떻게 이해할 수 있단 말인가. 이것이 학살이 아니고 무엇인가. 이것이 수세적인 전투상황 아래서 벌어진 살상인가.

말이 안 되지만 그 생지옥 속에서 살아난 사람들이 생생한 기억을 얘기하였다. 한 사람 두 사람이 목격한 것이 아니고 거기서 당한 모든 피해자들이 한결같이 목격한 것이고 그것을 증언하고 있었다.

양해숙(66세 당시 11세)은 비행기가 와서 막 퍼부으면 연기가 확 올라왔고 자갈이 바짝 올라와서 우두두 떨어졌으며 옆에서 사람이 많이 죽었다고 얘기했다. 어머니는 하체에 여섯 곳에 맞고 "아이고 나 죽겠다" 고 하셨으며 자신은 눈에 불덩어리를 맞아 눈알이 빠져 실명했다고 했다.

노근리사건 55주년 당시 취재노트에 기록된 나이이다. 노근리사건 70주년이 지난 지금은 91세이다. 지금까지 살아 있지 못한 사람도 있다.

금초자(67세 당12세)는 미군 1명이 무엇을 가지고 귀에다 대고 뭐라고 했고 그리고 난데없이 비행기가 와서 세 바퀴를 돌다 갔으며 2, 3분 후에 영동쪽에서 비행기가 나타나 두 바퀴 돌다가 폭탄을 떨어뜨렸다고 했다. 철로 아래 조그만 굴로 대피했는데 미군이 그곳에 대고 총을 쏘아댔고 굴 밖으로 나가는데 왼쪽에서 총을 쏘았다고 했다. 그녀는 우측 창자 관통상을 입었다.

전춘자(66세 당시 11세)는 한참 먹을 것을 짊어지고 갈 때 미군이 총대로 철로 위로 올라가라고 했고, 철로로 올라갔는데 밥을 짓기 위해 물을 떠 가지고 막 돌아서는데 폭탄이 펑하고 터졌다고 했다. 할아버지가 작은 굴 속으로 데리고 갔는데 천장에 불이 번쩍번쩍하여 굴을 나오다가 할아버지는 총 맞아 쓰러졌다고 하였다. 그녀는 노근리학살로 할아버지 어머니 동생 작은아버지 작은어머니 등 5명의 가족을 잃었다.

정구헌(72세 당시 17세)은 철로 밑 배수로 있는 곳으로 가니까 미리 사람들이 와 있었는데, 뒤에서 총소리가 나길래(나기에) 보니까 미군들 2, 3명이 나와서 누워있는 사람들 다친 사람들을 사살하고 있었다고 하였다. 그리고 폭격 후 도로쪽으로 피한 사람들 중에는 안고 있는 어린이까지 죽이고 부인까지 죽이려고 했던 사람들이 많다고 들었다고 하였다. 또 철로 위에 피난 보따리에 먹을 것을 놓아두고 온 사람들이 배가 고파 철길 위로 짐을 가지러 쌍굴을 벗어나면 노근리쪽에서 총을 쏘아 7, 8명이 철길 위에서 죽었다고 하였다. 거기서 어머니와 여동생을 잃었다.

정구호(68세 당시 13세)는 수로에 피했을 때 미군이 나오라면서 총을 쏘아서 미군이 인솔하는대로 쌍굴로 갔는데 그 위에 포격을 가하여 폭파시키려는 느낌을 받았다고 하였다. 그리고 날이 어두워졌지만 총소리가 계속 나서 엎드려 있었는데 이튿날 사람들 이쪽 저쪽으로 깔려 있는 80~90프로가 살상되었던 것으로 생각되었다고 하였다. 거기서 어머니를 잃었다.

정구학(63세 당시 8세)은 철로 위에 있던 3, 4명의 군인들이 피했던 것이 기억되고, 얼굴이 화끈화끈하였고 이불짐 같은 것이 타서 아수라장이 되었다고 하였다. 7월 26일 초저녁에 미군들은 밤새도록 총을 쏘아대었고, 아버지와 형들이 도망치고 나서 우리도 도망을 가려고 했으나 마구 총을 쏘았다고 했다. 새벽쯤 자신의 얼굴에 피가 주르륵 흐르는 것을 느꼈고 총을 맞아 다리를 뒤척거렸으며, 큰어머니 사촌 누이들 2명과 사촌 누이의 아들 딸 2명 등 5명이 다리(쌍굴)에 있었는데 여기서 어머니 사촌 누이들이 사망하였다고 하였다. 자신은 총상으로 코가 비뚤어졌다.

박선용(80세 당시 25세)은 미군 감시병이 도주한 후에 즉각 폭격기가 폭탄을 떨어뜨렸다고 하였다. 쌍굴에 갔을 때 굴 주변에는 이미 많은 시체가 깔려 있어서 흙이 안 보였다고 했다. 7월 26일 낮에 미군이 접근했을 때 연희대학교에 다니는 조카(정구일)가 우리는 인민군이 아니다 우리는 양민이다 하며 살려달라고 사정을 하니까, 미군이 "우리가 대전에서 많이 당해서 상부의 명령이니까 할 수 없다. 다 죽이라는 명령이 있었다." 고 답변하였고, 두 번째 미군이 접근했을 때, 자신도 가서 울면서 사정을 했고 조카도 다시 사정을 했는데 미군이 돌아간 다음에 사격을 했다고 했다. 피난민 대열에 불순세력이 없었고 전부 동네 사람이었다. 굴 안에서 딸아이가 총맞아 죽었다. 7월 27일 새벽 1시쯤 여섯 살 난 아들을 살리기 위해서 부산 대구 방향으로 탈출을 한다고 굴을 나와 도로를 건너서 산에 올랐을 때 날이 밝았고 등에 업힌

아들이 부상당한 것을 알게 됐는데 그 때 소나무 밑에서 흑인 병사 두 명이 총을 겨누고 있어서 울면서 사정을 했으나 총격을 가하여 아들은 즉사하고 자신은 총에 옆구리를 맞았는데 생전에 그 장면을 어떻게 잊을 수가 있겠느냐고 하였다.

이런 증언들은 무엇인가. 구사일생의 사선을 넘어 한 맺힌 목숨을 부지하며 살아온 사람들이 들려준 이 생생한 목소리는 무엇인가. 이것은 그가 이야기를 들은 일부이고 영동군에서 발행한 「노근리사건자료모음」에도 다 실린 내용일 뿐 아니라 그 대부분이 미국 AP통신 영국 BBC방송에서도 보도된 사실이다. 국내의 여러 신문들 방송들의 보도는 말할 것도 없고. 그런데 이런 것들이 다 헛소리이며 휴지쪽이란 말인가.

"양선생님도 가족들이 총격을 당하는 것을 직접 눈으로 다 보셨지요?"

"아니 지금 무슨 말씀을 하시는 겁니까?"

양해찬은 버럭 화를 내는 것이었다. 그에게 그 모든 화풀이를 다 하기라도 하려는 듯이. 아까도 이야기를 하였고 전에도 몇 번 이야기 한 것을 그가 또 묻고 있었던 것이다.

"아니 그것을 제가 다시 확인하려는 것이 아니라, 예를 들면 양선생도 그러지 않았느냐 이겁니다. 이렇게 시퍼렇게 증인들이 살아 있지 않느냐 그런 이야기입니다."

"그렇지요. 죽은 사람도 많지만 살아 있는 사람들이 아직 많이 있습니다. 끈질기게 살아 있어야지요. 좌우간 그 때 열살이었는데 제가 감당하기엔 너무나 참담한 상황이었습니다. 할머니와 두 형이 폭격을 맞아 그 자리에서 즉사하고 어머니는 포탄의 파편을 맞아 쓰러져 배에서 피를 마구 쏟고 누님은 눈에서 피가 철철 흐르고… 결국 어머니는 일어나지 못하셨지요. 이 철천지 한을 어째 잊을 수가 있겠습니까?"

"네에…"

"글쎄 이렇게 생생하게 기억하고 있는데 이것을 아니라고 하니 참 답답한 노릇이지요."

"네에에…"

그는 계속 고개만 끄덕이고 있었다.

11

"지금 소송을 진행하고 있다고 하셨는데…"

화제를 바꾸었다. 너무나 답답하고 속상하는 얘기를 피하려는 것이 아니었다. 잠시라도 그 악몽에서 벗어나게 하려는 것이었다. 가위에 눌리고 있는 사람을 흔들어깨우는 것이라고 할까.

"네 그래요."

"그래 전망이 어떤가요? 승산이 있는가요?"

"글쎄 두고 봐야지요. 변호사 말은 잘 될 거라고 하는데, 모르지요 뭐."

양해찬은 아까보다는 밝은 표정으로 말하는 것이었다. 그리고 이번 토요일 군청에서 노근리사건 수임변호사 사건진행 보고회를 개최한다고 그 때 와서 들어보라고 하였다. 그러겠다고 하였다. 그럴 생각이었다. 그가 직접 변호사에게 물어보고 싶었던 것이다.

그런데 아무리 생각해도 노근리사건에 대한 한미조사단의 결론은 너무나 허술하고 속 뒤집는 내용이었다. 말장난에 불과한 것 같았다.

'절박한 한국 전쟁 초기의 수세적인 전투상황 하에서 강요에 의해 철수 중이던 미군은 1950년 7월 마지막 주 노근리 주변에서 수 미상의 피난민을 살상하거나 부상을 입혔다.'

사실도 아니었다. 수세적인 전투상황이 피난민을 죽여야 할 이유가 되는가. 강요에 의해 철수중이라고 하였는데, 누구의 강요인가. 북한군의 강요라고 얘기하는 것 같은데 그것이 또 어떻게 죽여야 할 이유가 되는가. 북한의 군인도 아니고 남한의 피난민을 그것도 자신들이 인솔하여 온 농민들이 아닌가. 수는 미상이라고 하였다. 정확을 기하기로 말하면야 행방불명자도 많고 그 숫자를 반 세기가 지난 지금 이 시점에서 정확히 가려 낼 수가 없을 지도 모른다. 피해자들도 300명이다 400명이다 말하지만 피해신고자 164명에 의존하고 있는 실정이다. 그러나 '수 미상'이라면 그 수가 한 자리 숫자인지 두 자리 숫자인지 세 자리 숫자인지 그 정도조차도 밝히지 않은 막연한 숫자 개념인 것이다. 또 사살射殺도 아니고 살상殺傷이다. 살상이란 부상을 포함하는 것이고 그 뒤에다 부상을 입혔다고 덧붙임으로써 의미를 2단계로 축소시키고 있는 것이다. 구절마다 의미를 한껏 약화시켜 놓은 것이다.

그것뿐이 아니었다. 또 그 뒤에 한미동맹이라고 하는 큰 바위 덩어리와 같은 위무威武로 꽉 누르고 있는 것이었다. 유사시 같이 싸워준다고 하는 한미동맹이라는 것이 한국으로서야 말할 수 없이 고마운 존재이고 미국으로서도 세계 경찰국가로서의 명분도 세우고 또 무기를 팔아먹는다든가─한 예를 든다면 말이다─실속도 차리고 해로울 것이 없는 것이지만 무고한 양민을 대량 학살해놓은 마당에 무슨 동맹을 찾을 염치가 있느냐 말이다. 동맹 이전에 학살을 따지자는 것이 아닌가. '한미 양국 조사반은 피해자들의 오랜 기간의 아픔과 미 참전장병의 희생을 고려하면서, 한국전쟁 기간 중 발생한 노근리사건에 대한 조사가 한미동맹 정신을 바탕으로 보다 공 고한 공조체제 유지에 기여할 뿐만 아니라, 인권을 중시하고 민주주의 가치를 실현하기 위해 노력하는 양국 공동협력의 표본이 될 것으로 믿는다.' 참으로 미끈한 결론이다. 물론 미 참전장병의 희생이 고려돼야 할 것이다. 처음 군에 들어온 나이 어린 장병들을 포함해서 젊은 장병들이 머나먼 이국땅 한국의 산기슭 들판 가운데에서 수없이 많이 죽어간 생명에 대하여는 참으로 슬픈 일이며 할 말을 찾을 수가 없다. 거기에 대하여는 백번 천번 머리 숙여 경의를 표하고 고마움을 표시해도 모자랄 것이다. 그것을 모르는

것이 아니다. 그러나 그렇다고 해서 노근리학살사건이 아무렇게나 구
렁이 담 넘어가듯이 조사가 되어도 좋다는 것은 절대로 아니라는 말씀
이다. 제대로 사실을 밝히지 않고 진실의 응어리를 묻어둔 채 어떻게
한미동맹 정신을 바탕으로 공조체제 유지가 보다 공고해지며 기여할
수가 있는가. 그것이 어떻게 인권을 중시하고 민주주의 가치를 실현하
는 것이며 공동협력의 표본이 되는가. 한쪽에서는 믿어지지 않는데 한
쪽에서만 믿으면 되는가. 일방적인 결론이며 허울좋은 공동조사였던
것이다.

그리고 이런 조사보고서를 담은 클린턴 대통령의 사과문은 더욱 고
단의 수사학으로 핵심을 비껴가고 있다.

생각할수록 속이 상했다. 그는 양해찬의 이야기를 밤늦게까지 듣고
있을 수만은 없어서 다시 오겠다고 하고 집으로 돌아와서도 도무지 분
을 삭일 수가 없었다. 잠자리에 들어서도 잠을 이룰 수가 없었다. 그는
언젠가부터 이 상황-노근리사건 또는 그것을 취재하고 정리하고 쓰겠
다고 하는-속에 갇혀 있었고 그 안에서 빠져나올 수가 없었다. 그는
몽유병자처럼 잠자리에서 일어나 불을 환하게 있는 대로 다 켜고 그
유감표명 성명서를 자료철 속에서 찾아내어 다시 뒤적거려보았다.

미국은 어느 나라보다 콧대가 세웠다. 웬만해서는 사과를 하지 않는
나라였다. 사과에 따른 책임소재와 한계에 대한 철저한 의식을 갖고
있는 것이다. 사적 영역이 아닌 공적 영역에서의 사과 특히 국가 차원
에서 이루어지는 국가지도자의 사과는 단순한 수사학이 아니라 역사
적인 과오를 인정하고 그에 따르는 법적 재정적 책임을 져야 하는 행
위가 되므로 신중해야 하는 것은 당연하다. 클린턴 미국 대통령의 노
근리사건에 대한 사과도 법적 재정적 책임이 따르는 것은 말할 것도
없다. 그러나 이번 성명서는 그런 알맹이는 다 피해 가고 미끈한 수사
학만 있었다.

1950년 7월 26일부터 29일까지, 충북 영동군 황간면 노근리에서 한국전쟁에 참전한 미군 병사들이 최소 300여명(노근리사건대책위 추정)의 피난민을 학살한 노근리사건은 국제적으로 이슈화되어 있었다. 1999년 AP통신에 기획기사로 보도가 되었고 그것이 또 퓰리쳐상을 받게 되고 미국의 뉴욕타임즈 워싱턴포스트 등은 물론이고 세계의 언론들이 대서특필하여 한미간의 중대 현안으로 떠올라 있었다. 그런 상태에서 한미 합동조사가 이루어졌고 그것이 끝난 2001년 벽두에 클린턴 미국 대통령은 성명서를 발표한 것이다.

클린턴 대통령이 미국을 대표해서 노근리사건에 대한 깊은 유감을 표시하는 것으로 성명서는 시작하고 있다. 그러나 이어서 노근리사건에 대한 정확한 정황에 대해서는 아직 밝혀진 바가 없다고 함으로써 역사적 사실에 근거한 책임에서 벗어나려 하고 있다. 핵심을 흐려버리고 있다. 화자는 그 점을 분명히 하고 나서 피해 한국인의 후손들에게 위로의 말을 전하면서 한국의 민간인 뿐 아니라 미국인 병사들이 한국전쟁 당시 고통을 받았음을 상기시키고 있다. 미국 측의 고통도 크다는 것을 동시에 말하고 있는 것이다.

클린턴 대통령은 그렇게 미국의 책임을 약화시키고 있다. 최소화하고 있다. 일단 그렇게 해놓고 자신이 인정한 부분에 대해서 그 수준에 맞는 방안을 제시함으로써 사태에 대한 책임을 지겠다는 행동을 보여주고 있는 것이다. 희생자들을 위한 추모비를 건립하고 피해자들 후손들을 위한 장학기금을 제공하겠다는 것이다. 책임을 진다는 것은 책임을 인정하는 것이고 또 과오를 시인하는 것이고 그런 의미에서 클린턴 미국대통령의 유감표명 성명서는 우회적으로 사과의 뜻을 담고 있다. 그래서 언론에서 사과문이다, 사과문과 다를 바 없다고 하였지만 공식적인 사과문은 아니고 유감 표명인 것이다.

고도의 수사전략이다. 성명서는 그런 유감표명과 책임 인정으로 끝내지 않고 높은 단계로 끌어올리고 있다. 클린턴 대통령은 한국전쟁이 남긴 것은 고통만이 아니라 자유라는 대의를 위해 같이 미국과 한국 참전용사들이 어깨를 나란히 하고 싸워 결국 승리했으며 두 나라의 강한 동맹 양국민의 친밀감은 함께 치른 희생의 결실이라고 근엄하게 말하고 있다. 그리하여 고통보다도 더 값진 자유 동맹 우의와 같은 고차적인 것을 내세워 노근리사건의 피해를 작게 보이게 하고, 피해자 유족들에 대한 당장의 직접적인 보상보다 추모비 장학금과 같은 추상화를 그려 보이고 있는 것이다. 참으로 번듯한 명분이 아닌가.

이것을 박성희(이화여대 교수)의 논문 「노근리사건 유감표명 성명서의 수사학」에서는 차별화와 승화의 전략이라고 쓰고 있다.

동양의 사과 요구가 사회적 체면을 의식하고 이루어지는 종적 의사소통의 관계인데 비해, 민간 차원의 진상조사에서 발원해 이미 1960년 서울 소재 주한미군 소청사무소에 손해배상을 청구한 바 있는 노근리사건의 사과 요구는 서양식 사과법의 원칙에 따르고 있다. 사과를 요구하는 주체인 노근리사건대책위가 사과를 해야될 대상인 미국정부와 횡적 의사소통 관계를 구축했다는 사실에서 매우 고무적인 외교사의 한 사건이다.

매우 긍정적인 결론이다.

그러나 그러한 해석이나 평가는 학문적이고 외교사적인 것일 뿐 그 피해자들에게는 하나의 수사 또는 변명으로밖에 들리지가 않았으며 그들의 명예가 회복되었다고 생각되지도 않았다. 당장의 얼마의 보상금에 대한 미련 때문만도 아니었다. 아닌게 아니라 동양적인 종적 사회구조 안에서 이루어지는 사과의 아쉬움인 것인가. 미국 대통령의 사과가 말이 안 된다고 받아들여지는 것도 그런 것이었다. 양해찬의 분노가 기억난다. 그것이 노근리사건 피해자들의 정서이고 의견이었다. 그것을 다시 소송으로 해결해 보려는 것이었다.

그는 그동안 피해자들 노근리사건대책위가 미국을 상대로 전개했던 사과요구 배상요구 등의 투쟁 활동 자료들을 살펴 보았다. 노근리사건 대책위는 수없이 많은 진정서 탄원서 청원서 등을 미국 대통령 한국 대통령 그 외 여러 요로 기관에 내었던 것이다. 주로 정은용 위원장이 보낸 것이었다. 그런 자료들을 행사때마다 받아 모아둔 것도 있고 기사가 실린 신문 잡지 등을 스크랩한 것도 있고 복사한 것도 있었다. 영동군에서 자료를 모아 팜플렛을 발간한 것도 있었다.

자료를 시간대별로 정리를 하다가 얌전한 달필로 쓴 글씨가 눈에 띄어 시선을 멈추었다.

서신과 손해배상청구서였다. 1960년 정은용이 써서 보냈던 것이다. 미농괘지에 먹지를 받치고 썼던 한 벌을 따로 보관해 두었던 것을 복사한 것으로 지금으로부터 45년 전(취재 당시)에 보낸 것이었다. 그때부터 투쟁이라고 할까 계란으로 바위를 치기 힘겨운 요구는 시작되었던 것이다.

경애하는 폴이 백만 법무대위님

1960년 11월 7일부 귀하의 친절한 서신은 잘 읽었습니다.

지난 번 서신에서 귀하는 본인의 배상청구가 법정기한 경과 후 제출되었다는 이유로 귀 소청사무소에서 심의할 권한이 없다고 말씀하였습니다.

귀하의 말씀 잘 이해합니다마는 다음과 같은 이유로 본건을 귀국 정부에 이관하여서라도 원만한 조치가 취하여지도록 주선하여 주시기 바랍니다.

첫째로 우리들은 미국의 법률을 잘 모릅니다. 따라서 이러한 사건에 대하여 손해배상을 청구할 수 있다는 사실조차도 전연 모르고 있었습니다. 지난 봄부터 1 2차 소청사무소에 관한 기사가 보도되었던 모양입니다다만은 신문이 비교적 널리 보급되지 않은 우리 사회에서는 아직까지도 이 사실을 잘 모르는 사람이 있을 정도이니 귀국 내에서처럼 법정 기간 준수를 엄격하게 요구함은 부당하다고 생각합니다.

둘째로 별첨한 서면에서 잘 이해되실 바와 같이 이 사건은 너무도 잔학한 사건이었고 희생자 및 그 가족들에게는 너무도 억울한 사건이었습니다. 따라서 억울한 손해를 배상한다는 귀국 정부의 뜻이 적어도 본건에 관한 한 법정 기간에 구애됨이 없이 구현되어야 한다고 주장하는 바입니다.

1960년 12월 27일

정은용 근배

폴이 백만은 주한미군 소청사무소 법무장교이다. 한자는 한글로 옮겨 쓰고 발췌를 하였다. 또 하나의 서신은 손해배상 청구였다. 노근리 사건 제1호 손해배상청구서였던 것이다.

미군에 의한 피살상자에 대한 손해청구

1. 손해발생 일시

1950년 7월 26일 정오경부터 동년 7월 29일 정오경까지 3일간

2. 손해발생 장소

대한민국 충청북도 영동군 황간면 노근리 전면에 위치한 육도 내외

3. 피해자

민영순 | 여 | 32세 | 형수 | 피살

정구필 | 남 | 6세 | 장남 | 피살

정구희 | 여 | 3세 | 장녀 | 피살

박선용 | 여 | 25세 | 처 | 우완右腕 팔굽에 파편 관통상을 입고 불구가 되었으며 우측 옆구리에 M1탄 관통으로 부상, 치료되었으나 흉터가 흉악함

4. 피해상황

(1) 1950년 7월 24일 11시경 경부선 연선沿線에 위치한 충청북도 영동군 영동읍 주곡리에 미군인 수명이 내도하여 전국이 위험하니 피난하라는 명령을 내렸으며, 전 부락민은 이 명령에 따라 피난하였던 바, 그 대부분이 동남방 4킬로 가량 상거한 산간부락 임계리에 집결하였던 것임.

이 피해상황 등과 정은용 가족의 희생에 대한 것은 앞에서도 얘기가 되었다. 그런데 이 정은용 개인의 일로 시작된 미국정부를 향한 손해청구는 한 개인의 억울함에서 머물지 않고 노근리사건 희생자 전체의 억울함과 미군의 부당한 학살을 성토한 노근리사건 대미국 투쟁의 최초의 활동이었던 것이다. 이것이 결국 미국 대통령의 사과-유감표명이지만-를 받아내는 횡적 의사소통의 결실을 얻는 출발점이 된 문서이다. 노근리사건대책위원회가 조직되기 전 그 시작의 시점에서 꾸밈없이 작성되어 있는 노근리사건 개요의 초안을 계속 검토해 보자.

(2) 이튿날 7월 25일 21시경 미군인 20명 가량이 임계리에 내도하여 대구 부산 방면으로 추럭에 태워서 피난시킬 터이니 전부 국도 쪽으로 나가라 함으로 부락민 2, 3백명 가량은 이에 순종, 미군의 인도에 따라 국도 연변까지 나왔던 바, 추럭에 태워주지 않으므로 하는 수 없이 도보로 남쪽을 향하여 행진 도중 천변에서 밤을 새우고, 7월 26일 정오경에 황간면 노근리 북방 약 500미터 지점에 이르렀음.

(3) 이 때 돌연 미군인 수명이 앞을 가로막고 경부선 철로상으로 인도 집합시킨 후, 무전으로 연락하여 비행기를 출격케 하고, 비행기가 나타나자 미군인들은 안전지대로 피신하였으며 비행기로부터는 폭탄이 투하되어 양민 다수가 이곳에서 사상되었음.

(4) 청구인의 가족 등은 이 폭격에서 청구인의 처가 우완 팔굽에 파편 관통상을 입었을 뿐 전부 무사하였으므로 부근에 있는 배수 터널에 은신하였던 바, 얼마 후 미군인이 나타나서 안전장소에 은신하고 있는 전부락민을 노근리 전면 터널(쌍굴다리) 내에 강제 수용하고 터널 양측 고지에 기관총을 거치据置 7월 29일 미군인이 그곳으로부터 철퇴하기까지 만 3일간 간단 없는 사격과 비행기에 의한 폭격을 가하였음.

(5) 이 터널 내에서 수십 명이 사망하였으며 청구인의 형수 민영순 및 장녀 정구희도 이곳에서 피살되었음.

(6) 청구인의 처 박선용은 장남 정구필을 등에 없고 7월 29일 미명 그곳을 탈출 남방으로 향하던 중, 날이 밝았을 때 자기가 미군 진지 속에 미입迷入한 사실을 알았으며 그 순간 흑인 병사의 발사로 우측 옆구리에 피탄被彈되었으며, 이 탄환은 등에 업혀 있는 장남 정구필의 흉부를 관통하였음.

(7) 얼마 후 미군 위생병이 처의 졸도하여 있는 현장에 달려와 처에게 응급치료를 가한 후 사망한 정구필을 그곳에 매장하고 처를 담가擔架로 도로상 추럭까지, 추럭으로 김천역까지 운반하여 김천역에서 기차에 인계, 부산으로 후송케 하였던 것임.

5. 증거

청구인이 제시할 수 있는 것은 사진C(노근리 쌍굴다리 터널)에서 보는 바와 같이 상금도 탄흔이 역력한 터널 뿐이나 전기 각 사건에 간여한 귀국 군인들에 대하여 조사하면 판명될 것임.

6. 주장

본 사건은 시초부터 미군에 의하여 유발된 사건이며 비무장 평화적 인민에 대한 살해 행위이므로 전시법규 위반임.

터널 속에서 사격을 당하는 동안 간간 접근하는 미군인에게 피해자들이 양민임을 일본어로 애소하였으나 구제가 거절되었고 일견하여 공산군이 아님을 알 수 있는 노유老幼 부녀자들에 대하여 이러한 잔학 행위를 한 이유를 알 수 없는 바임.

따라서 상당한 손해배상을 지불함으로써 책임을 명백히 하실 것을 요청하는 바입니다.

1960년 12월 27일

대한민국 대전시 목동 2번지

정은용

미합중국 정부 귀중

이 때 정은용은 대전 목동에 살았고 노근리사건 당시에는 영동읍 주곡리144-4에 대대로 살고 있었다. 경찰 출신인 정은용은 한 발 먼저 피난 길을 떠났던 것이다. 마을로 피난 온 사람들이 빨갱이들 눈에 불을 켜고 경찰관을 잡아죽이더라, 경찰관을 지낸 사람은 단 하루만 했어도 인민재판에 걸어 총살했다고들 하여 불안하기도 했고 가족들과 같이 대구 쪽으로 가려 하였지만 아버지가 안 된다고 하였다.

"대구? 안 된다. 못 간다. 저 어린 것들을 데리고 이 염천炎天 속에 어떻게 가냐. 너나 떠나거라. 어서 채비를 해라."

"저 혼자 떠나라 말씀하셨습니까? 안 됩니다. 저 혼자는 못 갑니다. 가족들 모두 함께 가야 합니다."

"참 딱도 하구나. 저 어린 것들 때문에 안 된다고 해도 그러는구나.

공산당도 사람들인데 네가 경찰관 했다고 해서 설마 늙은이나 부녀자 어린것들까지도 죽이겠느냐. 그렇게는 안 할 것이다. 걱정 말고 너나 떠나거라, 어서."

실화소설 「그대, 우리의 아픔을 아는가」에 정은용이 기억을 살려 쓴 부자의 대화였다.

"여보, 아버님 말씀대로 하세요. 당신만 가세요. 난 부모님 모시고 이곳에 남아 있겠어요. 어서 떠나세요. 네?"

아내도 빨리 떠나라고 하였다.

어머니는 또 쌀과 속내의 냄비 밥공기 수저 등을 챙겨넣은 배낭을 들고 나와 말하였다.

"피난 잘 하고 돌아오너라."

정은용은 그렇게 등을 떠밀려 혼자 떠났던 것이다. 아들은 같이 가자고 하고 아버지는 어린것들 때문에 안 된다고 하였다. 유교적 분위기의 아버지의 말을 거역할 수가 없었다. 그런데 그 어린것들을 다 죽였다. 두고 간 사람이 잘못인가, 만류한 사람이 잘못인가. 산자들의 가슴은 말할 수 없이 아프고 찢어졌다. 그대 미군들이여, 이 아픔을 아는가. 그러나 어디 이 한 가정만인가. 온 가족이 몰살한 가정도 많으며 그래서 혼령마저 거두지 못하고 평생 부서진 육신을 이끌고 얼굴 가운데 상판에 무슨 훈장처럼 큰 흉터를 달고 사는 사람이 부지기수였다. 미국이여, 우리 아픔을 아는가.

정은용의 손해배상청구는 아무 반응이 없었다. 그 두 번째 서신 이후 5.16군사정권이 들어섰고 그 총칼을 든 정권 앞에서 전쟁통에 일어난 학살사건에 대한 보상요구나 주장은 어디에도 할 수가 없었다. 감히 발설도 못하였다. 그 군사정권이 몇 년인가. 그러나 그 철천지한과 분을 그냥 삭일 수만은 없었다. 1977년, 소설을 썼다. 노근리사건을 고발하는 실화소설이었다. 대학에서는 법률을 전공했지만 법적인 투쟁은 할 수가 없었고 서툴지만 문학으로 시도해 보려는 것이었다. 물론 생전 처음으로 써보는 소설 형식이었다. 「버림받은 사람들」이었다. 문예지의 중편소설 공모에 투고를 하였는데 당선은 되지 못하였고 예선에 뽑혔다. 정은용은 포기하지 않고 1985년 문화방송의 6.25특집 드라마 공모에 소설로 썼던 것을 방송극으로 고쳐 다시 응모했다. 환갑 진갑도 다 지낸 62세의 나이였다. 그러나 나이 때문만은 아니고 아직도 5공화국 서슬퍼런 군사정권 치하에서 미군 학살 얘기가 공중파 방송 드라마로 뽑히지 못하였던 것이다. 물론 상금을 위해서 쓴 것은 아니고 노근리사건을 세상에 알리고자 한 것인데, 아마 이번 드라마나 그 앞서의 중편이 당선되었더라면 뒤의 장편은 탄생하지 못했을 것이며 그것으로는 미국을 움직이지 못했을지 모른다.

12

다시 시간이 흘러 군사정권이 끝나고 기력이 차츰 쇄하여졌지만 정은용은 계속 6.25전쟁의 사료를 모았고 정리하고 또 글로 썼다.

"내가 알리지 않으면 노근리사건은 영영 역사 속에 묻혀 버릴 것 같아. 죽기 전에 글로 남겨야지."

자나 깨나 그런 생각만 하던 정은용은 원고 뭉치를 들고 다니다가 고희도 넘긴 1994년 또 한번의 시도를 하였다. 노근리의 비극을 소설로 다시 쓴 것이었다. 그리고 4월 20일 다리 출판사에서 300페이지의 장편으로 간행한 것이다. 「그대, 우리의 아픔을 아는가」, 노근리사건을 고발한 실화소설이었다.

이 소설은 잠들고 있는 노근리사건을 흔들어 깨우고 꿈틀거리게 했다. 노근리사건이 도하 언론에 보도되고 〈말〉지에 소개되고 AP통신에 보도되고 세계에 알려지자 미국 백악관을 움직이게 한 것이다.

정은용은 소설 출판에 이어 노근리 미군 양민학살대책위원회를 결성하고 조직적인 투쟁 활동으로 들어갔으며 미국의 법무장교가 아니라 대통령에게 직접 진정을 하였다. 1997년 7월 5일 충북 영동군 영동읍 주곡리 183 서정구 등 33명의 희생자 유족인 진정인의 날인을 받아 사상자 명단과 함께 제출한 진정서에서 진정인 대표 정은용은 클린턴 미국 대통령에게 말하였다.

'귀하께서는 이 엄청난 희생자들의 영혼과 유가족 그리고 부상자들이 44년(당시) 동안 한 시도 잊을 수 없었던 원한과 슬픔도 짐작해 주시기 바랍니다.' '우리는 이제 원한과 슬픔으로부터 벗어나기를

희망하며 이 원한과 슬픔을 후세에 물려주는 것도 원치 않습니다.'

'우리의 아픈 마음을 이해하시고 죽은자와 산자 모두를 위안할 수 있는 조치(사과와 손해배상)를 취해주시기 바랍니다.'

이렇게 주장하고 요구하였다.

다음날 7월 6일에는 우리나라의 김영삼 대통령에게 진정을 하였다. 어제 미국 클린턴 대통령 앞으로 진정서를 미대사관에 제출하였다고 하고 사본을 첨부하였다. 그리고 부탁하였다.

'너무나 억울하게 너무나 비참하게 죽어간 영혼과 유가족들 그리고 부상자들의 슬픔과 원한이 어떠했는가를 살피시고 이 참극의 진상을 조사하신 후 미국에 대한 우리들의 요구가 성취되도록 도와주시기 바랍니다.'

10월 5일에는 다시 미국 대통령에게 새로 입수한 학살의 구체적인 입증자료들을 첨부하여 진정서를 내었다. 희생자 신고가 추가되어 새로 작성한 사상자 명단, 당시 노근리사건을 보도한 북한의 〈조선인민보〉 기사, 미 제1기병사단사(사단 역사) 등을 첨부하였다.

11월 29일에는 미국 육군성 주한미군 배상사무소장 존 지 월튼 법무소령에게서 서신을 보내어왔다. 지난 10월 28일 대통령에게 보낸 진정서의 답장이 왔던 것이다. 내용은 부정적이었다. 1950년 한국 동란 당시 미군과 인민군과의 교전 중에 미군들에 의해 한국인들이 대량 학살되거나 부상을 입었다고 주장하고 있다면서 미합중국 군대가 전투 과정에서 야기시킨 피해에 대해서 미국은 법률상 책임을 지지 않는다고 말하였다. 이에 대하여 정은용 대책위원장은 노근리사건이 교전중에 일어났다고 말한 적은 없다고 반박하고 자료를 다시 더 보강하여 그 사실을 입증하였다.

노근리사건은 미군과 인민군의 전투과정에서 야기된 것이 아니라, 인민군이 사건 현장에 진격해 오기 전에-인민군과의 전투가 벌어지지 아니한 상황에서-미군들이 우리 피난민들에게 고의적 계획적으로 수행한 살상 행위였다는 것을 이해하기 바란다고 덧붙였다.

당시 노근리사건 현장 일대에서 사건을 전후해 작전을 수행한 바 있는 미 제1기병사단사에 의하면 1950년 7월 26일 오후 영동 시내로 침투해온 1,000명이 넘는 인민군 병력에 반격하기 위해 영동읍내를 미군이 맹폭격한 것으로 되어 있어, 인민군은 7월 26일 오후까지도 노근리사건 현장으로부터 서울쪽으로 14킬로미터 떨어진 영동 시내에 있었음을 알 수 있다. 그리고 또한 일본 육전사연구보급회에서 발간한 책자 「한국전쟁」의 영동 함락 부분을 보면 미 제1기병사단이 7월 29일에 사단사령부를-이 사건 현장에서 2킬로미터 떨어진-황간에서 김천으로 옮긴 것으로 되어있고, 1950년 8월 19일자 〈조선인민보〉 제49호 기사-인민군 측 종군기자 전욱 발신-에 보면 7월 29일 해질 무렵에 인민군이 노근리사건 현장에 도달한 것으로 되어 있다. 1950년 8월 2일자 〈조선인민군〉 기사도 7월 29일에 황간이 인민군에게 점령되었음을 보도하고 있다. (위 〈조선인민보〉에서는 이 사건 현장을 황간역 북쪽 로응리로 표기하고 있는데 황간역 북쪽에 로응리라는 부락은 없고, 신문기사 내용으로 보아 로근리-노근리-인 것 같다.)

결국 7월 26일부터 7월 29일 낮까지 4일간은 노근리사건 현장에 인민군의 침투가 없었으며 미군은 인민군과 교전한 것이 아니라 우리 피난민들만 상대로 열심히 살상 행위를 감행했다는 우리의 주장 사실이 위 자료들에 의해 입증된다.

그런 주장 뒤에 증거자료들을 첨부하였다. ①미 제1기병사단사의 일부 ②일본 육전사보급연구회 발간 「한국전쟁」 일부 ③1950년 8월 19일자 〈조선인민보〉 제49호 ④1950년 8월 2일자 〈조선인민보〉를 1부씩 사본으로 제시한 것이다. ③과④는 미국 공문서 보관소에 있는 자료이다.

이렇게 주장하고 나서 정은용 대책위원장은 월튼 주한미군 배상사무소장에게, 노근리사건 현장과 당시의 폭격 총격 속에서 현재까지 살아남아 생존해 있는 다수의 한국인들에 대해서, 또 미국에 생존해 있을 당시 노근리사건에 관여했던 미 제1기병사단-특히 5연대-장병들에 대해 철저한 조사를 실시하고 우리들의 요구가 받아들여지도록 조치하여 주기 바란다고 하고 다음과 같이 끝인사를 하였다.

"세계를 향해 인권 존중을 소리 높이 외치고 있는 미국의 양심이 이 사건을 정직하게 처리하리라 믿으면서 귀하의 건강과 귀국의 번영을 축원합니다."

치밀하고 다부지고 예의 바르고 따질 것은 다 따지고 할 말은 다 하면서 지킬 것은 또 다 지키었다.

그러나 그런 것도 다 소용 없었다. 그 정도로 증거와 논리를 갖추어 요구를 하면 들어줄줄 알았는데, 너무 빈틈이 없어서인가, 피해자들의 진정은 따져보지도 않고 들어보지도 않고 일언지하에 안 된다고 하였다.

1995년 1월 11일 존 지 월튼 주한미군 배상사무소장은 아주 간단히 회신을 보냈다.

"본 사건에 대한 본 사무소의 입장은 지난 번 귀하에게 보낸 본 사무소의 10월 28일자 편지 내용과 동일합니다."

다른 말은 하지도 않았다.

미국은 미국 군대가 전투 과정에서 야기시킨 귀하가 입은 피해에 대해서는 법률상 책임을 지지 않는다고 앞서 보낸 편지 내용과 같다는 것이다. 거기에 대하여 다시 여러 자료를 제시하여 사실과 맞지 않음을 주장하였고 그것을 생존 피해자들과 참전 미군들에게 조사를 실시하라고 하였지만 그런 것은 거들떠 보지도 않았다. 그럴 생각이 전혀 없었던 것이다.

"본 회신이 당 사건에 대한 본 사무소의 최종결정이며 최종 회신입니다.”

이제 더 애기도 하지 않겠다는 것이다. 앞으로 무슨 애길 해도 듣지 않겠다는 것이었다.

너무나 허망하였다. 너무나 실망하였다. 미국이라는 거대한 나라에 실망하고 인간들에게 실망하였다. 어쩌면 그렇게 매정하고 인간미가 없는가. 노근리사건이 너무나 동물적인 것이었다고 한다면 그 처리는 너무나 기계적이었다. 인간으로서 인간들로서 어찌 그럴 수가 있단 말인가. 동물이었다. 기계였다. 그 이상이었다. 동물과 기계가 걸어다니고 있었다. 그러면 그들 피해자들은 무엇인가. 유령이었다. 해골만 남은 유령들이었다. 노근리사건 피해자 대표들은 정말 의욕과 용기를 정말 다 잃고 말았다. 뼈만 남고 숨만 겨우 붙어 있었다.

인권존중이니 자유수호니 다 말뿐이었다. 미국의 양심이 이 사건을 정직하게 처리하리라 믿었던 것은 큰 착각이었다. 미국이, 미합중국이, 미합중국 대통령이 노근리 사건대책위에게 굴복한 것은 유령과도 같은 피해자들의 인권이나 자유 또는 어떤 인간적인 배려 때문이 아니고 무서운 세계 언론의 공격에 견디지 못하고 손을 든 것이었다. 여론 때문이었고 체면 때문이었고 이익 때문이었다.

그 때 71세의 정은용이 쓴 소설 「그대…」의 고발로 연결된 AP통신, 그리고 세계 언론 보도로 미국의 높은 콧대는 여지없이 꺾이고 만 것이었다. 클린턴 대통령이 사과를 하고, 사과가 아니라면 깊은 유감(deeply regret) 표명 성명서를 발표하고 나름대로의 보상을 약속하였다. 그러기 이전에 한미합동조사반이 노근리사건 참전장병과 노근리사건 희생자, 가해자와 피해자를 조사하였던 것이다. 물론 그 이전에 AP통신 등 언론기관들이 취재를 하여 미국의 거짓말이 백일하에 들어났기 때문이었다. 1995년 1월 11일 그들이 단호하게 통보한 ‘최종결론’ ‘최종회신’은 다시 말을 바꿀 수밖에 없었던 것이다.

1994년 7월호 〈말〉지에 「6.25 참전 미군의 충북 영동 양민 3백여명 학살사건」을 써서 노근리사건의 생생한 전모를 처음으로 심층취재해 세상에 알린 오연호 기자(당시)는 1999년에 낸 저서 「노근리 그후」(월간 말)에서 정은용 노인을 50년간 하나의 이슈를 가지고 뛴 대기자였다고 쓰고 있다. 그리고 최초로 현장에 달려간 기자는 〈조선인민보〉의 전욱 특파원이었다고 쓰기도 하였다. 오연호는 네 번째 달려간 기자였다. 여기서 미군은 20세기 야만이고 노근리 학살을 무시해온 주요 국내 언론들에 대하여 국제적 낙종落種-특종特種이 아닌, 사대주의적 오보誤報라고 경고하고 있다.

좌우간 이 얘기는 또 나중에 더 하기로 하고, 1999년 9월 29일 AP통신은 한국전쟁 당시 미군의 공격으로 한국 피난민 수백명이 학살된 사실을 보도하고 최상훈 기자등 4명의 보도진이 1년 이상 노근리사건의 가해자 피해자들을 추적하여 쓴 「노근리 다리」에서, 위의 명령에 따라 노근리 양민을 쏘았다는 장본인들을 인터뷰한 생생한 증언을 실어 한국전쟁사를 새로 쓰게 했다. 이 기획기사로 2000년 4월 퓰리쳐상(탐사보도부문)을 받았다. 그를 계기로 세계의 언론이 노근리사건을 연일 크게 보도함으로써 세계 최강국 미국이 머리를 숙이게 만들었다. 펜이 칼보다 강하다는 말은 이땅에 아직도 유효하였던 것이다.

그러나 그러기까지 노근리사건대책위의 미국에 대한 진정 청원 요구는 계속 거부당하였다. 1997년에는 주한미국 배상사무소는 청주지방 배상심의회에 노근리사건대책위에서 청구한 배상신청을 기각한다고 회신하였다. 역시 전투활동에서 발생하는 사건에 대한 배상은 할수 없다는 것이고 또 시효가 소멸되었다고 하였다. 대통령이 사과할 때까지 계속 똑같은 소리만 반복하고 있었다.

대책위는 그러나 클린턴 대통령에게 새로 찾은 입증자료를 첨가하여 진정서를 다시 내었고 미합중국의회 상원의장 하원의장에게도 진정서를 내었다. 똑같은 소리의 반복과 집요한 대응의 평행선을 걷고 있었지만 이쪽은 같은 소리를 반복하지 않았다. 계속 새로운 자료를 첨부하였다.

우리나라 법무장관에게도 청원서를 내고, 미군이 끝까지 사건책임을 부인할 때에는 한미 양국군 전문가로 탐색반을 구성하고 탐색기구를 동원하여 폭격현장 인근과 터널 내외에 남아 있을 폭탄과 파편과 탄환을 찾아주기 바란다고 하였다. 그리고 사망자 유가족과 부상자들이 노령으로 계속 죽어가고 있으니 우리정부에서 우선 우리의 피해를 구제해 주고 미국에 대해서도 구상권을 행사해 달라고 요청하였다. 1997년 9월에는 김영삼 대통령에게도 탄원서를 내고 그런 요구를 하였고 국무총리 국회의장에게도 탄원서를 내었다.

세월의 흐름에 따라 이 사건의 중상자 18명 중 15명이 죽고 3명(당시)만이 남았고 피살자의 유족도 노령으로 한을 풀지 못한 채 계속 죽어가고 있었다. 더 이상 기다릴 수가 없었다.

미국에서는 이제 응답이 없었고 우리나라에서도 신통한 답이 오지 않았다. 국민고충처리위원회에서는 대통령비서실 국무총리실에 들어온 민원에 대하여 직접 조사 또는 조치하는 것이 불가능하다고 하였고 또 국방부로 이송하였다고 하였다. 국방부에서는 법무부에 이첩하였다고 하였다. 국회사무처에서는 국방위원회에서 처리하도록 회부하였다고 하였다. 법제사법위원회에서는, 국회는 행정 당국에 대하여 특정 사건의 조사 등을 요구할 권한이 없으며 국회로서는 관여하기가 어렵다고 하였다.

대책위는 1999년 10월 12일 AP통신 보도 이후 다시 '클린턴 대통령에게 드리는 글'을 보내었다. 백만 원군을 얻은 대책위 그리고 정은용은 거두절미하고 만천하에 공개된 증언들을 개조식으로 제시했다.

1. 미 제1기병사단 제7연대 H중대는 1950년 7월 26일부터 7월 29일

까지 사이에 노근리에서 65시간에 걸쳐 인간사냥하듯 엄청난 수의 우리 혈육들에 대하여 살상을 했다.

2. 이 사실에 대하여 우리 노근리미군양민학살사건대책위에서는 그간 4회에 걸쳐 미국 대통령에게, 미 의회 상 하원 의장 앞으로 각각 1회씩 사과와 손해배상을 청원한 바 있으나 번번히 묵살당했다.

3. 이 사건으로 우리 가정은 파괴 내지 심한 손상을 입고 가족들은 50년 동안 가슴 속에 한을 품고 살아왔다.

4. 금번 당시 노근리에서 복무했던, 양심있는 제대 미군들의 증언으로 이 사건이 미국이 책임을 져야 할 사건으로 확인된 것을 우리 피해자들은 불행중 다행한 일로 받아들인다.

5. 미국 정부는 이 사건의 진상을 규명함에 있어 한 점의 의혹 없이 하루 속히 조사해 주기 바란다.

부디 밀라이촌 사건의 전철을 밟지 않도록 하기 바란다.

6. 그 당시 10세 내외였던 피해자들은 60세 내외(당시), 20세 전후였던 피해자들은 70세 내외(당시)의 연로자가 되어 하나 둘씩 세상을 떠나가고 있다. 이 사건의 해결을 보지 못하고 죽는 이들은 또 한번 가슴에 못을 박고 죽어갈 것이다. 미국은 이들이 한 사람이라도 더 죽기 전에 신속하고 공정한 조사를 함으로써 인권을 주장하는 국가답게 죽은 자와 산 자의 인권을 회복시켜주기 바란다.

이렇게 당당하게 주장하고 명령하듯이 요구하였다. 이제 조사하는 것은 기정사실이고 하루속히 공정하게 하라는 것이었다.

그리고 이어서 우리나라 국무조정실장에게 요구하였다.

AP가 노근리사건 보도를 내보낸 후 5개월째로 접어들고 있고, 한국 측과 미국측의 조사에 관한 중간평가가 3월로 계획되어 있는 시점에서 조사 진척도와 한국측이 미국측에 요구한 자료목록, 한미 조사반간의 공식회의 결과, 회의록 사본 등을 보내줄 것을 요구하고 조사과정에서 정부 조사단과 노근리사건대책위 간의 공식적인 협의체나 회의체를 만들어달라는 등의 요청을 하였다.

그리고 2000년 5월 클린턴 미국대통령에게 정중하게 장문의 서신을 보내었다. 이제 진정이나 청원이 아니라 따지는 것이며 요구였다. 노근리사건 미국측 조사실무책임자인 에코만 미 육군성 감찰감과 칼데라 장관이 미국 제대군인이 노근리사건에 가담한 사실이 밝혀지면 사법처리 가능성도 배제하지 않겠다는 발언은 미국 제대군인들이 노근리사건에 대해 진실을 증언하는 것을 방해하기 위한 술책이라고 따지고 이미 보도된 핵심 증인들의 증언이 우리 피해자들의 증언과 일치한다는 점을 예를 들어보이었다.

그리고, 지난 1세기 동안 미국이 자국의 이익에 맞도록 우리 민족의 운명을 재단해온 사실을 지적했다.

1905년 7월 도쿄에서 체결된 카쓰라 태프트-桂 Taft 밀약은 일본이 한반도를 식민지로 만드는 불행을 우리에게 안겨주었다. 1945년 8월 11일 미국은 한반도를 남과 북으로 분단했고, 그 후에 있었던 미국의 잘못으로 6.25전쟁이 일어났으며 이 전쟁 초기에 미군들은 노근리에서 우리 피난민들을 학살했다.

그렇게 노근리사건을 역사 담론 속에 투영하여 대통령의 결단을 다시 촉구하였다.

이제 결단을 내릴 때가 되었다. 작년 10월 국방부장관에게 진상조사를 지시한 것과 같이 조사결과를 약속시한까지 발표하도록 지시할 때가 되었다. 그리고 미국이 사건을 하루속히 완전 해결할 때가 되었다.

그리고 장문의 서신의 끝맺음에 만인이 두려워하는 참으로 높은 빽을 사용하였다.

"내가 믿고 많은 미국인들이 믿는 하나님께서 불꽃 같은 눈으로 가해자와 피해자의 행동 하나 하나를 감찰하고 계십니다. 미국은 그분을 두려워하는 마음으로 노근리사건을 속히 해결해 주시기 바랍니다."

대기자 정은용은 지칠 줄을 몰랐다. 2000년 8월 16일에 다시 클린턴 대통령에게 답장과 빠른 해결을 요구하였다. 8.15 광복절 다음날이었다. 그해 8월 15일 16일 양일간에는 6.15(6월 15일) 김대중 대통령과 김정일 국방위원장 간에 이루어진 합의에 따라 서울과 평양에서 남북한 이산가족들이 상봉하였다. 50년만에 혈육이 만나는 장면을 TV로 보면서 노근리사건 피해자들은 미군에 의해 무참하게, 억울하게 죽어간 혈육을 생각하였고 우리 혈육들은 세상을 떠났기 때문에 영원히 만날 수 없는 현실 앞에서 통한의 눈물을 흘렸다. 피해자 일동은 클린턴 미국 대통령에게 그런 사실을 전하면서 3개월이 다 되록 아무런 회신도 아무런 조치도 없는 데 대하여 유감스럽다고 하였다. 그리고 학살의 정황과 그 살상이 미군 고위 지휘관의 명령에 따라 자행된 것이라는 사실도 부인할 수 없는 상황에서 사건의 해결을 지연시키고 있는 것은 세계의 인권을 지원하는 국가로 자부하고 있는 미국에 세기적인 오점이 될 것이라고 하였다.

"하루 속히 노근리사건의 진상조사 결과를 발표하시고 미국이 취해야 할 그 다음 조치도 하루 속히 이행함으로써 억울한 우리 희생자들을 위안해 주시기 바랍니다."

그렇게 다시 간곡히 부탁하였다.

정은용 대책위원장은 김대중 대통령에게도 노근리양민학살사건 피해자 일동 명의로 서신을 보내었다. 미국이 조사시한을 연장하며 사건 해결을 지연시키고 있다는 여론을 들고, 노근리사건을 하루 속히 해결해 주시기 바란다는 내용이었다.

꼭 이 대기자의 집요한 공세 때문만은 아니겠지만 그 백방의 요로에 대한 진정 청원 탄원 요구 부탁 간원 등에 대한 응답이 온 것이다.

그 높은 빽이 작용했는지도 모른다.

그해 너무나도 추운 연말 크리스마스도 지나고 미국의 태통령 크린 턴이 임기 내에 노근리사건 매듭을 짓는다느니 사과를 하느니 유감 표명을 하느니 하며 그 수위와 시점을 가지고 연일 보도에 홀리었다. 하루는 칼델라 육군장관이 노근리 발포명령의 확증이 없다고 발표하였다. '많은 시간의 경과로 말미암아 당시 노근리에서 무슨 일이 일어났는지 확실하게 결론내리지 못했다.' '우리는 상급부대서 하달된 어떠한 명령과 당시 노근리에 있었던 병사들 사이에 무슨 연관성이 있다는 사실을 확증하지 못하고 있다.' 그러면서 미군 병사들이 노근리에서 민간인들을 살해한 것은 확실하다고 믿느냐는 기자들의 거듭된 질문에는, 그곳에서 인명 손실이 있었다는 것은 인정한다, 대단히 유감스럽게 생각한다고 하였다.

그러나 해가 바뀌고 세기가 바뀌고 21세기에 들어서는 2001년이 되었다. 그 초두 1월 12일, 한미공동조사발표를 한국과 미국에서 동시에 발표하였다. 결국 미국은 노근리 학살을 공식 인정하고 클린턴 대통령은 유감표명 성명서를 발표하였다. 20세기 문제의 비극 덩어리가 21세기에 들어서서야 매듭이 지어진 것이다.

"그러나, 이거 가지고는 안 되지."

공동조사발표문과 미국 대통령의 성명서를 접하고 나서 대책위원장 정은용은 큰 기침을 하며 신문을 집어던졌다.

"절대로 안 되지."

그렇게 끝날 수는 없었다. 그렇게 물러설 수는 없었다.

소송을 하는 것이다.

13

소송으로 갈 수밖에 없었다. 이미 그런 수순을 생각하고 있었던 것이다.

2005년 9월 24일 오전 11시 영동군청 회의실에는 노근리사건 수임 변호사 사건진행 보고회를 가졌다. 노근리사건 소송을 의뢰해 놓고 있었던 것이다.

마이클 최 변호사와 희생자 및 유족 60여 명이 참석했다. 노근리사건 대책위원회회에서 주관하는 모임이었다. 그도 이날을 기억하고 있다가 참석하여 뒷자리에 앉았다.

당시 대책위 정구도 부위원장이 경과보고를 먼저 하였다.

대책위원 확대 개편에 따른 소개를 하고 그동안 90년대부터 특별법 (노근리사건 희생자심사 및 명예회복에 관한 특별법)제정에 이르기까지 그리고 노근리사건을 미국이 인정하기까지의 어려움, 숱한 애로와 곡절을 간추려서 이야기하고 나서 소송 경과에 대한 것과 향후 전망 등을 말하였다.

"노근리사건 소송 진행이 잘 되고 있습니다. 수임변호사에게 사건 진행상황을 직접 들어보시고 또 물어보시기 바랍니다. 그리고 내년부터는 영화 제작, 위령사업 등을 추진할 계획입니다. 위령제 행사 때 자녀 손자까지 참여할 수 있도록 적극 협조해 주시기 바랍니다."

정은용 대책위원장은 앞자리에서 눈을 지긋이 감은 채 듣고 있었다. 그해 여름 노근리에서 장남 구필이 피살되고 휴전 후 태어난 아들이다. 큰말이 나가면 작은 말이 큰말 노릇를 한다더니 언제 저렇게 커서

교수가 되고 노근리사건의 중심에 서서 아버지의 한을 풀어주고 있는 것이다. 정구도의 얼굴에는 그 때 사라진 구필의 모습이 겹쳐져 있었다. 그래 눈을 감는 것이다.

이어서 노근리사건 소송을 맡은 마이클 최 변호사가 수임상황을 보고하기 위해 마이크 앞으로 나왔다.

"안녕하십니까? 반갑습니다."

미국 시민권자인 마이클 최는 인사를 하고 밝은 표정으로 말하였다.

"노근리사건이 세계인의 주목을 받고 있습니다. 여러분은 영웅입니다."

노근리사건 희생자들은 서로 돌아보았다. 자신들은 정말 영웅인가. 상처뿐인 영광인가. 짧은 순간에 깊이 생각할 수 없어 어리둥절하고 있는 것이었다. 종이비행기를 탄 것 같은 느낌이었다.

마이클 최는 희생자들과 그들 앞에서 투쟁을 하고 있는 대책위원들 그리고 기관장을 포함한 한국 사람들 그런 여러 사람들을 가리키는 것인지도 모른다.

"여러분은 이겼습니다. 싸움을 다 이겨놓고 손을 들 수는 없지요. 그렇지 않습니까? 그런데 미국이 노근리사건을 배상하면 도덕성 문제로 큰 상처를 받기 때문에 그렇게 쉽지는 않은 사건입니다. 그런 양면성이 있습니다. 본인은 미국 민주당 케리 대통령 후보의 부좌관이었으며 펜실베니아주에서 수석보좌관(장관직)을 맡고 있습니다."

최 변호사는 그렇게 자기 소개도 하였다. 그런 이야기 속에는 여러 가지 가능성을 풍기었다. 케리 후보가 차기 대통령이 된다면 얘기는 달라지는 것이고 그것을 낙관하고 있었다. 얘기를 보다 구체적으로 하기 시작했다.

"미국법에는 제소할 규정이 없습니다. 그런데 캘리포니아 주 의원 입법으로 향후 10년간 전쟁범죄 제소가 가능하게 되어 수임하게 되었습니다."

참으로 솔깃한 이야기였다. 그 이야기 자체가 충격적인 하나의 해결책이었다. 사건의 열쇠를 가지고 보여주는 것이었다. 그것을 가지고 자물쇠를 열면 되는 것이었다. 50년 55년(당시) 통한痛恨의 자물쇠는 잔뜩 녹이 슬어 있었던 것이다.

변호사는 그런데 또 이렇게 말하는 것이었다.

"현 정권은 배타적이고 여러 가지로 봐서 제소를 하지 않고 있습니다."

아주 간단명료하였다. 대단히 분명하고 단호하였다. 우호적인 민주당정권에 가서 제소를 해야 한다는 것이었다. 긴 말이 필요 없었다.

"제 말이 무슨 뜻인지 아시지요?"

마이클 최 변호사는 결론을 내리듯이 묻는 것이었다.

모두들 어리둥절하였다. 그러나 그 말을 못 알아듣는 사람은 없었다. 시골 골짜기서 농사를 짓는 사람들도 그 말 뜻은 다 알아들었다.

누가 시작했는지 박수를 치기 시작하자 모두들 따라서 박수를 쳤다.

"감사합니다."

마이클 최 변호사는 인사를 하고 자리에 들어가 앉다가 다시 일어나며 두 팔을 벌리고 손바닥을 폈다.

"무슨 질문이라도…."

그 말을 기다리고 있었다는 듯이 정구호가 일어섰다. 당시 대책위 총무이다.

"저는 노근리사건으로 어머니를 잃었습니다. 저의 어머니 없이 살아온 한을 하루 빨리 풀고자 합니다. 그런데 지난 3년 동안 연락이 되지 않아 무척 서운했습니다. 앞으로 계속해서 사건을 수임할 의사가 있는지 분명히 말씀해주시기 바랍니다."

질문 역시 너무도 단호하였다. 따지는 것이기도 했다.

분위기가 무척 딱딱해졌다. 모두들 최변호사를 바라보았다.

마이클 최 변호사는 여전히 밝은 표정으로 다시 단상으로 갔다.

"대부분의 국제변호사는 사건이 소강상태에 들어가면 기다리거나 돌아서는 것이 통례입니다. 그런데 본인은 노근리사건에 대한 열정이 있습니다. 준비기간으로 이해해주시기 바랍니다. 꼭 필요한 시기에 도와드리겠습니다. 앞으로 서면과 인터넷으로 자주 연락하겠습니다."

변호사는 마치 어떤 고관의 어투로 말하는 것이었다.

그런데 마이클 최의 열정이란 무엇일까. 모든 변호사들이 갖는 승소 또는 승산에 대한 열정인가. 정의를 위해 싸우겠다는 의지인가. 아니면 모국에 대한 신념 같은 것일까. 물어보고 싶었다. 그러나 여기에 그가 끼일 자리가 없었다. 말대로라면 잘 진행되고 있는 것이었다. 어투가 문제가 아니지 않은가. 분명히 약속을 지키라고 부탁을 하고 싶을 뿐이었다. 그런데 그 말도 다른 사람들이 하는 것이었다.

다음으로 일어선 양해찬 대책위 부위원장도 그런 부탁을 하며 말하였다.

"차기에 민주당이 집권하지 못했을 경우 어떻게 수임할 것인지요?"

날카로운 질문이었다. 답변하기도 어렵지만 묻기도 어려운 질문이었다.

마이클 최는 얼굴의 밝은 빛도 지우고 대단히 진지한 표정으로 답변을 하였다.

"국가간의 소송을 다루는 국제사법제판소가 있습니다. 이런 경우 제소가 가능하며 상대국이 응하지 않을 수가 없습니다. 문제는 승소를 하여도 강제집행 방법은 없다는 거지요"

"그러면 어떡하신다는 말씀인가요?"

"예, 그런 문제가 있다는 것입니다. 제가 잘 판단해서 하겠습니다."

뭔가 김이 빠지는 듯하였다. 답변으로서야 아무런 하자가 없었지만 모두들 실망스런 기색이었다.

"사건 위임 당시 여러 팀이 계약 의지가 있었고 배상액이 300억 이상이 되도록 하겠다고 약속을 하였는데 현재까지 소를 제기하지 않은 이유는 무엇입니까?"

영동군의회과 의사담당(당시) 전재현이 다시 질문하였다.

"아까 답변을 드렸었지요. 캘리포니아 의원입법으로 소송은 가능합니다. 그런데 구체적인 증거가 불충분하고 미국 정부가 개입했는지에 대한 객관적 자료 부족 등으로 제소하지 않고 있습니다. 가장 중요한 것은 일사부재리의 원칙이 적용되기 때문에 확실히 도움이 있을 때 제소하려고 합니다."

증거가 불충분하다는데 대하여 여기 저기서 무슨 소리냐고 얘기들을 하였지만 허투루 시작을 하였다가 패소를 하면 그것으로 끝이므로 확실한 가능성을 가지고 하지 않으면 안 된다고 하는 사실에 대하여 또 이의가 있을 수가 없었다.

전재현이 다시 물었다.

"미국 정부가 제시한 위령탑 건립비 119만불과 향후 5년간 장학사업으로 56만불을 수용할 경우 소송에 악영향이 있는가요?"

"그렇습니다. 이 경우에도 일사부재리의 원칙이 적용되지요. 그것을 수용할 경우 합의해야 하는데 향후 소송에 어려움이 예상됩니다."

그것은 사실이었다. 그러나 마이클 최는 그것을 수용하라 마라 하지는 않았다. 의지가 약한 것일까. 열정만 있는 것일까. 희생자 유족 대책위원들도 판단하기가 어려운 문제였다. 서로들 바라만 보았다.

그것을 묻는 것일까, 대책위원회 회계인 배수용이 질문하였다.

"사건을 최변호사에게만 위임 계약을 하였는데 현재 여러 명이 맡고 있으면 계약상에 문제가 없는지요?"

"예, 그건 문제가 안 됩니다. 변호사법과 관련해서 자체적으로 해결할 수 있는 사항이니까요."

마이클 최는 간단히 대답하였다. 그리고 다른 별다른 질문은 없었다.

"감사합니다."

그렇게 노근리사건 수임변호사 사건진행 보고회를 마치었다. 무척 고무적이며 희망적인 것 같기도 하고 대단히 불투명하고 아무 것도 구체적인 것이 잡히지 않는 얘기들 같기도 했다.

거기에 그가 무슨 이야기를 추가하는 것이 조심스러웠다. 회의가 끝나고 마이클 최를 개인적으로 인사를 하였다. 명함을 한 장 받았다. 미국에 가면 한 번 들리겠다고 하였다. 전화를 할 수도 있었다. 지금은 당장 다른 의견이 없었다. 다만 한 마디는 물어보고 싶었다.

"의지는 있으신 거지요?"

"예?"

"열정은 있으시다고 하셨는데…"

마이클 최는 그를 다시 한 번 바라보며 말하는 것이었다.

"물론이지요."

뒤에 안 일이지만 최변호사는 정신대 문제 고엽제 문제 등도 맡고 있었다. 민족애 때문인가. 그런데 노근리사건을 해결해야 다른 것도 해결하기가 좋다고 하였다.

"잘 부탁합니다."

"예."

대답이 아주 간단하였다. 그가 한 마디 더 하였다.

"대답이 간단하다는 것은 자신이 있기 때문이지요?"

웃으면서였다.

"예. 그렇지요."

같이 웃었다.

그날 그는 몇 사람들의 희생자와 희생자 가족을 만났다. 먼저 만난 사람은 오늘 첫 질문을 한 정구호였다. 추모제 때도 만나고 회의 때도 몇 번 만났었지만 악수만 하였고 그냥 인사만 하였지 속의 얘기는 나누지 못하였던 것이다. 아까 어머니 얘기를 하여 그 때 얘기를 듣고 싶었던 것이다. 사실 시도 때도 없이 그런 아픈 기억을 헤적일 수도 없었던 것이다.

"제가 막걸리를 한 잔 사면 안 될까요?"

모두들 헤어지기 전에 그가 정구호에게 청하였다.

"아 예, 무슨 일이 있으신가요?"

"뭐 일이라기보다도…"

"차나 한 잔 하시지요."

"바쁘신가요?"

"아니요. 바쁠 건 없어요."

"그러시면 차보다도…"

"그러실까요, 그럼."

그렇게 정구호의 동의를 얻었다. 그리고 그가 가자는 대로 가까운 올갱이국 집으로 갔다.

말대로 막걸리를 시키었다.

술잔을 가득 따라서 잔을 부딪으며 그가 말하였다.

"빨리 정선생님의 한이 풀리길 빕니다."

"고맙습니다. 정말 그렇게 되었으면 좋겠어요."

"그 건배할려고 오시자고 했습니다."

그가 웃으면서 말하였다. 정구호도 따라 웃으면서 다시 고맙다고 하였다.

술을 두 잔 석 잔 마시고 권하였다.

정구호는 다시 잔을 권하며 아무래도 무슨 용건이 있어서 만나자고 한 것이 아니냐고 재차 묻는 것이었다.

"무슨 용건이라기보다… 사실은 말이지요…"

아무래도 그의 입장을 밝혀야 했다. 그는 솔직히 말하였다. 뭐 감출 것도 없고 보탤 것도 없고 사실대로 얘기하였다. 노근리사건의 자료를 수집하고 있다고 하였다. 그래서 그 때 얘기를 듣고 싶다고 하였다.

"그러세요? 아 진작 그렇게 말씀하시지요."

"뭐 별 것은 아니고요, 그저 저 나름대로 정리를 해보려고 합니다."

"책을 내실려고 하는가요?"

"좌우간 취재를 하고 정리를 해 보려는 것입니다."

"참으로 수고가 많으십니다."

그런 정도의 서론이랄까 이야기를 나누고 술을 몇 잔 더 마시고야 슬픈 기억 저편으로 돌아갈 수 있었다.

"자당님께서 그 때…"

어디에서 희생되었느냐고 물으려는 것이었다. 노근리 철길 위냐 다리 아래냐, 그렇게 묻기가 뭣하여 말을 꺼내기만 하였는데 정구호가 앞질러 말하는 것이었다.

"아 예, 그 노근리 지옥에서 무참하게 돌아가셨지요."

다리 아래를 그렇게 말하는 것 같다. 더 캐묻지 않았다.

"얼마나 고통스러웠습니까?"

"그 고통이야 뭐 참 이루 다 말할 수 없었지요. 제가 그 때 열 세 살이었는데…"

"그러셨어요? 저와 동갑이시군요. 무인생이세요?"

"그렇지요."

"그러시군요. 뭐 생일은 물어보지 않겠습니다."

"하하하하… 그러는 것이 좋겠네요."

"하하하하…"

서로는 갑자기 친해진 듯 하였다.

"그 때 주곡리에 사셨지요?"

"지금도 주곡리 살지요."

"농사 지으세요?"

"농촌에서 농사 안 지으면 다른 거 뭐 할 게 있나요?"

"장하십니다."

"장할 게 뭐가 있어요. 할 게 없으니께 농사 짓는 거지요."

"그 때 미군들이 안전하게 피난을 시켜준다고 하고 마을 사람들을 데리고 나온 거지요."

그가 얘기를 그렇게 끌어내었다. 당시 상황을 임계리의 양해찬에게 들었었고 주곡리의 정구호에게 다시 들어보는 것이었다. 주곡리에서 한 발 앞서 피난길을 떠난 정은용에게도 물어보았지만 왜 피난을 시켜 준다고 하고 데리고 가다가 모두 죽여버렸는가, 그 열리지 않는 녹슨 자물통과 같은 통한의 수수께끼를 풀어보려는 것이었다.

"그랬지요. 그해 7월 25일, 4~5명의 미군이 주곡리에 들어와 피난 시켜준다고 해서 저녁 8시 쯤 따라나섰지요. 달이 중천에 떠 있었어요. 열 하루 달이지요. 불이 번쩍하면서 꽝하고 터지는 굉음이 밤새도록 들렸습니다. 고막이 터질 것 같았습니다. 자갈하고 모래를 산더미같이 쌓아놓고 영동쪽을 향해 쏘고 있었던 것입니다. 전날밤 움직이다가 몇 사람이 죽었다는 얘기를 들었습니다. 그래서 누구도 대열을 이탈할 수 가 없었지요."

"역시 그랬군요."

"미군이 시키는 대로 하가리 하천 바닥-지금 군 부대가 있는 자리- 에서 밤을 새고, 26일 9시쯤 다시 이동하여 서송원리 앞에 오니까 미군이 길을 가로막고 철둑으로 올라가라는 지시를 했습니다. 철둑에는 10여 명의 미군이 있었습니다. 한 1킬로미터 정도도 못 갔을 때 피난 민들을 정지시키고 짐검사를 하였습니다. 두 번씩 검사를 받은 사람도 있습니다. 그 때 미군이 무전기-그것이 무전기라는 것을 뒤에 알았지만-를 짊어지고 뭐라고 뭐라고 하는 것이었고 그것이 필시 무슨 연락을 하는 것이었는데 무슨 말인지 알아들을 수는 없었습니다. 그런데 얼마 후 정찰기가 머리 위에서 빙빙 돌다가 간 후 빠른 비행기 소리가 들리고 미군들은 도망을 갔습니다. 그러고 나서 비행기 폭격이 가해져 철둑 위는 생지옥이 되었지요."

"그 때 거기 계셨던 거지요?"

그가 자신의 잔에 막걸리를 가득 따라 정구호에게 건네주며 말하였다. 정구호는 무슨 소라를 하느냐고 따지듯이 그를 바라보는 것이었다.

"그 생지옥 속에 말입니다."

거기서 살아난 것이 아니냐는 얘기였다.

"그랬지요. 나는 앞쪽에 있었는데 그 때 철둑 위는 시체가 즐비했고 아직 숨이 붙은 사람들이 비명을 질러댔습니다. 피난 보따리나 소 등에 불이 붙거나 소가 쓰러져 있었고 불을 달고 뛰기도 하고 그야말로 아비규환이었습니다. 나는 혼비백산이 되어 달아나다가 철둑 밑 수로水路로 기어들어갔고 미군이 총을 쏘면서 나오라고 하여 나와가지고 다시 시키는 대로 쌍굴다리 아래로 들어갔는데…"

정구호는 앞에 놓인 술을 주욱 들이키고는 한 숨을 내쉬는 것이었다. 거기서 어머니가 피살되었던 것이다. 아버지를 잃는 것을 하늘이 무너지는 것이라고 한다면 어머니를 잃는 것은 땅이 꺼지는 것이었다. 생각하면 부웅 떠서 살았던 삶이었다.

그때 야만적인 쌍굴 노근리다리 아래의 상황을 정구호는 스스로 생각나는 대로 얘기하였다.

오후 3시경 큰 쌍굴로 인솔해 간 다음에 미군이 2명 나타났다. 그 때 연희대학에 다니던 정구일(당시 23세, 실종 후 생존)과 국민학교 교사인 정구옥(당시 20세, 피살)이 영어와 일본어로, 안전하게 피난시켜 준다더니 왜 우리를 죽이느냐고 매달리면서 말하고 살려달라고 애원하였지만 그냥 가버렸다.

삶과 죽음의 갈림길이었다. 앞에서도 그랬고 뒤에서도 그러지만 같은 사항을 반복하여 이야기 하는 것은 여러 사람 여러 경우로 확인하고자 하는 것이며 증명되기 때문이었다.

그날 밤 여기 있어도 죽고 나가도 죽을 테니 차라리 죽더라도 나가다가 죽는 것이 낫겠다고 하면서 남자들 30명~40명이 도망을 쳤다. 생지옥을 탈출한 것이다. 그러나 가다다 태반이 죽었다. 날이 어두어지고 총소리가 계속 나서 정구호는 엎드려 있었는데 이튿날 사람들이 이쪽 저쪽에 깔려 있었다. 그들 80~90%가 살상되었다. 물을 먹으러 가거나 배가 고파서 철길에 둔 보따리에 들어 있는 미숫가루 같은 것을 가질러 가는 사람들을 총으로 쏴서 죽이는 것을 목격했다.

27일 밤, 미군들은 쌍굴 속을 향해서 마구 총을 쏘아대었다. 한참 기관총을 갈겨델 때면 불이 대낮같이 환했다. 그 화염 섬광 속에서… 어머니가 죽었다. 죽어 있었던 것이다….

28일, 앞산의 미군들이 러닝셔츠 차림으로 무엇을 파는 작업을 하였다. 작업을 하면서 손짓을 하여 나가는데 둑 있는 쪽에서 기관총을 쏘았다.

29일, 독골로 내려가는데 26일 탈출하였던 아버지가 데리러 왔다. 그날 오후 5시 경, 인민군이 처음 나타났다. 7~8명이 따발총을 메고 지나가면서, 무자비하게 학살했구나! 하고 말하던 것이 기억난다.

"그날 환하게 만월이 뜬 저녁-유월 보름-은 너무도 슬프고 고통스러웠습니다. 가슴이 찢어지고 머리통은 뒤죽박죽이 되어 부글부글 끓고… 그걸 참 말로 어떻게 할 수가 없지요.”

정구호는 눈을 감고 말하였다.

“네에… 빨리 소송이 진행이 되어 보상이 이루어졌으면 좋겠습니다.”

그는 그렇게 위로를 하였다.

그러나 정구호는 그에게 마치 무슨 당사자나 되는 듯이 화를 내어서 따지는 것이었다.

“아니 그게 돈으로 보상이 되는 문제입니까? 이 세상을 다 주어도 바꿀 수가 없고 무엇으로도 보상이 될 수가 없는 것입니다.”

“예, 그야 그렇지요. 그러나 그 만분의 일이라도 보상을 해야 되는 것 아닙니까? 적어도 저들의 입장은 그래야 되는 것 아닙니까?”

“저들이 이런 심정을 도대체 아는지 모르겠어요. 돈이 문제가 아니고 이런 마음을 알아달라 이겁니다.”

“이제 그렇게 될 것입니다.”

그날 그런 답답한 심정을 다 해소하기라도 하려는 듯이 막걸리에 소주에 맥주까지 걸치며 늦게까지 그 때 이야기를 하였다. 그는 그런 이야기들을 정구호의 양해를 받아 메모하였고 줄곧 물어대었다. 참으로 너무나 참담하고 억울한 사정들이 들판에 널려 있었다. 죽음의 들판이었다.

14

그날 들은 이야기 메모를 바탕으로 여러 날 노근리 주곡리 임계리 마을 주변 들판을 헤적이었다.

억울하고 참담한 것은 다 마찬가지이지만 너무나 허망하고 어슬픈 혼령들의 이야기가 너무나 많았다.

황간면 노근리 265번지 박순임(당시 74세)은 혼자 집에 남아 있었는데 미군이 강제로 끌어내는 바람에 앞집에 사는 민병용(81세)에게 업혀 노근리다리 300~400미터 못 미친 지점에 와서 내려놓여졌다. 행정 구역상 노근리이지만 안화리 2구 목화실 동네인데 신탄리 입구를 조금 지나서 미군에게 제지를 당한 것이다. 여기도 주곡리 임계리와 같은 상황이었다. 아들이나 딸이나 젊은 사람들을 먼저 가라고 하였는지 모른다. 난 괜찮다고 너희들이나 빨리 가라고 등을 떠밀었는지 모른다. 정말 그렇게 생각하였는지 모른다. 할머니를 누가 어떻게 하겠느냐고. 그러나 7월 26일 해질 무렵 할머니는 미군에게 총살되었다.

왜 이 할머니를 들판 가운데 두고 갔으며 두고 가야 했는지 여러 가지 의견이 있을 수 있다. 그것이 다 맞을 수도 있고 틀릴 수도 있다. 전직 경찰관인 젊은 아들 정은용을 먼저 피난 보내고 노인들 아낙들 아이들은 뒤따라 가다가 어린 아이 둘을 다 죽였다. 여기서는 아이들 대신 노인을 죽인 것이다. 전투경찰인 손자 이찬주(당시 28세)는 할머니를 두고 먼저 피난을 갔던 것이다. 이 경우는 좀 덜 할까. 산자들의 가슴이 덜 아프고 덜 찢어질 것인가. 그런데 왜 이 백발 노인을 쏘았는가. 이 할머니가 적이라고 생각한 것인가. 전쟁 수행에 방해가 된 것인

가. 이 걷지도 못하는 할머니를 두고 간다고 해서 작전상 무슨 문제가 되는가. 여기에는 백가지 의견이 있어도 수긍할 수가 없을 것이다. 어린 아이를 다 쏘아죽인 것이 그런 것처럼.

왜 무엇 때문에 그랬는지는 어떻게 되었든 피난을 갔다 돌아와서 이 노인의 행방을 찾을 수가 없었다. 말 그대로 행방불명도 아니고 총살을 당하는 것을 보았다고는 하는데 시신은 찾을 수가 없었다. 노근리 다리 아래는 없었고 쌍굴 아래로 흐르는 물을 따라 끝까지 가면서 찾아보았지만 허사였다. 수소문 끝에 황간면 신탄리에 사는 김태환(사망, 당시 33세)에게 쌍굴 상류 하천 가에 7월 26일 미군의 총에 맞아 쓰러진 백발의 여자 노인을 보았다는 말을 듣고 그곳에 쓰러진 시신의 삼베옷을 보고 찾아 장례를 지내고 선산에 모셨다. 제사는 마을에서 끌려나오던 날 음력 6월 9일을 생존일로 모시고 있다.

증손자 이황훈(64세, 접수 당시)이 노근리사건 희생자 심사위원회 및 명예회복 실무위원회에 희생자 및 유족 심의 요청을 제일 먼저 하였다. 접수번호 1번, 유족이 42명이었다.

시신이라도 분명히 찾아 수습하고 선산에 모시고 제사라도 지내는 경우는 그나마 다행한 것이다. 여러 유족들이 그 혼령이라도 위로를 할 수 있지 않은가 말이다. 위로를 받을 수 있지 않은가 말이다.

영동읍 임계리 34-1번지 원택규(당시 37세)는 7월 26일 쌍굴로 들어가다가 왼쪽 발목에 총상을 입고 1976년 10월 10일까지 26년 동안 불구로 고통스럽게 절뚝거리며 살다가 죽었다. 유족 원호경(아들, 60세). 이런 경우가 좀 더 나을까. 고통스럽게라도 속이 뒤집어지면서라도 사는 것이. 아들 원호열(당시 11세)은 같은 날 역시 쌍굴 쪽으로 가다가 머리에 총상을 입고 죽었다. 유족 김금례(어머니, 90세). 아들을 가슴에 묻고 한에 절어 살다가 죽는 것이 더 나을까.

영동읍 주곡리 손명숙(당시 27세)은 7월 27일 미군의 기총사격으로 쌍굴에서 사망하였다. 설용준과 혼인을 하였지만 혼인신고를 하지 않아 호적에는 처녀로 되어 있었다. 주곡리 철길 너머 산에 매장되어 있다. 유족 손홍규(남동생, 71세). 손처녀의 무덤을 생각해 보라. 그녀의 신세를 생각해보라.

좌우간 그래도 무덤이 있고 유족이 있어 이들은 그래도 유골이라도 잠들 수 있는 처지들이었다. 그것만도 큰 다행이 아닐 수 없었다. 노근리 들판에는 그만도 못한 혼령들이 즐비하였다. 갈 곳 없는 외로운 혼령들이 들판을 헤매고 있었다.

영동읍 임계리 299번지 이복용(당시 52세)은 7월 26일 철길에서 비행기 폭격으로 현장에서 사망하였다. 그 자리에서 전가족이 몰살하였다. 아내인 김갑연(당시 51세) 아들 이원식(당시 18세) 이창식(당시 14세) 딸 이봉자(당시 8세) 등이 모두 같은 장소에서 폭사하였다. 그러니 유족이 있을 수 없고 희생자(이복용)의 처조카인 김영일(60세)에 의해 신고되었다. 희생자 및 희생자 가족이 현장에서 사망하는 것을 직접 목격하였으며 그 후에 동네 사람들로부터 희생자 가족이 몰살했다는 이야기를 들었다. 임계리 바로 옆동네인 회동리 289번지 태어난 집에서 살며 버섯 농사를 짓고 있는 김영일은 당시 4세였지만 그 때의 일이 어렴풋이 기억이 된다고 하였다.

"고모(김갑연) 고모부(이복용) 아버지(김봉준, 당시 36세) 어머니(이유자, 당시 25세) 그리고 고종사촌들과 함께 있었는데 엉겁결에 지고 가던 이불을 뒤집어썼습니다. 그러나 그런 것이 다 소용 없었지요."

김영일은 그 때 참변을 당했던 장소였던 철로 옆 아카시아 숲을 가리키며 말하였다.

"그러니까 고모님 가족이 여기서 한꺼번에 몰살을 당한 거군요."

"예 그렇지요. 그런데 그게 아니고 말이지요…"

김영일은 그렇지 않은 부분을 분리해서 말하는 것이었다. 원식이형은 하가리에서 밥 먹을 때 잠시 이탈하였다가 총맞아서 제일 먼저 죽고 고모부는 그 자리에서 죽은 것이 아니고 다리에 총을 맞고 절며 가다가 죽었다고 하였다. 그렇게 들었다고도 하였다.

그의 말은 기억하는 것과 들은 이야기를 합친 것이었다. 좌우간 전 가족이 다 죽어 시신도 수습할 수가 없었고 제사도 지낼 수가 없었다. 누가 있어 제사를 지낼 것인가. 호적도 정리가 안 되어 모두 살아 있었다. 그래서 희생자 신고를 할 때 '1950년 7월 26일 미상시 노근리 미상번지에서 사망' 으로 호적 등재 요청을 한 것이고 그 죽은 사람들이 또 50년 이상을 멀쩡하게 살아 있는 것으로 되어 있었던 것이다. 몰살 당한 일가족이 다 동일한 상황이었다.

참 웃지 못할 상황이었다. 이런 철천지 한의 비극적 이야기가 부지기수로 널려 있었지만 또 하나의 몰살 가족 이야기는 더욱 기구하였다. 임계리 346번지 박창하(당시 24세) 한순석(당시 21세) 내외와 5개월 된 아들 박노명 1가족 3명은 7월 27일 쌍굴에서 미군 총격으로 모두 죽었다. 노근리사건 희생자 신고를 한 박노현(51세, 신고 당시)은 함께 피난을 갔다 돌아온 아버지 박일용(사망, 당시 30세) 그리고 이웃 사람들에게 노근리사건 현장에서 사망했다고 들었다. 이들이 미군 총격으로 죽는 것을 본 영동읍 임계리 97번지 박정동(73세) 임계리 327-1번지 손현억(79세) 동정리 50-41번지 전주섭(74세) 세 사람이 희생자 심의 요청서에 보증을 섰다. 전주섭은 그 때 임계리 347번지에 살았었다. 신고 당시 나이 들이다.

같은 동네 임계리에서 대를 이어 살며 포도농사를 짓고 있는 박정동은 사건 당시 노근리 사건을 아직도 생생히 기억하고 있었다. 박창하가 철길에 두고 온 미숫가루를 가질러 갔다 오다가 총을 맞고 피를 흘리며 쌍굴로 가서 부인을 끌어 안고 죽어도 같이 죽자고 하며 뒹굴고 있는 모습이 선하였다. 갓 결혼한 신혼부부였던 것이다. 첫아들과 첫

나들이었던 것이다.

"거기서 다 죽었지요. 안고 있던 아들하고 같이."

"일가족이 다 죽었으니 시신 수습도 누가 할 수도 없었겠네요."

"마을 사람들이 가서 떠메고 왔지요. 그래가지고 동네 위에다 다 묻었어요. 며칠을 날랐는지 몰라요. 그 사람 그 집 뿐이 아니고 온 동네가 주인도 없는 초상집이었지요. 그 여름에, 산 사람도 산 게 아니고 미쳐 나자빠질 지경이었어요."

"네에, 그랬겠네요. 한 여름이라 정말 고역이었겠어요."

"코가 문드러졌지요 뭐 말로 할 수도 없지요 뭐."

"후손은 없는 거지요?"

"예, 그런데 사촌이 그리로 양자를 갔어요. 박노현이라고 있어요. 그래서 벌초도 하고…"

박창하의 형 박일용은 아들 박노현을 양자로 보내었다. 박노현은 당숙의 아들이 된 것이다.

"그래요. 그렇게 대를 이었군요."

다행한 일이었다. 제사야 지내든 안 지내든 말대로 묘가 묵지 않고 때에 따라 술잔도 부어놓고, 그 자체만도 큰 다행이라고 할 것이다. 주인을 찾지 못하는 시신, 구천을 떠돌며 헤매는 서러운 혼들이 얼마나 부지기수로 많은가.

이 세 혼령들에게도 참으로 웃지 못할 얘기가 있다. 6.25전란으로 영동군청이 불타는 바람에 소실된 호적이 1954년 11월 30일에 재제再製되었는데 그 내용이 사실과 다르게 등재되어 있었다. 단기 4283년 6월 2일 11시에 사망한 것으로 되어 있었다. 어떻게 그렇게 되었는지 사정은 알 수가 없고 누군가가 실수를 한 것 같은데 확인할 도리는 없다. 단기 4283년이면 서기 1950년이니 7월 27일 실제 사망일과 한 달 20일 차이밖에 없다. 어차피 죽은 사람이니 그냥 두어도 그만일지 모르지만 결혼도 않고 죽은 것으로 되어 있고 그러니 비록 죽은 아들이지만 그 아들은 또 어디로 들어갈 데가 없었던 것이다.

양자 박노현은 양 어머니 한순석에 대하여 '단기 4383년 6월 2일 11시 영동읍 주곡리 146(본적지)에서 사망'을 삭제하고 '1949년 2월 6일 박창하와 혼인 및 1950년 7월 27일미상시 황간면 노근리 미상 번지에서 사망'으로 호적정정을 요청하였다. 그뿐만 아니라 4촌인 박노명에 대하여도 '1950년 2월 6일 미상시 영동읍 임계리 346번지 출생 및 1950년 7월 27일 미상시 황간면 노근리 미상 번지에서 사망'으로 호적 등재를 요청하였던 것이다. 아마 희생자 심사 같은 사무가 없었다면 그냥 틀린 채로, 출생도 하지 않고 사망도 하지 않고 그러니까 존재 자체가 없었던 것으로 되어 있었을지도 모른다. 하기야 났다가 바로 죽었으니 그 존재가 무슨 의미를 가질 수 있을 것인가.

하나의 기억이 떠올랐다. 그가 인천 부평에 살 때였다. 거기 시립묘지에 아버지의 묘가 있었는데-지금은 고향 마을 선영으로 이장을 했다-그 옆에 눈길을 끄는 이상한 무덤이 있었다. 영어로 써놓은 비석이 꽂혀 있었다. 연도 날짜 기억은 안 나지만 태어난 날짜와 죽은 날짜가 같았다. 처음엔 그것이 이상했었지만 몇 번 보자 이해가 갔다. 태어난 날 죽은 아이의 무덤이었던 것이다. 기지촌이었던 그곳의 미군과 한국 여인과의 사이에 난 첫 아이었던 것으로 짐작이 갔는데 얼마나 집착했으면 하루만에 죽은 핏덩이의 무덤을 썼을까, 비석까지 세웠을까, 생각했었다. 무슨 뜻인지 부평에 있던 미군부대를 에스캄이라고 하였었다. 그 부대의 퇴근 시간이 되면 현지처와 살림을 하는 많은 미군들이 P.X.에서 물건을 산 봉지를 안고 나왔다. 그렇게 장사를 하는 경우도 있었다. 장교도 있고 사병도 있었다. 미군과 살던 여인들을 양공주라고 하였고 더러는 국제결혼을 하기도 했었다. 좌우간 나자마자 죽은 아이의 얘기였다. 왜 그런 생각이 났는지 모르지만. 그 미군들과 이 미군들과는 무슨 연관이 있는 것일까.

임계리 337 신분성(65세)은 시누이 임순자(당시 4세)가 1950년 7월 26일 철길에서 사망하였다고 희생자 및 유족 신고를 하였다. 신분성은 희생자의 올케이며 시누이가 희생된 사실에 대하여 시어머니 김묘남 (당시 38세)으로부터 여러 차례 들어 알고 있는데 시어머니가 2000년 사망함에 따라 자부인 신분성이 신고를 하였다.

사건 당시 피해자 임순자는 영동읍 임계리에 살고 있었으며 7월 25일 오후 해질 무렵 미군들이 들어와서 피난을 시켜준다고 나오라고 해서 피난 보따리를 싸가지고 외갓집 식구들과 함께 피난길에 올랐다. 피난대열 중간쯤에 있었다. 하가리 입구에서 하룻밤을 대포소리 속에서 지냈고 그 다음날 대구 쪽으로 가기 시작하였다. 가는 도중 미군들이 철로로 올라가라고 해서 가던 중 보따리와 몸조사를 하였고 비행기가 와서 기총사격과 폭탄투하로 수백 명이 사망하였다.

이러한 신고 내용은 정은용 양해찬 정구호가 얘기한 상황과 일치한다. 노근리 이황훈 증조모가 당한 상황과도 일치한다. 그 때 네 살짜리 임순자가 비행기 폭격 때 사망하였다고 신성분은 시어머니 김묘남으로부터 들었다고 하였다. 그리고 한 마을에 사는 박정동 손현억 전주섭은 여기에도 보증인이 되어 있는데 세 사람은 다 같이, 사건 종료 후 집에 돌아온 희생자 어머니 김묘남으로부터 딸 임순자가 죽었다는 얘기를 들었다고 하였다. 사건 종료라는 것은 현장에서 미군이 철수한 것을 말하며 다시 인민군이 지나가고 피난을 갔다 돌아온 시점을 말하는 것이다. 보증인들은 또 임순자의 사망에 대하여 조금 달리 증언을 하기도 하였다.

1950년 7월 26일 철로에서 미국 군인들에 의해 폭탄 투하 후 쌍굴로 몰아넣은 후 쌍굴에서 총탄을 맞고 사망함

위 사실을 증인들이 알기 때문에 증인을 서게 됨

2004년 8월

그리고 세 사람이 연명으로 서명을 하고 날인을 하였다.

철로 위에서냐 쌍굴 속에서냐 하는 차이가 있는데 어떻든 네 살짜리 여자 아이 임순자가 그 때 노근리에서 죽은 것을 듣고 기억하고 있었던 것은 확실하다고 할 것이다. 1947년 10월 16일생이니까-그 기억도 정확한 것인지 모르지만-2년 9개월, 만 세 살도 안 된 아이인 것이다.

박정동은 7월 26일 밤, 손현억은 27일 밤 그 아비규환의 쌍굴 속에서 탈출하였으며 전주섭은 그 생지옥 속에서 살아 나온 것이다.

그런데 임순자는 사건 당시까지 3년이 지나도록 호적에 올리지 않았고 그 뒤 죽은 아이에 대한 호적을 올릴 필요가 없었던지 모른다. 1999년 10월 25일부터 2001년 12월 사이에 행하여진 대한민국정부와 미합중국정부의 노근리사건 공동조사기간 동안에도 임순자에 대한 희생자 신고를 어머니 김묘남이 하였던 것이다.

호적 미등재 사유에 대하여, 시골마을이어서 무지하고 또한 몇 돌이 지나야만 출생신고를 하는 주위 사람들의 영향으로 출생신고를 하지 못하고 난리를 당하였다고 신고인 신분성이 쓰고 있다. 그리고 그 때 당시 우리나라에서는 의학이 발달하지 못하여 돌림병만 걸리면 사망을 하였기 때문에 홍역 같은 돌림병이 지나가고 나서 호적에 입적을 하였다고, 경위서에 쓰기도 했다. 그것이 인정되어서인가, 노근리사건 희생자 심의 과정에서도 호적 등재(정정)를 요구하지 않았다.

15

그 해 여름 그의 어렴풋한 기억 속에도 너무나 삭막한 풍경을 지울수가 없었다. 그 기억은 총소리부터 시작되었다.

땅…

그의 마을에도 하늘을 찢는 미군의 소총 발사 소리와 함께 소개 명령이 내려졌다. 빨리 마을을 떠나라는 것이었다. 처음 듣는 그 한 방의 총소리는 아이 어른 할 것 없이 온 마을 사람들의 간담을 서늘하게 하고 공포에 떨게 하였다. 그 순간 모두들 허둥지둥하였다. 아무래도 아이들이 더 공포에 질렸으며 간이 좋아 들었다.

그는 그 해 황간중학교 입학시험에 합격했으나 한 해 쉬라고 해서 집에서 놀고 있었다. 노천리 내 건너에 있던 물방아간을 정리하고 느랕(유전리榆田里)에 발동기 정미소를 차려 운영을 시작하고 있었으므로 형편이 좋지 않았던 것이다. 큰형은 그가 다니던 학교의 교사로 있었는데 나가지 못하고 영동농업학교에 다니던 작은 형도 그만 두고 온 식구가 그 정미소에 매달렸던 것이다. 경제적으로도 쫄리었지만 일도 도와야 했던 것이다. 그래 13살의 그는 놀고 있었다기보다 하나의 직공이 되어 황간까지 6, 7킬로 되는 거리를 걸어서 발화용 휘발유를 사다 나르기도 하고 이것 저것 심부름을 하고 있었다.

그러다 모든 것을 버리고 쌀과 솥단지와 옷가지를 챙겨가지고 피난 길을 떠났던 것이다. 서울에서 피난 내려온 이모네 식구들과 함께였다. 능말기재를 넘고 괘방령을 넘어 김천 방향으로 갔다. 거기서 대구 쪽으로 가려는 것이고 낙동강을 건너려는 것이었다. 길바닥엔 피난민 행렬이 줄을 이었다. 골짜기마다 나온 사람들도 있었지만 위에서 계속 밀려 내려오고 있었던 것이다.

모든 것을 그대로 둔 채 떠나는 것이었다. 땅을 다 팔아서 만든 정미소인데 그냥 두고 가야 하는 것이 아버지나 형이나 너무나 안타까웠다. 보리를 찧고 밀을 빻기 위해서 갖다놓은 곡식들을 방앗간 안팎으로 잔뜩 쌓아놓아 문도 잠그지 못하였다. 짐승들도 다 그냥 내버려 두었다. 그래서 그날 늦게 출발을 하여 괘방령을 넘기 전 강진동 교회에서 하룻밤을 자며 두 형이 가서 방앗간 문에 못질을 하기도 하고 돼지 먹이를 주기도 하고 돌아왔다. 쌀겨를 가마니채로 들여놓아주고 왔다고 했다. 그러나 물은 죽통에 가득 부어놓기밖에 못하였다고 하였다.

이튿날은 봉계에서 또 하루를 잤다. 추풍령역이나 김천역으로 가서 기차를 탄다는 생각은 하지도 못했고 다른 차를 얻어 탈 생각도 할 수가 없었다. 오로지 걸을 수밖에 다른 도리가 없었던 것이다. 그리고 국도를 따라 갈 수도 없었던지 김천 쪽으로 가지 않고 봉계 쪽으로 가다가 또 하루 밤을 잤다. 그의 가족들은, 그 때 5남매에다 아버지 어머니하여 일곱 식구였는데, 아예 낙동강을 건널 생각이 없었는지 몰랐다. 집을 두고 발이 떨어지지 않았었고, 거기 가령 피난민들이 다 몰린 대구에 가서 살 자신이 없었는지 몰랐다. 아니 어디로 가야 안 죽고 살수 있는가를 생각했는지 모른다. 그래 봉계에서 쉬면서 방향을 정하기위해서였던가 몰랐다. 아니면 그가 초학에 걸려 정신을 차리지 못하고 있어서 그랬던 것은 아닌지 몰랐다. 그 때 그는 집안에서 별 존재가 없었다. 셋째 아들인데다 큰형이 일본유학을 하고 돌아와 학교 교사로 있고 작은 형은 중학생이고 그들의 헌 옷의 소매를 걷어서 입고 자란 그는 별로 대수롭게 여기지 않았던 것이다. 그러나 다 큰 그를 업고 갈수는 있었지만 두고 갈 수는 없었던 것이다. 그는 너무 괴롭고 아파서마구 몸을 가누지 못하고 도저히 업혀 있을 수가 없었다. 누워서도 견딜 수가 없었다. 금계랍(키니네)을 구해서 먹고 머리에 물수건을 동이고 별짓을 다 해도 아무 소용이 없었다. 누어서 마구 뒹굴 수 밖에 없었다.

밑으로는 여동생이 둘이 있었는데 그들은 그 때 그보다 더 존재가 없었다. 바로 밑에 동생이 났을 때는 양념딸이니 귀동딸이니 하였지만 그 아래 동생이 나자 그 얘기는 쑥 들어가 버리었다. 그리고 언제나 우선 순위가 아들들이었고 맏이부터였다. 그런데 돌아오는 길에서 끝의 동생을 잃어버리고 온 가족들이 혼이 빠졌었다. 앞으로 달려가보고 뒤로 뛰어가보고 온통 소동을 부리었다. 그러다가 앞에 가고 있는 동생을 찾았는데 그렇게 반가울 수가 없었다. 봉계에서 아직 해가 많이 있는데 자고 간 것은 그의 학질 때문이었던 것 같다.

다음날 그들은 구미 왜관 쪽으로 가지 않고 상주 함창 쪽으로 가다가 어모 개령으로 해서 남밭藍田으로 갔다. 낙동강이 가까운 마을이었다. 그 마을에 어머니의 대고모가 살고 있었다. 거기에서 또 하루를 자고 주저 앉아 있다가 낙동강이 끊어져 되돌아오는 사람들을 만났고 그들도 집으로 도로 가기로 하였다. 다른 도리가 없었다. 강을 헤엄쳐 건너는 사람도 있다고도 하는데 그들은 그럴 용의도 자신도 없었던 것이다.

그런데 집으로 가는 길도 편하게 열려 있는 것은 아니었다. 세상이 바뀌었다. 인공(조선인민공화국) 인민군의 세상이 된 것이었다. 그들이 받아줄지 가다가 어떻게 될지 알 수가 없었고 우선 겁부터 났다. 무슨 사상이 문제가 아니고 사는 것이 문제였던 것이다. 그들의 목숨을 붙여 두느냐 농사를 짓고 살게 하느냐 하는 것이 중요한 것이었다. 계속 그쪽에서는 대포 소리 폭격 소리가 들리고 연기가 나고 있었던 것이다. 그래서 며칠을 남밭에서 물기를 보고 있다가 역시 집으로 돌아가기로 했다. 올 때와 달리 갈 때는 밤길을 택하였다. 그리고 산길로 갔다.

덕마고개를 넘었다. 덕림재 또는 덕령재라고도 하는데 상덕으로 해서 도명으로 간 것이었다. 갈마로 들어가는 길과 어모로 들어가는 길이 있는데 어느 길이었던지 분간이 잘 안 된다. 고도리 뒷재를 넘었다기도 하였다. 집으로 가기 위해서 김천 쪽으로 산을 넘은 것이다. 좌우간 그 높은 두 고개 중의 하나를 넘은 것인데 어느 것인지는 확실하지 않지만 그 고개 마루에 올라 바라본 광경은 불야성不夜城이었다. 김천 시내가 불바다였던 것이다. 그리고 계속 폭격이 가해지고 있었다. 그것을 피난길을 되돌아가는 사람들이 참 무슨 불구경하듯이 바라보고 있었던 것이었다.

전투기가 계속 폭격을 해대고 있었다. 폭격기가 몇 대씩 편대를 지어 날아와서는 먼저 온 순서대로 두 대 세 대 씩 한꺼번에 뻘건 불덩이, 폭탄을 두 세 개 씩 떨어뜨리고 그것이 떨어지면 큰 폭음과 함께 불길이 치솟았다. 그 동안에 뒤에 온 전투기가 주위를 빙빙 돌다가 다시 물체를 떨어뜨리곤 하였다. 폭탄이었다. 그것도 고공에서 떨어뜨리는 것이 아니고 거의 지상에 근접하였다가 투하를 하고는 폭발 직전에 쑤욱 올라가는 묘기를 보였다. 구경하는 입장에서는 될 수 있으면 많은 폭탄이 한꺼번에 투하되어 보다 큰 소리와 함께 폭발되는 것에 흥미를 느끼었다. 하나 떨어질 때와 두 개 세 개 한꺼번에 떨어질 때의 폭음과 섬광은 크게 차이가 났다.

그래서 대단히 위력 있게 폭파가 될 때는 야! 어허! 하고 환성을 질렀지만 불발이 되거나 시원찮게 폭발이 될 때는 에해! 에이! 하고 실망을 표시하였다. 물론 잠시 피난길 나그네들의 구경꾼 심리를 말하는 것이었다. 옛날에는 이런 고갯길을 넘어서 추풍령으로 해서 한양을 갔었다. 과거를 보러갔고 또 산적들도 이 산길 영마루에서 멀리 불빛을 바라보며 쉬어서 갔으리라.

그 폭격기들은 부산이나 대구 쯤에서 출격한 것이 아니고 뒤에 안 일이지만 일본 오끼나와 미군기지에서 출발한 것이라고 하였다. 그 먼

거리를 꼬리에 꼬리를 물고 날아와 폭격을 하였으니 그 비행기가 얼마나 많이 뜬 것이며 그 폭탄의 양이 얼마나 많은 것이었던가. 구경도 잠시뿐이고 강을 건너지 못하고 도로 적지가 된 집 그 불 속으로 돌아가는 피난민 나그네들의 심정은 괴롭고 불안하였다. 배도 고프고 목도 마르고 한 여름-8월 초순 무렵-이라 춥지는 않고 밤이라 시원하기는 하였지만 도무지 내일을 상상할 수가 없었고 불안하였다.

낮에는 폭격 때문에 길을 갈 수가 없었다. 야음을 타서 길을 걷고 낮에는 숲 속에서 잠을 잤다. 두원으로 해서 옥계리 능치로 해서 묘함산(내남산이로도 하였다)을 넘고 사기점고개를 넘었다. 경북과 충북의 도계였다. 사기점고개에 이르자 희붐히 날이 새었다. 거기서는 창말 상리가 내려다 보였다. 상리는 그의 외가 동네이다. 그리로 가서 쉬었다 갈 수도 있지만 집이 걱정되어 그럴 수가 없었다. 거기서부터는 밤을 기다리지 않고 나무그늘 밑으로 걸었다. 도계를 넘자 집에 다 온 것 같이 느껴졌다. 개고개를 넘으면 추풍령이 되었다.

비행기가 지나가고 잠잠할 때를 타서 큰 길을 건너고 논틀길로 해서 산 속으로 들어갔다. 거기서부터는 길이 없어도 갈 수 있었다. 황간 쪽으로 조금 가다가 계룡리로 해서 모롱이를 돌면 이촌이 나오고 거기서 내를 따라 올라가면 장자울(장척리長尺里) 구살(옥전리玉田里) 느랄이 나왔다. 산을 타지 않고 길을 따라 가는 것이다. 해가 중천에 떠서 이글거리고 있었다. 오다가 여러 군데서 사람이 죽어 있는 시체를 보았었는데 여기 이촌 앞에 이르자 온통 사람의 시체로 뒤덮혀 있었다. 악취가 풍기는 것은 둘째 문제였다. 시체들이 하나같이 눈을 부릅뜨고 있었다. 도무지 길을 걸을 수가 없고 소름이 끼치었다. 얼굴이나 복장으로 볼 때 미군과 국군 인민군이 한 데 엉켜 있었다.

초강천草江川에서 피아간에 치열한 공방전을 벌인 것이다. 황간전투였다. 홍덕리 물한리 고자리에서 흐르는 물이 추풍령천을 받아 황간 영동 심천深川으로 해서 금강錦江으로 흐르는 초강천이다. 그 냇물을 사이에 두고 황간 쪽과 추풍령 쪽에서 사생결단 공격을 가하였던 것이다. 푸른 초강은 시뻘건 피의 냇물이 되어 흘렀던 것이다.

7월 24일 영동지구 최대의 격전이 전개되었다.

7월 25일 아침에 미 제25사단 제27연대(연대장 미첼리스 대령 예하부대) 2대대는 이것을 포착하고 대규모 공격을 가하였다.…… 격전을 계속하면서 미 제27연대는 7월 29일 김천으로 이동하고 다시 왜관에 집결하여 미 8군의 예비대로 활약하였다.……

그리고 미 제1기병사단이 7월 26일에 영동에서 철수하였고 7월 27일에는 북한군 3사단이 영동 쪽에서 대공세를 취하였다. 7월 28일에는 황간지구에서 북한군의 공격을 저지하였으나 북한군은 황간지구의 전 전선에서 개전이래 최대의 공격을 가하여 왔다. 이에 미 제1기병사단도 황간에서 철수하였다.

『영동군지』에 실린 「한국전쟁과 영동」의 내용 일부이다. 국방부와 육군사관학교에서 편찬한 『한국전쟁사』 「영동지구 방어전」의 내용과도 같았다.

인민군은 개전 이래 최대의 공격을 한 것이고 미군들도 이에 맞서 대규모 공격을 하다가 철수하고 낙동강을 건넌 것이다. 그 최대의 격전지가 바로 초강천을 사이한 황간전투였다. 이 무렵이 노근리학살만행이 벌어진 때이기도 하였다.

그 격렬한 전투가 밟고 지나간 지 며칠이나 지난 것인가. 이미 죽을 사람은 다 죽어 있었다. 피비린내만 무성하였고 시체를 밟고 지나가지 않고는 발을 옮겨놓을 수가 없었다. 물컹물컹하기도 하고 뻣뻣하기도 하고 도무지 눈 뜨고는 볼 수가 없는 광경이었다. 어떻든 6.25 한국전쟁 중에 모르면 몰라도 가장 비극적이고 처참한 전투지역이었다.

그렇게 온통 시체가 깔린 길을 지나 그의 마을 느랕에 왔을 때는 맥이 탁 풀리고 말았다. 마을 어구에 눈이 닿는 순간 너무도 큰 실망이 안겨지는 것이었다. 방앗간이 없어졌다. 불타버렸던 것이다. 아니 아직도 불타고 있었던 것이다. 건물은 이미 다 불타 없어지고 쌓아놓았던 보리 밀 등이 숯이 된 채 연기를 내고 있었던 것이다.

　그의 식구들은 그것을 본 순간 모두 그 자리에 멈추어 서거나 주저 앉아 버렸다. 논이나 밭에 폭격을 맞고 큰 웅덩이가 생기기도 하고 둑이 무너지기도 한 것을 많이 보았지만 땅은 그대로 있었다. 그러나 건물과 기계의 경우는 다 불타 재가 되고 녹아 비틀어지고 없었다. 조금 뒤에 안 것이지만 노래(노천리老川里)에 비워 두고 있는 집도 불타고 없었다. 소이탄을 맞은 것이었다. 폭삭 주저앉아 버린 것이다. 망한 것이다. 절망이었다. 얼마 동안 도무지 너무나 삭막하고 마음을 잡을 수가 없었다.

　혼이 빠져나간 것 같았다. 창자가 빠져나간 것 같았다.

　그의 전쟁의 기억은 그런 삭막함이었다. 아무 것도 생각할 수 없고 아무 희망도 가질 수 없는 막막한 시간들, 그냥 멍하니 서 있기도 하고 현실을 부정해 보기도 하고 마구 울어보기도 하고 소리쳐보기도 하고, 그래봐야 아무 소용이 없었다. 그런 삭막함은 밤마다 '장백산 줄기 줄기 피어린 자욱……' 같은 노래를 부르며 붉은 사상 학습을 받는 것으로 해소될 수가 없었고 바뀐 세상이 다시 바뀌어 제 자리로 돌아왔지만 얼이 빠진 듯 멍한 나날들이 계속되었다.

　정미소를 새로 짓고 다시 기계가 돌아갈 무렵에야 마음이 조금 갈아 앉고 조금씩 회복이 되어갔다. 그런데 두 형들이 다 징집당해 군에 들어가고 아버지와 그가 정미소를 돌리었지만 얼마 안가서 다 정리를 하고 진해로 인천으로 서울로 떠돌게 되었다. 그 후 고향을 찾지 못하고 다 늦게서야 돌아온 것이다. 돌아오는 것이 목적은 아니지만.

16

그는 노근리 들판을 이리 저리 쏘다니다가 윤영을 불러내었다.

슬픈 기억의 저편으로 시간여행을 하고 며칠 중병을 앓았다. 고열에 설사에 정신을 차릴 수가 없었다.

피난길에 앓아 누어 딩굴던 때의 기억이 났다. 머리가 빠져 훤하고 다리가 휘어 걸을 수가 없었다. 죽다가 살아난 것 같았다. 왜 그랬는지 알 수가 없었다. 병원에 갔었지만 약만 한 보따리 주었다. 무인성無因性 고열증이라던가, 원인을 알 수 없는 뭐라고 하였다.

그는 고통 속에서 중대 결심을 하였다. 몇 가지 결단을 내리었다. 전혀 새로운 것은 아니고 그동안 생각해 오던 것들이었다. 그 실천이었다.

노근리사건에 대하여 취재다 자료정리다 하며 술이나 마시고 푸실푸실 희떠운 얘기만 던지었는데 아무 것도 진척은 없었다.

뒷전에서 얼찐거릴 것이 아니라 정면으로 나서서 적극적으로 대처하고 나름대로 뭔가를 해결하여야 하지 않느냐 하는 것이었다. 그 어느 작은 하나라도 좋으니 이룩해야 하지 않겠느냐 하는 것이었다.

그동안 취재랄까 만나보고 얘기를 듣고 또 얘기를 하고 하였는데, 요는 왜 그랬는가 왜 무엇 때문에 그 때 그들은 일제히 짐승이 되었는가 하는 것이었다. 전쟁이란 그런 것인가, 군대란 그런 것인가, 명령이란 그런 것인가 하는 것이다.

무엇 때문에, 왜 그랬는가. 50년 60년 물어보고 생각해도 알 수 없는 그 한 마디 의문의 답을 찾는 것이다.

그것이 무엇인가.

그것을 찾고 말해야 하는 것이었다.

그러면 어떻게 해야 하는가.

가령 가해자들을 만나보는 것이다. 명령자들은 다 죽었고… 가해자들… 총을 쏜 자들…

가해자에 대하여 또 미국에 대하여 말로만 생각으로만 어떠니 저떠니 하고 있었는데 언제까지 그러고만 있을 것인가. 그 자신도 언제 죽을 지 모르지 않은가 하는 생각이 들었다.

사실 이번에도 죽을 뻔 하였다. 암이다 뭐다 그런 것으로만 죽는 것이 아니다. 아무 이유 없이, 이유는 있겠지만 무인성도 있고, 죽을 수도 있을 것 같다. 마음이 약해지는 것이 아니라 강해지는 것이다. 강해져야 하는 것이다.

좌우간 이제 변죽만 울려서는 안 될 것 같았다. 따질 것은 따지고 할 말은 해야 하는 것이었다. 그럴 때가 된 것 같았다.

하는 데까지 하는 것이다. 열릴지 어떨지 모르지만 두드려 보는 것이다. 힘껏 주먹으로 두드려 보는 것이다. 주저앉아 있어만 가지고 아무것도 될 것이 없었다.

미국이라는 나라, 참 세계 제1의 강대국이다. 그 때도 그랬지만 지금도 여전히 막강하다. 세계의 경찰국으로 질서를 잡고자 한다. 세계 곳곳에 군대를 주둔시켜 놓고 분쟁을 해결하려 하고 있다. 기세등등하던 일본 군국주의의 콧대를 여지없이 꺾어놓았었다. 콧대 정도가 아니라 면상을 싹 깎아버리었다. 1945년 8월 6일 일본 제1의 군사도시 히로시마에 미국이 세계 최초로 원자폭탄을 투하하여 잿더미로 만들어버렸다. 일본은 즉각 항복을 하였다. 그러나 미국은 8월 9일 나가사끼에 또 한 번 원자폭탄을 투하하여 쑥대밭을 만든 다음에야 천황의 항복을 받아들였다. 그 6일 후 조선, 대한민국은 36년간의 질곡에서 해방이 되고 독립이 되었다. 그것이 옛날 얘기라면 2003년 3월 미국은 이라크 수도 바그다드를 공습하여 집권세력을 다 잡아들이거나 사살하였다. 땅굴 속에 숨어있던 훗세인 대통령은 생포하여 감옥에 집어넣고 재판을 하였다. 미국은 이라크의 석유를 노리고 전쟁을 하였다고 하지만 누구도 손댈 수 없는 세계의 골칫덩어리를 처치한 것이었다. 오사마 빈 라덴은 어떻게 하였던가.

그런 것을 물론 잘 했다고만 하는 것은 아니다. 비난도 빗발치고 있다. 반 인류적인 미국의 원폭 투하에 대해서 항의를 하고 있고 그로부터 60년(취재시)이 지나도록 아직 원폭은 실험만 했지 사용은 하지 못하고 있는 것이었다. 반전시위가 미국과 영국을 비롯해 전 세계 곳곳에서 잇따르고 있다.

어떻든 미국이 한국전쟁에 참가해 우리 나라를 구해 주었다. 유엔 참전 16개국과 함께 한반도의 공산화를 막은 것이다. 공산주의 북한에서 보면 통일을 못하게 막은 결과가 되었던 것이다. 그래서 6.25전쟁을 통일전쟁으로 얘기하는 사람도 있다. 그런 사람들의 국적은 어디인가. 북한인가, 남한인가, 대한민국인가, 조선인민공화국인가, 그런 것이 아니고 민족이라는 것이다. 민족통일을 외치는 것이다. 민족 좋지. 통일도 좋다. 이 땅에 민족 통일을 가로막을 사람이 어디 있겠는가. 그런 사람이 있다면 그 사람은 민족이 아니다. 간첩이거나 역적이다. 그러나 6.25전쟁은 통일의 방법은 아니었다. 민족을 통일하는 방법이 전쟁이어서는 안 된다. 그런 전쟁, 6.25 같은 것이 다시 일어나서는 안 된다. 여러 소리가 필요 없는 것이다. 만일 그렇지 않다고 하는 사람이 있다면 정신이 나간 것이거나 민족을 말아먹을 사람인 것이다.

자꾸 얘기가 가지를 벋고 잔소리만 늘어놓는데, 좌우간 미국은 우리 나라를 구해 주었고 그러기 위해서 많은 미군 장병들 많은 장군들도 무참히 희생되었다. 전비도 엄청나게 쓰고 무엇보다도 생애 첫 전투에 참가한 수많은 나이 어린 군인들의 희생을 쏟아 부었다. 물론 국군과 인민군, 남북의 피난민들이 얼마나 많이 이 전쟁에서 죽어갔지만 우리 동족, 같은 민족끼리의 싸움에 우리는 그렇다 치고 애꿎은 다른 나라 사람들이 와서 무더기로 죽은 것이다.

크게 잘 못 된 것이 한 두 가지가 아니다. 이미 다 지나간 일이다. 이제 와서 다른 것은 몰라도 죽은 사람은 살려낼 도리가 없다. 아무리 억울하고 속이 상해도 그것만은 할 수가 없다. 그러나 무엇이 됐든 무엇이 잘 못 되고 무엇이 어떻게 되었던 것인지 분명히 할 필요가 있다. 그렇게 할 수는 있다. 그것이 그렇게 어려운 일은 아니다. 전쟁 때문에 전쟁 통에 저질은 일들이다. 그런데 과연 그럴 수밖에 없었던가. 다른 방법은 없었던가. 그래서 결국 잘 하였다는 것인가. 군인도 사람이니 인간적으로 거리낌이 없었던가, 라기보다 군사적으로 전략적으로 또는 작전상 전쟁윤리상 문제가 없었던가, 하는 것이다. 그것을 묻는 것이다. 잘못이 있느냐 없느냐, 그래서 있으면 있다 없으면 없다 분명히 하자는 것이다. 분명히 투명하게 자료를 공개하고 잘 못했다 책임을 지겠다 보상을 하겠다 그렇게 해야 하는 것이다. 유감이니 뭐니 빙빙 돌려서 병 주고 약 주는 외교적인 수사법은 집어치우고 솔직하게 인정할 것은 하라는 것이다. 그것을 왜 못 하는가. 돈 때문인가 체면 때문인가. 위신 때문인가. 자기들 콧대가 중하면 우리들 콧대도 중한 것이다. 다 같은 주권 국가가 아닌가. 50년 55년(취재 당시) 뒤에도 안 되면 언제 된단 말인가. 그냥 깔아뭉개고 말겠다는 흑심이 아닌가. 그런 것은 안 된다는 것이다. 이런 것을 요구하는 것이다.

그런 저런 생각을 하고 있었는데, 그런 문제를 현실적으로 따지자는 것이었다. 따지는 것보다 어떤 결과를 가져와야 되겠다는 것이었다. 전화로 안 되면 편지로 쓰고 편지로 안 되면 소설로 쓰고 소설로 안 되면 대설로 쓸까. 정은용은 소설 「그대 우리…」를 써서 미국 대통령을 움직인 것이다. 대기자였다. AP통신과 같은 언론을 움직인 것이고 그 언론에 세계 제1의 강대국 미국은 머리를 숙인 것이다. 굴복이라기보다 계산을 한 것인지 모르지만.

무엇으로 쓰든 어떻게 쓰든 마음을 움직여야 하는 것이다. 기자가 됐든 작가가 됐든 말이다. 그것이 쉬운 것은 아니다. 쉬운 일이 세상에 어디 있는가. 대기자가 됐든 소기자가 됐든 다시 일선 기자가 되기를 자청하였다. 고행을 자청한 것이다.

그는 우선 그 문제를 해결하기 위하여 방향을 바꾸었다고 할까, 새로운 공부를 하였다. 독심술 화술 레토릭을 배웠다. 그런 책을 있는 대로 다 꺼내어 놓고 밤을 새워 읽었고 새로 책을 사기도 하고 인터넷으로 그에 대한 자료를 찾아보기도 하고 전화를 이리 저리 걸어서 물어보기도 하고 노트를 하고 작전 계획을 세웠다. 법률 공부를 하기고 했다. 국제법 미국법 미국 각 주의 법률 특히 켈리포니아주의 의회법 그리고 전쟁 관련법 판례들을 뒤지었다. 밑줄을 긋고 복사를 하고 국제공법 강의를 들었던 교수를 찾아가기도 하였다.

그 때 어떤 생각이었던지 전공이 아닌 그 강의를 선택해서 들었던 것이다. 이기범 교수, 당시 신문에 극명한 코멘트를 자주 하고 기고도 많이 하는 명성이 있었기 때문인지 몰랐다. 대학으로 전화하여 연락처를 알아 백발이 성성한 이교수를 만났다. 제자의 변호사 사무실에 나와 사무장 비슷한 일을 하며 소일을 하고 있었다. 같은 전공의 여러 명이 모인 합동변호사 사무소였다. 그래서 그 노교수보다도 젊은 엘리트 변호사들과 얘기를 많이 하게 되었다. 미국에서 변호사 활동을 하고 있는 제자도 있다고 하였다. 물론 국제법 국제공법國際公法 전공이다.

참 이교수를 찾아보기를 잘 하였다.

"저를 기억하지는 못하시겠지요?"

그는 이교수에게 그렇게 물어보았다.

"기억하지 못하기를 바라는 질문이군 그래."

"그런가요? 그러면…"

그는 웃으면서 이교수를 바라보았다.

"강의실에서의 기억은 없지만 난 이기자가 쓴 기사를 여러 번 읽은 적이 있어요"

이교수는 그를 그렇게 굴복시키는 것이었다.

"아, 그러십니까? 정말 죄송합니다."

그는 어투를 바꾸고 자세를 바꾸었다.

이교수는 그에게 많은 도움이 되는 말을 해주었다. 그가 찾아온 목적을 얘기하자 대단히 좋은 생각이라고 하면서 전문가들을 다 집합시켜서 그가 접근할 요체를 정리해 주었다. 그 방면의 저서를 책장에서 꺼내 주기도 하고 책을 소개해 주기도 하고 미국 변호사 제자의 연락처도 알려주는 것이었다. 그들은 또 다 그의 후배가 되었다.

그는 무엇보다도 미국에서 활동하고 있는 변호사의 도움이 절대적으로 필요할 것 같아서 이교수에게 특별히 부탁을 하였다.

"모처럼 찾아뵙고 무리한 부탁인지 모르지만 선처 메모를 한 장 써 주시면 좋을 것 같습니다."

그러나 이교수는 고개를 저었다.

"무리한 것은 없어요. 어려울 것도 없고 그런데 이선생 목적이 분명하고 대단히 훌륭한데 그것이면 됐지, 이 늙은이의 메모가 뭐 필요한가. 제자니 동창이니 그렇게 접근하지 말고 민족의 이름으로 마음을 열어 봐요"

얼굴이 뜨거웠다. 그는 다시 자세를 바로 하고 잘 알겠습니다, 그렇게 하겠습니다, 라고 큰소리로 말하였다.

이교수는 무슨 뜻인지 악수를 청하는 것이었다. 그리고 그가 약주를 대접하겠다고 하자, 따라 나와서 다시 한 번 그를 가르치는 것이었다. 그가 다시 한 가지 물어본 것이다. 술이 얼근하게 되어서였다.

"선생님 같이 고명하신 분이 가령 저서 집필을 하신다든지 그러시지…"

"왜 이렇게 남의 사무실에서 어정거리고 있느냐?"

"네."

결국 그런 얘기였다. 그는 송구스러운 듯이 이교수를 바라보았다.

"학문이다 논문이다 하는 것은 말이야, 새로운 이론 학설을 내놓을 수 있을 때 쓰는 거야. 기록을 갱신하지 못하면 은퇴를 하는 거지."

"그것은 운동선수 얘기 아니겠습니까?"

"학문도 마찬가지야. 이선생이 하는 일도 마찬가지야."

"네에."

그날 이후 그는 더욱 많은 책을 보고 연락을 하고 조사를 하고 그쪽으로 스터디를 하여 미국 요로에 접근을 하였다. 우선 서신 공문 형식을 취하고 번역 작업을 하였다. 번역은 전에 같이 있던 사람 중에서 외신 쪽 후배를 찾아 부탁을 하였다. 술친구여서 부탁하기가 쉬웠고 현직으로 연결도 되었다. 좌우간 그가 마이클 최 변호사와 같은 역할은 못 할지 모르지만 어떤 역할을 해보려는 것이고 사정에 따라 그 이상의 역할을 해보려는 것이었다.

17

또 하나의 시도를 하였다. 북한의 자료를 동원하고자 뒤지었다.

1999년 9월 30일 AP통신이, 미군의 6.25때 영동 노근리의 학살이 비밀해제된 미국정부 공식 문서가 확인되었다고 보도하여 노근리양민학살사건을 전 세계에 알리게 되었고 그로 하여 미국의 사과를 받아낸 것이다. 사죄가 아니고 유감 표명이라고 하고 있지만. 그렇게 되기까지는 그 창고 속의 문서만이 아니고 영동 임계리 주곡리 노근리 등의 피해자들의 증언과 미국 전역에 살고 있는 참전군인들의 양심적인 고백이 뒷받침됨으로 해서 폭발력을 가지게 되는 특종을 터뜨린 것이었다. 콧대 높은 미국을 꼼짝 못하게 만든 것이 하나 더 있었다. 북한의 자료였다. 그것도 물론 미국이 보관하고 있던 자료였지만 미군들의 학살 사실이 명백하게 기록된 노획 문서였다.

그런데 어떻게 된 영문인지 2000년에 접어들며 참전군인들 중에 핵심적인 증언을 하였던 것을 부인하고 번복하는 기사들이 언론을 통하여 나오기 시작했고 미국군은 노근리사건과 무관하다, 노근리 철로 밑 터널에서는 사건이 일어나지 않았다, 그것은 남한 우익의 소행일 것이다, 하는 등의 얘기로 귀결시키려는 기류가 팽배해져 가고 있었다. 이런 헛소리들을 잠재우기 위해 미국 AP통신은 물론 영국 BBC방송 등 세계의 언론들이 반격하여 미국의 최종보고서가 고쳐져 나오고 클린턴 대통령의 유감 표명이 있고 하였지만 다시 1년 이상 속 뒤집어지는 노근리학살사건 규명은 제자리걸음을 하다가 해를 넘겨서 2001년 1월에 가서야 하나의 매듭이 지어졌던 것이다. 최종보고서에 문제가 많이 있는데 사실 재검토 작업이 필요한 것이었다. 그 최종보고서에는 미국의 체면만 세우려는 억지가 많이 들어 있었다.

1950년 미 제1기갑사단 7연대 1대대는 8월 15일 2건의 북한군 문서를 노획하여 사단본부로 보고되었고 17일에는 번역 등사하여 관련 부서에 배포하였다. 하나는 8월 2일자의 것이고 또 하나는 8월 8일자의 것이다. 노근리사건이 일어난 지 4일 뒤, 하나는 10일 뒤에 미군에 의하여 철로 밑 굴다리에서 민간인이 학살된 내용을 산하 부대에 주지시키고 있는 문서인 것이다. 그런 기록이라는 점에서 노근리사건의 입증 서류가 되는 것이고 노근리사건 연구의 자료가 되고 있었다.

인민군이 소유할 가장 중요한 원칙은 인민의 복지를 위하여 싸운다. 그럼으로 인민의 명령을 받는다. (발췌)

북한군 제1군단본부에서 1950년 8월 2일의 비밀문서이다. 수신처는 산하 모든 부대이며 제목은 '복수하기 위하여 증오심을 북돋우자' 이다. 우리 말로 된 것이지만 영어로 번역한 것만 있고 원문은 없어 그 원래의 구절을 추측하며 다시 우리 말로 옮겨 본 것이다. 여기서 인민이란 북한의 인민뿐만 아니라 남한의 인민도 포함하고 있다.

때때로 적은 인민군과 인민 사이를 이간하기 위하여 모든 수단을 쓰고 있다. 더욱이 그들은 무차별하게 무고한 인민들을 처형하고 있다. (2자 생략) 이승만은 미 제국주의자들의 도움을 받아 과거 5년간 수천 수만의 남조선 노동자들을 학살하였다. 저들은 학살할 뿐만 아니라 내전을 일으켰다. 현재 제국주의자들은 전쟁에 직접 참가하며 저들의 무력을 바탕으로 민간인들을 야만적인 방법으로 학살하고 있다. 그러나 인민의 명령을 받는 인민의 군대 앞에서 악질적인 적은 소멸되어 가고 있다. 현재 악당들은 조선에서 축출될 지경에 이르렀다. 인민군과 인민간의 견고한 유대관계를 두려워하는 적들은 인민군대가 아직 해방되지 않은 지역에서 우리의 사랑하는 부모 형제 자매들을 처형하고 있다. 서울과 그 남쪽에서 수집한 증거에 의하면 11,148명에 이르는 민간인들이 처형되었다. 적은 지금 이 시각에 이르기까지 인민을 학살하는 용서할 수 없는 만행을 마음대로 자행하고 있다. 영동의 한 철로 터널에서 적은 민간인들을 처형한 것이 발견되었는데 그 인원수를 확인하지 못했다. 민간인들을 처형하는 방법은 낮에는 비행기의 기총소사로 또 밤에는 포탄사격으로 자행되었다.

영동 부근의 한 터널에서는 약 100명이 처형된 것을 발견했는데 아기들이 어머니 가슴에 매달려 있는 참상은 차마 눈으로 볼 수 없는 광경이었다. 약 10명이 시체 밑에서 4, 5일간 누워 있다가 살아남을 수 있었다. 이들 10명의 생존자들은 눈물을 흘리면서 저들이 받은 행위에 원수를 갚아 주도록 호소하였다. 우리는 이러한 야만적 행위에 대하여 단연코 구체적인 대책을 세울 것이며 모든 부대 구성원들에게 다음과 같은 명령을 내린다.

1. 모든 문화부 종사자들은 영웅적으로 전투중인 인민군 전사들에게 영동 민간인 살육만행을 선전하여 적을 완전 소탕하도록 증오심을 높일 것.

2. 각 중대의 문화부 담당자들은 이 명령에 의하여 이 선전 사업을 철저하게 주지시킬 것.

3. 문화부 담당자들은 적이 이후에도 이러한 만행을 저지를 것임을 전사들에게 알림으로서 조속한 시일 내에 이런 처지에서 인민을 해방하기 위하여 싸우는 것이 저들의 책임이라는 것을 느끼게 할 것.

4. 인민군 모든 전투원에게 이 사건을 주지시킬 것.

제1군단 군사위원 김재욱, 문화부 사령관 최종학의 명의로 되어 있는 문서였다. 우리말 원문이 없어 두 번에 걸친 문건의 명의에 대하여 KIM, Che Ouk / KIM, Che Uk / CHE, Chon Haku / CHE, Chon Hak 등으로 표기된 음으로 당시 북한군의 직제와 이름을 맞춰본 것이다. 문화부는 정치사상 선전 담당 부서이다. 민간인들을 기총소사와 포탄사격으로 처형(execute)했다고 쓰고 있는데 학살 살육 사살했다는 말이 되는 것이다. 그리고 영동 부근의 한 터널에서는 약 100명이 처형된 것을 발견했다고 하였는데 1950년 8월 9일 노획한 또 하나의 문건 '산하부대 주의사항'에는 굴다리의 희생자가 2,000명으로 되어 있다. 또 7월까지 민간인들이 처형된 11,148명을 학살지역별로 영등포 600 수원 1,000 대전 4,000 청주 2,000 등과 같이 세분하여 나타내 놓았다. 노근리로 추정되는 굴다리에서의 처형이 100명에서 2,000명으로 차이가 많이 나는데, 1950년 8월 5일 김천에서 발신한 종군작가 리태준의 〈로동신문〉 기사에는 100여 명으로 되어 있다.

북한자료에 대한 철자법 띄어쓰기 등은 고쳐서 옮겼다. 이하 같음.

패망도주하면서 조선의 애국자들과 민주주의자자들과 일반 인민들까지 참살하는 식인종 만풍은 괴뢰군경들에게만 있지 않았고 그들의 스승인 미국놈들에게 있어 더 악질적이었다는 것이 놈들 자신이 찍은 사진들을 통하여 자명하여졌거니와 영동 한 곳에서만 보더라도 임계리와 두곡리(주곡리)에서 평화 인민 2,000여 명을 학살하고 달아났으며 황간에서는 기차 터널 속에 피난민 촌사람 100여 명에게 굴 양쪽으로부터 박격포를 들어 쏘았고 기관총을 난사하여 중상자 한 명과 죽은 엄마의 젖을 빠는 젖먹이 하나 이외에는 모조리 처참한 주검을 당하였고 죽은 사람들 속에는 나체로 놈들에게 능욕을 당한 처녀와 젖가슴에 탄환을 받은 시체도 끼어 있었다 한다.

1950년 9월 5일자 신문 '전선으로' 라는 제목으로 쓴 글이다. 이태준이라면 한국 현대소설의 대표적인 작가이다. 이상李箱과 함께 1930년 구인회九人會의 멤버이며 「달밤」 「가마귀」 등은 개성주의적 문장도를 확립한 소설들이다. 광복 후에 조선문학가동맹의 조직에 참여하다 월북하였으나 「소련기행」 등의 비판적인 저서로 북한 당국의 환영을 받지 못하고 같이 월북하여 주도적인 작가의 위치에 있던 이기영 같은 경우와 달리 소외되었다. 1956년 노동당 평양시위원회 산하 문학예술출판부 열성자회의에서 비판을 받고 숙청되었다. 1948년에는 「농토」 1949년에는 「첫 전투」 「먼지」 그리고 6.25 중에는 「누가 굴복하는가」 「미국대사관」 등을 발표하였다. 이 기사를 쓸 때 이태준의 심정은 어땠는지 한국 작가 최고의 스타일리스트의 면모는 찾아볼 수 없는 문장에 괴뢰군경들 미국놈들 등의 표현이 섬찍하였다. 소설 「누가 굴복하는가」 「미국대사관」 은 어떻게 썼을까, 궁금하다. 누가 굴복하는 것인가. 미국을 미국놈들을 어떻게 보고 있는가. 살기 위해서 아부를 하고 있는 것인가. 작가의 소리 작가정신을 표출하고 있는가. 문학사는 아직 씌어지고 있지 않았다.

이태준은 8월 4일 무주에서 연락장교의 차로 영동에 들러 다시 327호 탱크에 편승하여 추풍령을 넘어 김천으로 갔던 것이다. 노획 문서에는 작가파견 일람표가 있었다. 거기에는 북의 이름 있는 작가들이 일선과 남한 전역에 배치되었던 상황이 나타나 있다.

김남천-김천 방면
김사량-대구방면 종군
김영팔-춘천 방면
리북명-김천 방면
리태준-진주 방면
림화-김천 방면

박팔양-군 사령부에서 사업

송영-충청도와 전라도, 농촌 토지개혁과 선거사업 취재

그 외 여러 명이었다. 상주 대구 방면으로 파견된 박웅걸도 작가였다. 이들이 각 지역에서 기사를 써서 보냈으며 그것이 북한의 〈로동신문〉〈민주조선〉 등의 신문에 보도되었던 것이다. 표현이나 호칭은 어떻게 되었든 그 속에 나타난 내용은 서로가 일치하고 있거나 엇비슷하게 맞고 있었다. 그것은 무엇을 말하는가. 노근리 학살 만행이 사실이라는 것을 입증하고 있는 것이다. 우리 기자들 신문들이 쓰지 못하였으니 아니 안 썼으니 북한이 쓴 것이라도 입증 자료로 내놓는 것이다.

그것을 믿고 안 믿고 인정하고 안 하는 것은 다른 문제인 것이다.

기차 굴다리에서의 사망자 수에 대하여 8월 8일자 북한 6사단의 신문인 〈전투 속보〉 제29호에는 '수백 명의 시체'로 되어 있다. 영동에서 미군들은 우리 동포 2,000여 명을 어떻게 학살하였는가를 밝히고 있었다. 학살지역별 상황에는 인천 700으로 다른 데와 달리 기록되어 있었다.

8월 19일자 〈조선인민보〉에 종군기자 전욱이 쓴 기사에는 들과 철교 밑에 400명의 시체가 널어져 있었다고 쓰고 있다. 가장 근접한 거리에서 목격한 학살 현장을 보도하고 있는 기사였다.

29일 해질 무렵이었다. 진격하는 우리 인민군 부대장병들이 황간역 북쪽 로응리에 다다랐을 때 들과 철교 밑에서 무엇이라고 형용할 수 없이 참혹한 장면에 부닥쳤다. 동 지점 일대의 들의 초목과 철교 밑 시내물은 피로 물들어 있고 두 겹 세 겹 씩 덮인 시체로써 처참한 수라장을 이루어 우리 인민군 전투원들의 가슴을 어지럽게 하였다. 발 디딜 곳조차 없는 현장에는 늙은이 젊은이 어린이 약 400명의 시체가 널어져 있었고 그 중의 젊은 여성들은 반나체가 되어 꺼꾸러져 있었다.

1950년 7월 29일, 노근리학살사건이 벌어지고 있는 죽음의 들판을 생생하게 그려보이고 있었다. 노웅리는 노근리를 말하는 것이 틀림 없다. 노근리를 노은리로도 말하고 있었다. 전욱 기자가 영동에 종군기자로 파견된 것도 노획문서 일선지대 기자 파견 일람표에 나타나 있었다.

　"아저씨 아저씨." 우리들은 별안간에 어린애 목소리에 놀랐다. 6, 7세 가량이나 보이는 소녀가 등에 젖먹이를 업고 벌벌 기어나오는 것이었다. 그 뒤에 머리가 흰 노파가 따라 기어 나오는 것이었다. 우리들은 그들에게 달려들어 사유를 물었더니 그들은 얼빠진 사람처럼 멍하니 우리들을 쳐다보고만 있었다. 우리들은 재빨리 부대에 뛰어가 우선 우유와 빵을 가져다 그들에게 먹이었다. 그랬더니 차차 정신이 드는 모양이었다. 조금씩 조금씩 말을 주고 받고 보니 소녀는 계산리에 사는 최순자였고 그 등에 업은 젖먹이는 자기 동생이라는 것이었다. 그리고 머리가 흰 노파는 소녀들의 이웃집에 사는 김사랑씨였다.

　노파의 말에 의하면 자기의 여섯 식구가 모두 들에서 학살되었고 최순자의 일곱 식구도 학살되어 자기들은 간신히 살아 남았다는 것이었다. 이들은 계속 동 지점에서 벌어진 미군의 입에도 담지 못할 학살사건을 우리들에게 이야기하며 눈물을 흘리는 것이었다. 즉 미군들은 동 지점 부근 일대에서 인민들을 모조리 피난하라고 강제로 산과 들에 끌고 가 젊은 사람들을 시켜 방공호라 하며 흙을 파게 하였다.(중략) 그러던 중에 29일 아침에 북쪽에서 대포 소리가 점점 가까워 오기 시작하였다. 인민들은 틀림없이 인민군이 쳐들어오는 것이라고 서로 미국놈의 눈을 피하여 꾹꾹 찌르며 기뻐하였다는 것이었다. 이 때 이 마을에서 테러단의 두목 노릇을 하면서 미국놈들의 꽁무니를 따라 다니던 리복훈이란 놈이 "이 들에 모여 있는 놈들은 모두 빨갱이니 총살하고 퇴각하자…" 라는 뜻을 미국놈들에게 종용하는 것이었다. 그러자 미국놈들은 "오케이 오케이." 라 하며 인민들을 자기 손으로 판 흙구덩이에 쓰러 넣고 마침 하늘에 떠 있던 미 항공기에 무전으로 연락하고 다시 흙구덩이에 와서 젊은 여자들을 끌고 산 밑으로 달아났다. 아마도 젊은 여자를 강간하려는 것이었다. 탕탕 따르륵 탕… 꽝꽝… 미 항공기에서는 마치 기다리고 있었다는 듯이 기총로켓트포를 계속 퍼부었다. "아이구 아이구." "어머니 어머니." 이곳 저 곳에서 인민들의 아우성 소리가 무엇을 애원하는 것처럼 처참하게 들려왔다. 일순에 피비린내 나는 학살 마당으로 변한 것이었다. 한 바탕 폭격을 겪고 보니 약 5, 60명이 남아 우그적거리고 있었다. 그러나 미국놈들은 끌고 갔던 젊은 여자들을 또 다시 끌고 와서 남은 사람들과 함께 철교 밑에 몰고 가 기관총 사격을 하고 말았다. 이 때도 역시 인민들은 아우성 소리를 올리며 저마다 땅 위에 쓰러졌고 총알을 맞지 않은 몇몇 사람은 옆 시체 위에 죽은 듯이 쓰러져 있다가 간신히 목숨을 구하였다는 것이었다. (하략)

천인공노할 만행의 장면들을 읽으면서 치가 떨리다가도 한편으로는 과연 그랬을까 믿어지지 않는 장면들 앞에서 다시 한 번 분노를 느끼게 되었다.

재미 사학자 방선주(한림대 객원교수)는 「한국 전쟁기 북한자료로 본 노근리사건」에서 이 기사가 학살 현장을 목격한 것 같지만 인민군을 취재하여 친히 본 듯이 보도했을 가능성도 있다고 하였다. 그러며 다음과 같이 정리해 보이고 있다.

1) 7월 29일 저녁 인민군이 노근리 철교 밑의 학살 장면 발견.

2) 10여일 강제 피난행과 방공호 공사 노역 작업.

3) 400여 명의 시체 중 처녀들은 반 나체 상태, 생존자는 수명에 불과.

4) 29일 아침 선회 중이던 비행기에 기총소사 지시.

5) 피난민이 살던 마을의 극우파 지도자 리복훈이 미군과 같이 행동을 취함.

6) 리복훈과 마을 주민 사이가 좋지 않음을 시사함. 즉 리복훈이 주민들이 용공분자라고 미군에게 고함.

7) 처음에 무전으로 비행기에 연락하여 기총소사로 살육시키고 5, 60명의 생존자 중 젊은 여자를 데려가 성폭행한 후 다시 철교 밑에 집어 넣고 기관총 사격으로 생존자들도 전멸시킴.

이상에서 29일 살육이 일어났다고 한 것은 생존자 증언과 8월 2일의 제1군단 문건과 상치되지만 하나의 서술로서 음미해 볼 때 다음과 같은 가설이 가능하다고 하였다.

1) 상부의 명령으로 처치했다.

2) 현지 지휘관이 이복훈의 설명을 듣고 자의적 처치명령을 내렸다.

3) 노근리 철교를 마지막 철수하는 소수인이 일을 저질렀다. 부대원이 많이 배치되었다면 다수의 눈이 지켜보는 앞에서 여자들을 데려가고 다시 데려오고 할 수 있는가의 의문이 있다. 마지막 살육은 혹시나 있을 수 있는 고발을 막는 의미가 있다.

4) 이복훈도 이들이 살아남으면 자신이나 자신의 가족에 불이익이 올 것으로 생각했을 수 있다.

5) 이 모든 이야기는 적개심 선동을 위한 조작이었다.

이 논문의 가설이 맞는다고 한다면 1)의 상부 명령으로 처치한 것이나 5)의 선동을 위해 조작을 한 것이나 참 너무나 비인간적인 범죄자들이었다. 참으로 분통이 터지고 욕지기가 치밀어 올랐다. 그것을 어떻게 그냥 넘긴단 말인가.

종군작가 박웅걸의 9월 7일자 〈민주조선〉에 실은 수기 「잔학한 미침략자들이 패주하면서 감행한 야수적 만행」, 9월 11일자에 실은

「전선일기-영동에서 김천까지」의 눈물 겨운 문맥들도 그런 가설 위에 올려놓아야 할 것이다.

영동은 바로 전날 도착하였는데 그 날은 왼 거리가 문자 그대로 불바다였다… 영동에서 황간이라는 거리로 진공해 나가는 도중에서 나는 수십 명의 피난민을 만났다. 늙은이와 부인들과 5, 6세 가량 되는 어린애들이었는데 그들은 모두 부상을 당해서 온 몸이 피투성이가 되어 있었다. 다섯 살 가량 되는 어린 사내아이가 나의 팔에 매어 달리어 "아저씨 우리 어머니도 아버지도 죽었어요, 나는 어떻게 해요?" 하며 운다. 사정을 들어보니 그들은 이웃 마을에 사는 농민들인데 미군들과 국방군들이 사람들을 모조리 끌고 나와 기차 터널 안에다 몰아놓고 미군이 직접 기총소사를 퍼 부어서 모조리 죽여 버렸는데 그들은 그 속에서 탄환이 빗맞아 살아나온 사람들이라고 한다.

나는 인민군대 동무들과 같이 그 굴 안에 들어가 보았다. 어구에서부터 피비린내가 코를 찌르고 피로써 땅이 젖었는데 아직 숨이 채 떨어지지 않은 부상자들의 자지러지는 듯한 신음소리가 들려 온다. 굴 안에는 200여 개의 시체가 그냥 산처럼 쌓여 있다. 그 가운데에서 무엇인가 새빨간 핏덩어리 하나가 우리 쪽으로 기어나오며 "아빠 아빠." 하고 부른다. 자세히 살펴보니 그것은 세 살도 못 되는 어린 아이였다. 이 천진스러운 어린이는 자기의 방패가 되어 총에 맞아 쓰러진 어머니의 젖가슴을 파고 있다가 우리가 들어가니 아빠가 왔다고 기어오는 것이었다. (하략)

7월 31일 (상략)그것은 황간을 진공해 나올 때였다. 우리들은 도중에서 부상한 피난민들의 한 떼를 만났다. 그들은 그 윗 동리에 사는 농민들인데 미군이 피난을 시켜준다고 끌고 나와 굴 안에다 쓸어 넣고 기총소사를 퍼부어 수백 명이 죽고 그 중에서 용케 살아 나온 사람들이라 한다. 우리는 그 굴 안에 들어가 보았다. 수백의 농민들의 시체가 산처럼 쌓여 있고 피가 도랑물이 되어 흘러내린다. 이것이 우리 강토를 침범하려는 미군이 유엔의 간판을 쓰고 감행한 일이다.(하략)

조선인민군 선전사령부 문화훈련국에서 영동 노근리 사건 직후에 찍어낸 책자에실린 '00부대 보고자료에 의함'의 글에서는 임계리와 주곡리 주민 2,000명의 학살과 기차 굴 속의 학살을 구별해서 쓰고 굴다리의 상황을 다른 글과 유사하게 보고하고 있다.

(상략)산 사람은 불과 10명에 불과하였다. 이들은 퍼붓는 총탄 속에서 뛰어나왔으며 혹은 수많은 시체 속에 휩싸여 겨우 죽지 않고 4, 5발의 총탄을 맞고 전신이 피로써 물든 중상자들이다. 우리 인민군대가 7월 29일 이곳에 도착하자 주검의 지옥에서 나온 이 10명은 인민군대를 만나 눈물에 목메인 말로 이 참상을 말하면서 하루 속히 원수 미군을 우리 강토에서 물리쳐 달라고 말하였다. 그 중에는 10여 명의 가족이 전부 학살 당하고 아홉 살 나는 소녀 아이가 두 살 나는 동생을 업고 동리 사람들과 같이 불탄 자기 집을 찾아가고 있었다. (하략)

뻔한 얘기들은 많이 뺀다고 뺐다. 상략 중략 하략 등. 빵과 우유를 주고 밥을 주고 돈을 주고 치료하여 주고 한 이야기들, 문화일꾼들이 인민들에게 해설 사업을 하는 것들, 가령 어린이들을 잘 길러서 부모들의 원수를 갚게 하라는 부탁이라든지, 그리고 너무 선정적이고 낯뜨거운 표현들….
적과 동지를 생각해 본다. 민족을 생각해 본다. 통일을 생각해 본다.

18

그 시간에 그 기간에 다른 자료가 없으니 이런 자료라도 제시해 보는 것이다. 없는 것보다 있는 것을 택하고 있는 것 없는 것 다 동원하는 것이다.

북한, 인민군의 자료이지만 미국 문서보관소에 소장된 자료들이다. 북한 문화일꾼들의 문서를 그저 일고의 가치도 없는 것이라고 돌릴 수도 있었다. 그러나 그러기엔 너무나 심각한 상황에 대한 보고였다. 그것이 설사 허위보고라 하더라도 한국전쟁사의 빼놓을 수 없는 좌우간 엄연히 존재하는 자료인 것만은 틀림 없었다. 아니 뭐가 됐든 그 북한의 자료 말고 또 무엇이 있는가 말이다. 하필이면 그 부분의 미군 통신일지 작전기록이 없다는 데야 할 말이 없고 우리 국군은 뭘 하였으며 남한의 기자들은 뭘 하였는가. 종군기자들 종군작가들은 뭘 하였는가. 그가 잘 알고 지나던 종군작가들도 여럿 있었다. 그러나 멀건 대낮에 그것도 4일 동안 학살극을 벌인 사건을 누구 하나 한 줄 반 줄도 써놓은 것이 없었다. 그런 상황에서 북이니 남이니 잘 썼느니 못 썼느니 탓할 수가 있는가 말이다.

또는 앞에서 열거한 자료들에 대하여는 그 진위는 역사에 맡긴다. 그러나 6.25 한국전쟁을 북에서 남으로 쳐 내려온 것인데 북에서는 남에서 북으로 쳐 올라왔다고 주장하고 있다. 그것을 생떼라고 말하기 보다 현실이라고 말하고 있다. 전쟁의 기원도 북침을 얘기하고 있다. 올바른 사관인지 그릇된 사관인지 모르지만 현실은 현실이기 때문이다.

그런 사실을 전제로 하고 마저 얘기한다.

어떻든 계속 학살 살상을 부인하던 미국이 그 자료들 앞에서 꼼짝을 못하고 인정하였던 것이다. 학살사건이 일어난 현장을 바로 뒤쫓아 가서 생생하게 보도하고 있을 뿐 아니라 노근리라고 하는 지점을 정확히 밝히고 있는 최초의 자료가 되고 있다. 노근리를 노웅리라고 쓰고 있지만 그 이상의 자료가 없는 것이다. 꿩 대신 닭이 아니라 닭 밖에 없다. 꼭 그래서라기보다 인민군의 시각에서 영동전투 황간전투를 볼 필요도 있는 것이다. 우선 그 경로에 관심이 있었다.

1950년 7월 31일 북한 인민군 제2사단(235군부대) 공병대대(251군부대) 유병준 대대장 정명순 참모장이 제2사단 이갑녕 공병장에게 보고한 내용이다.

제235군부대 공병장 동지 앞
정찰보고 건

30일 10시에 파견된 도로 정찰대는 적 화력으로 인하여 12시 경에 황간 시가지 동구 전 음폐부에 17시경까지 중지하고 있었음. 그후 완전전투 준비하고 황간 시내를 통과하여 암흑기를 이용하여 계속 정찰을 진행하였는 바 그의 결과는 다음과 같다.

1. 정찰 통과한 경로-황간 신촌 내동 좌측 도로 연변으로 통하여 매곡면梅谷面 노촌리老村里 부락까지 통과하여 행군하여 교량이 없으므로 돌아서서 도로분제(sic)지점에 도달해 보니 철교 밑으로 자동차의 통과적通過跡이 있우므로 0교橋 방향으로 약 300미터 동북 방면으로 돌아와 보니 남성리 방향으로 2등 통로를 발견하여 매교, 구교동 교동 방향으로 돌아갔음(남성리 방향으로 있는 도로는 지도상에 없음).

노촌리老村里는 노천리老川里를 잘 못 쓴 것이었다. 그가 사는 마을이다. 뒷부분에는 맞게 씌어 있었다. 노근리 노은리를 노응리로 한 것처럼 잘 못 표기한 곳이 더러 있었다. 미국 군대도 그렇지만 북한 군인이라 한들 생판 처음 발을 딛는 지역 그것도 지도를 가지고 찾는 궁벽한 마을의 이름을 어떻게 잘 알 수가 있었겠는가. 좌우간 보고를 받은 학살현장인 노근리 다리를 찾고 있었던 것이다. 0교는 다리 이름을 몰라서 그렇게 쓴 것 같다. 0 또는 00으로 표기된 것이 더러 있었다.

  2. 도로 급及 교량 상태
  1)황간 시내 중심지점에 있는 30미터 가량의 콩쿠리 제교製橋에 폭약 2상자를 전기장치한 것을 발견하여 교주橋柱마다 있는 전선을 중단했음.
  2)돌아오는 길에는 즉시 지도상에 나타나 있지 않은 도로를 통하여 오는데 0교 지점에서 적의 통화 음성이 있음으로 산 절벽으로 통해 있는 전화선을 중단시켰음(미터 수는 불명확함). 그 후 광평리 부락까지 돌아섰다가 적의 포사격이 심하므로 향向 00 남성리 방향으로 나오다가 구교동 지점에서 지뢰원을 발견하여 11개 매설 중 땅크부대에 배속된 공병성원이 3개 해제했고 정찰성원이 8개 해제함. 재발장치한 것은 3개였음. 현재 정찰대성원은 지뢰 해제 지점인 구교동 음폐부에 0하고 있음. 지뢰 해제 시간은 밤 3시경이었음. 작업인원은 정찰성원 11명임.

그들끼리의 내부 보고서에는 문화일꾼이 쓴 것과 같은 선전 선동 문구나 수식이 필요 없었다. 여기서 적은 누구인가. 국군과 미군을 말하는 것이다. 적개심 같은 것은 표출하지 않고 사실을 바탕으로 기록한 것이다. 적정敵情 적포敵砲 등의 용어가 계속 나온다.

간단한 적정은 내동과 노천리 양 고지와 장성리 이촌 고지 급 광평리 0교 지점에 적이 있음. 정확한 역량은 판정 못함. 적의 포성은 계룡리와 덕곡 방향에서 포화가 보임. 3보사步師 땅크는 내동 산 길 밑에 있었는데 새벽 3시 경에는 적포 사격 소리와 함께 땅크가 후퇴하여 들어오는 기적이 있다 함.

정찰 결과-지뢰결과(sic) 8개 재발장치 1개(17시-3시까지). 황간 30미터 콩쿠리 다리에 폭약장치한 것을 발견하여 현재 정찰성원은 구교리 지점에서 집결 중에 있으며 정황에 의하여 계속 정찰을 진행할 예정임. 이상.

제 251군부대

부대장 유병준

참모장 정명순

장성리는 장척리를 잘 못 쓴 것이고 300미터 콘크리트 교량은 황간 중심지의 금상교錦上橋를 가리키는 것이다. 금강 상류의 다리라는 뜻으로 물한勿閑계곡에서부터 노천리 앞으로 흐르는 초강천草江川이 심천으로 해서 금강으로 가는 상류인 것이다. sic는 원문대로라는 뜻이다. 라틴어로 틀린 말 문장 등을 인용할 때, 그 뒤에 표시한다. 몇 군데 철자법에 안 맞는 것을 고쳤다.

이 정찰보고서에 정황약도 No.1을 붙여놓았는데 거기에는 매곡면 노천리가 한자로 제대로 표기돼 있었다. 피아의 포진을 인민군 3사단은 붉은 선 미군을 푸른 선으로 표시해 놓았다. 그것에 의하면 노근리는 이미 미군의 통제에서 벗어나 있는 것을 알 수 있었다.

다음 기록은 같은 시간대 이 지역에 머물던 한 인민군의 일기이다. 제2사단 소속의 정찰중대 문화부 책임자로 생각되는데 공식적인 보고서와는 정서가 사뭇 달랐다. 그 얼굴이 떠올랐다. 국도가 아닌 뒷길 내

륙 산간을 넘어 황간 서북쪽 보은 용산 용암으로 넘어와 추풍령 김천으로 이동해 가고 있는 정찰대의 상황이 나타나 있다.

7/23 보은을 출발. 영동 27km 지점에서 도하.

7/24 영동 19km 지점에서 휴식(2시간), 동지에서 공습 4시간 받음. 2분대장이 8명 척후 보냄. 김영 유병수 적 포탄에 부상. 도하 후 3분대장 임무를 실행 못함(감시). 특무장 식사조차 않고 후방에 떨어짐.

7/25 용산면 전투. 최용호 특무장 있는 곳에 보냄. 나와 성근이 특무장을 찾아감. 비행기 습격 포사격을 만남. 문화부 사단장께 주의를 들음. 특무장과 경리분대장 중대에 도착. 1분대장 외 8명 4연대 전방에 정찰(4시경). 1분대장 발 부상당함. 송용익…(불명)…오고 포러(sic)는 공습이 있다 하여 죽이고 왔음.

7/26 김학서 조 황간 정찰 갔다 임무 달성 못하고 옴. 부과장 외 신학현 이광철 염창섭 조 적정 정찰 나감. 4분대장 조 영동 방향으로 나감. 문화부 사단장에게서 계획서 비준 받음. 2과장 군사재판에 넘어감. 중대를 청화리로 이동시킴. 리인걸이 적 후방 경찰에서 연락 옴.

7/27 용산면 전투 계속. 중대를 산림지대로 옮겼는 바 잊어버려 하루 종일 찾아다니다. 밤에야 찾아감. 중대장 명령으로 김학서 조 5명 전방으로 감. 산정에서 정찰대와 만남. 김종국이 공습 포탄이 무서워서 아무 것도 하지 못하겠다고 함. 염창섭 연락 왔다가 중대에서 잠. 밤에 포사격을 만나 부락으로 이동함.

7/28 용산 전투 계속(비가 나림). 염창섭 김봉식 지휘처에 피함(8시). 인원 조사. 1소대 9, 2소대 7, 지휘분대 8, 경리 4, 합계 30명. 모범 정찰 보고. 2소대장 등 김천방향 정찰 나갔다가 임무 달성 못하고 밤에 돌아옴. 부과장 호출로 지휘처에 갔다 옴.

7/29 용산면 전투 계속. 유격대 4명 중대 도착. 인원 조사. 적 후방

정찰조 조직. 19시에 출발(김천 목적). 유격대 4명 중대에 도착. 병으로 공작 나가지 못하고 뒤떨어졌던 동무들임. 김인걸 림00 임무 망각하고 잠을 잠.

7/30 용산전투 계속. 용산면에서 백호산으로 지휘처 이동. 지휘처에 가서 지시 받고 신문 가져옴.

7/31 지휘처 이동 황간 00로.

8/1 박인걸 외 6명 의용군 3명 김천 방향에 포로하려 감. 특무장 후방부 비상비 구하려 보냄. 지휘처 이동. 봉대산을 지나 추풍령으로.

8/2 지휘처 이동. 추풍령을 지나 김천 방면으로(관리에서 적 포사격 만남).

이 일기는 7월 25일부터 다시 시작하여 쓰고 있는데 25일 황간 뒷산에서 감시 정찰, 26일 우매리에서 야간수색공작으로 미군 1명 사살 1명 생포 호송, 27일 적 후방정찰조(황간-관리 간) 결과 참모부에 보고, 28일 적의 배치 상태 대대에 보고 등을 추가하였고 29일은 적 포진지 참모부 습격 공작, 행동계획을 수립하고 봉대산을 점거하자 적은 당황하여 김천 방면으로 퇴각하여 임무를 달성하지 못하였다고 쓰고 있다. 관리는 추풍령역 부근이다.

인민군 제2사단 공병대대본부는 7월 25일 21시 청산(옥천군)을 출발하여 26일 4시 40분 용산작은 형은 면 상용리에 집결하였고 27일 17시에는 황간면 용암리에 도착하였다. 노획문서(SA 2010 3/43)에 그렇게 나타나 있다. 용암리와 노근리는 3㎞ 거리이다. 용암리-원촌리 간 도로와 초강천이 병행하고 있고 거기서 남쪽으로 고개를 하나 넘으면 노근리가 되었다. 대대본부보다 전초부대는 더 먼저 도착하였다고 볼 수 있다. 이 북쪽에서의 제2사단의 위협과 함께 남쪽에서의 제3사단 8연대 소속 포병본부대는 28일 5시 영동 삽령揷嶺에 집결했다(신 노획문서 #200400). 삽령 삽재는 중가리 무근점 앞 고개이다. 이 일대 고지 (400m) 아래 분지 노근리는 3㎞ 거리이다. 여기서도 8연대 포병본부가 도착하기 이전에 전초부대들이 삽령 고지를 점령하였을 것으로 보아진다. 영동시의 점령은 25일 저녁 8시경이었다(노획문서 200320). 그러므로 노근리에 있던 미군들은 26일부터 남·북 양쪽으로 진공하는 인민군의 위협을 받고 있었으며 29일 철수명령을 받기까지 피난민들에 대한 처리에 대한 급박한 상황을 떠올릴 수 있다. 대포소리가 점점 가까워지고 포사격 사정거리 안에 들어있다는 사실, 곧 후퇴를 해야 된다는 사실 앞에서….

이에 대하여 재미 사학자 방선주는 위의 논문의 결론에서 노근리 미군 학살의 몇 가지 가설들을 상정해 보이고 있다.

대대장급 또는 중대장급 지휘관의 오판이라는 가설

비행기의 맹폭으로 무고한 양민들을 대량 학살한 사실에 아연실색해지고 이 지경에 이르렀다면 나머지도 죽여 입을 막는 것이 낫겠다는 가설

소수의 강간범이 26일 또는 29일 증거인멸을 위하여 피폭생존자 5-60명을 학살했다는 가설

이복훈이 어떤 역할을 했다는 가설

29일 철수가 임박한 시점에의 벌어지는 인간적인 아니 비인간적인 드라마를 떠올려 볼 수 있다. 박진감이 넘치는 소설이다. 하나하나가 다 개연성이 있다. 그러나 피해자들 생존자들의 기억은 그렇지가 않다. 이제 와서 무슨 귀신 씻나락 까먹는 얘기를 하고 있느냐. 도대체 소설이 뭐 말라비틀어진 것이냐. 멀겋게 눈을 뜨고 살아 있는 소설들이 있지 않느냐.

이러한 가설들은 물론 북한의 자료들만으로 입증할 수는 없을 것이다.

29일 오전 5시 30분, 야간에 포사격과 전차표 사격을 받은 제7기갑

연대 1대대는 철수명령을 받았다. 제1대대는 2대대보다 앞서 철수하여 계획에 차질이 생겨 철수가 지연되었다. 8시 20분에는 1대대와 2대대가 황간 기차역을 지나 새로운 지역으로 이전하여 갔다. …… 피난민들을 계속하여 철수시키고 있는데 많은 불편을 가져왔다.

미 제1기갑사단의 7월 29일자 〈전쟁일기〉이다. 29일의 급박한 상황을 읽을 수 있고 '차질'과 '불편'이라는 행간의 의미를 상상해 볼 수 있다. 좌우간 이쪽에는 그런 더듬한 자료밖에 없다. 감추고 내놓지 않는 것인지 모르지만. 그런 얘기는 앞서 한 것 같다. 또 하나의 자료는 그 뒤에 써 보낸 것으로 AP통신사의 종군기자 스윈톤의 목격기이다. 6하원칙에 벗어나 있지만 처참한 상황을 기록하고 있다.

사랑하는 부모님

지금 깊은 밤의 차가운 천막 속입니다. 예기되고 있는 중공군의 반격이 전개될 것인가 보려고 기다리고 있습니다. 그리고 이 시각은 오래 동안 지연되었던 부모님께 편지 쓰는 좋은 기회입니다. (중략)

이 마지막 진격에서 가장 충격적인 부분은 우리 기총소사로 수백의 피난민들이 죽고 있다는 것입니다. 그 대부분은 여자들과 어린애들입니다. 저들은 행길 곁에 기어가듯 죽어넘어지고 있습니다. 비행기의 50미리 구경 기관총탄이 그들을 소사할 때 모친들은 한 두 살 짜리밖에 안 되어 보이는 아기들을 업고 품고 가고 있습니다. 아기들은 맞지 않고 모친의 잔등에서 떨어져 나가 길 옆에 얼어죽고 있습니다. 저는 많은 전쟁을 보았지만 이것은 가장 잔혹한 광경이었습니다. 우리 공군은 이것은 필요한 것이라고 합니다. 적이 피난민 행열에 침투하고 있다는 것입니다. 그럴 수도 있습니다. 그것은 인정합니다. 그러나 저는 적의 군인 하나 죽이는데 25명의 민간인들을 죽이고 있다고 계산하고 있습니다. 이것이 할만한 일입니까. 민간을 적으로 만들어 우리가 빨갱이들에게 손실을 입힘으로써 얻는 상쇄효과를 더 더욱 상쇄시키는 것이 아닐까요. 제 견해로는 예스, 그러합니다. (후략)

1951년 1월 30일 쓴 것이다. 미국 미시간대학교 벤틀리 역사박물관에 소장되어 있는 자료이다. 꼭 노근리사건을 얘기하고 있는 것 같다. 미군들의 민간인 살상은 계속 일어나고 있었던 것이다. 그런데도 그것을 인정하지 않고 있었던 것이다.

논문은 7월 29일자 미 제1기갑사단 제61야포대대의 일일전투보고대로 "일선지구에서의 민간인 철거는 많은 문제를 해결했다. 이제부터 출현하는 자는 누구나 적으로 간주된다. 우리30마일 후방에 대규모 게릴라행동이 있었다." 이러한 심리상태에서 노근리 주둔 미군이 굴다리 밑에 있는 사람을 어떻게 처리할까를 상부에 문의했다면 상황이 급박하고 상부의 시달도 있고 하여 피난민들은 역사를 망각하고, 적이니 처치하고 철수하라는 지시가 있었을 것이다. 29일 기총소사와 생존자 처치가 있었다는 북한 전욱 기자의 기사 내용을 가지고 구성한 상황이다. 또는 8월 2일자 북한군 지1군단의 시달문과 피해생존자의 증언대로 26일경 일어났다고 한다면 26일 미 제8군의 명령이 시달된 직후 남북 양쪽에서 추격해 오는 인민군의 압박을 느껴 처치 결단을 내렸을 것이다. 그리고 아마도 주곡리 임계리 등 주민을 철거시킨 미군 부대와 폭격시킨 부대는 명령계통이 다르든가 부대교체의 와중에서 일어난 일이 아닌가 생각해 볼 수도 있다.

이러한 가상들은 이 논문의 결론에서 작성한 가설의 전제들이었다. 이것은 물론 피해자들의 입장에 맞춘 것은 아니다. 어쩌면 객관적인 추리인지 모른다. 미국에 살고 있던 사학자로서의 미국의 시각인지 모른다. 아니 세계 중심지인 미국에서 본 세계적인 국제적인 시각일 수도 있다. 그러나 피해자들의 입장 생존 피해자들의 견해와는 다르다는 것이 문제이다. 그들의 생각은 그렇지 않았다. 억지를 부리는 것이 아니었다. 그렇게 기억하고 있지 않은 것이었다. 혈육의 죽음 그리고 자신들의 눈이 빠지고 코가 부서지고 한 기억을 50년 아니라 100년이 지난다 한들 어찌 잊을 수가 있단 말인가.

이를 뒷받침할 수 있는 자료들을 더 찾아봐야 할 것이다. 북한 자료도 다 뒤졌으니 이제 이쪽에서 더 찾아봐야 할 것이다. 반 세기가 지나도록 그런 노력을 하지 않은 것이다.

생존 피해자들 말고도 학살현장을 목격한 사람들이 많이 있다. 같은 터널 안에 있던 사람들, 행운이라고 할까 총알이 머리 위로 비껴간 사람도 있고 등허리를 스치고 간 사람도 있고 굴 밖에서 본 사람도 있고 굴 안에서 본 사람도 있고 군인도 있고 민간인도 있다. 많은 증언이 청취되었다. 증언을 하였다가 번복을 한 사람도 있다.

영동 황간전투를 다녀간 기자들이 있었다. 미 제7기갑연대의 1950년 7월 27일 〈전쟁일기〉에 연대본부를 방문한 세 기자들의 이름을 적고 있다.

톰 램버어트-AP
데이비스 워머-데일리 텔레그라프 / 런던 헤럴드(멜본)
스텐리 메쎄이-컨솔리데이티드(Consolidated) 프레스(시드니)

램버어트의 경우는 황간전투에 들어간 것으로 되어 있었다. 그를 만난다면 녹슨 자물통이 열릴지 모른다. 한 번 찾아가 만나보리라. 살아 있기만 하다면 어디에 있든 만날 수는 있을 것이다. 그리고 그 때의 취재 메모가 있을지 모른다. 희미한 기억의 조각이라도 없을 수가 없을 것이다.

사진도 하나 있었다. 7월 23일 2인의 기자와 1인의 미군사진기자가 영동군청 안에서 금고를 도끼로 깨고 있는 사진이 있다. 미국 국립공문서관에 보관된(군사진 SC344081호) 사진이다. 영동의 건물이라고 설명이 되어 있는데 벽에 '5월 30일 총선거, 감언이설에 속지말라' 라는 표어가 부착되어 있고 금고의 크기로 보아 군청으로 추정된다. 확인이 필요한 자료이다.

그랬다. 그 때 총선거가 있었고 제2대 국회가 개원(6월 19일) 6일 후에 6.25 한국전쟁이 일어나 폐회하고 피난을 갔던 것이다. 참으로 어수선한 때에 전쟁을 일으킨 것이다. 그런데 금고는 왜 열려고 한 것일까. 군청이라면 돈을 보관해 두는 곳은 아니고 무슨 중요 서류를 꺼내려고 깨고 있었던 것인가. 그 서류는 지금 어디에 있는가.

좌우간 우리 기자들은 그 때 어디서 무엇을 하였는지 모르겠다. 무개화차 위에 있었는지, 낙동강을 건너고 있었는지, 대구 부산에 있었는지…

19

노근리사건 희생자심사 및 명예회복위원회에서 2006년 3월 『노근리사건 희생자심사보고서』를 출간하였다. 여기에서 한미 양국정부의 조사결과보고서와 공동발표문 그 후의 경과 그리고 희생자심사보고를 수록해 놓았다.

거기 있는 노근리사건의 발생배경과 원인을 몇 가지로 정리해 본다.

미 제1기병사단은 세계대전 이후 일본에 주둔하며 군정업무를 담당하다가 한국전 발발 이후 사전 준비 없이 투입되어 병사들은 정신적 심리적으로 전투상황에 즉시 적응할 수 있는 상태가 아니었다. 병사들은 피난민 처리에 대한 명확한 행동절차를 교육받지 못하였다. 피난민 중 북한군 게릴라나 동조자를 구분하는데 어려움을 겪었다. 북한군은 헐렁한 흰 옷으로 변복 침투하여 후방에서 미군을 공격하는 전술을 사용하여 미군은 많은 희생자를 내었고 이로 인해 미군은 한국의 전통적인 흰 옷을 입은 피난민들을 매우 두려워하는 공포의 대상으로 삼았고 한국 피난민 전체에 대하여 신뢰하지 않는 상황이 조성되었다.

미 제1기병사단 제7기병연대 제2대대 장병들은 7월 25, 26일 영동 동쪽 주곡리 근방 첫 전투에서 북한군의 야간 침투공격을 받고 무질서하고 혼란한 상태로 철수하였고, 노근리에 도달해서는 피난민들 사이에 게릴라들이 끼어 있을 수 있다는 생각에서 방어진지선으로 접근해 오는 피난민 집단에 경계심을 품고 이들을 강력하게 통제하고자 하였다. 7월 26일 10시 제8군사령관의 '피난민 전선통과 절대금지' 명령이 내려옴으로써 피난민들이 방어선을 통과하지 못하도록 통제하는 가운데 노근리 지역 철로 위로 대규모 피난민 집단이 방어진지선 직전 방으로 접근해오자 미군은 이를 의심하게 되었고, 북한군으로 간주하여 공중공격을 가하였을 가능성이 있다. 피난민들이 대피하는 혼란 상황 속에서 제7기병연대 제2대대의 일부 병력은 이들에 대해 경고사격과 실제사격을 가하게 되었다. 제7기병연대 제2대대와 제1대대 장병들은 전선통과금지 명령을 수행하기 위해 피난민들을 노근리 쌍굴 안에 집결시키고 통제하려 했으나 주간의 사격과 미군의 박격포, 기관총 경고사격에 위협을 느낀 피난민들이 야음을 이용하여 쌍굴 탈출을 시도하였고 미군은 쌍굴을 이탈하려는 피난민들에게 사격을 가하였다.

노근리사건의 발생 배경과 원인을 그렇게 서술하고 있다. 흰 옷 입은 사람들에 대하여 불신하였다는 것이고 그들이 방어진지선 전방으로 오자 북한군으로 간주하여 사격하였다는 것이다. 그런데 그러면 왜 그들을 마을에서 인솔하였으며 왜 철로 위 방어진지선 앞으로 가게 하였으며 쌍굴 안에 집결시킨 후 경고사격만 하였단 말인가. 그랬는데 피난민들이 탈출하여 사격하였단 말인가. 앞 뒤가 맞지 않았다.

근본적으로 맞지 않는 것이 그 방향이다. 전방이 어느 쪽인가. 김천 대구쪽인가, 영동 대전 쪽인가. 그 때 당시 밀리고 있긴 했지만 전방은 영동 쪽이고 김천 쪽이 후방이 아닌가. 피난민들은 전방에서 후방으로 가고 있었던 것이고 그 일선 전방의 위치 지점이 시시각각으로 달라질 수는 있다고 할 수 있다고 하더라도 가령 7월 26일 밤의 전방 후방은 분명하였던 것이다. 그리하여 미군들을 후방으로의 안전한 피난을 유도하고 있었던 것이다. 그런데 어느 피난민들이 어느 전방으로 접근하였단 말인가.

보고서는 주요 쟁점 별 상황 해석을 하고 있는데, 주곡리 임계리 피난민들을 인솔한 미군부대와 인원에 대하여는 확인할 수 없고, 인솔 이유는 방어진지선 측방의 북한군 침투위협을 사전에 제거하기 위한 것으로 추정할 수 있으며, 피난민들을 철길로 유도했던 이유는 밝혀지지 않았고, 피난민의 활동을 쌍굴지역으로 제한할 목적으로 박격포 사격을 한 것으로 추정되나 정확한 이유는 알 수 없으며, 사격 명령의 존재와 구체적 내용 최초의 하달자 명령 수령관계에 대해서는 밝혀낼 수 없다고 하였다. 그리고 조사 총평에서 7월 26일 노근리 지역에서의 피난민에 대한 공중공격이 지상군의 요청에 의한 것이었는지의 여부는 증거 부족으로 확인할 수 없다고 하였다.

한국정부의 노근리사건 조사는 1년 3개월 동안 연인원 12,700명을 투입하여 865건의 문헌자료를 검토하고 144명의 현장목격 생존자 신고자 참고인의 증언 청취 9회에 걸친 현장검증을 하여 이루어진 것이다. 그건데도 이 정도밖에 밝혀내지 못하고 있다. 피해자들의 기대에는 반의 반도 미치지 못하는 것이었다.

미국정부의 조사결과보고서는 더 말할 것이 없었다. 배경과 역사, 1950년 7월 전투활동, 인터뷰 자료의 분석, 주요 이슈와 사실 등으로 구성되어 있는데 그 주요내용을 요약하면 다음과 같다.

1)1950년 7월 노근리에서 수 미상의 한국인 피난민들이 미군의 공중폭격과 지상공격으로 사망 또는 부상을 당했다. 따라서 미군에 의한 피난민 살상사건을 인정할 수밖에 없다.

2)공중폭격의 경우 당시 미군 조종사들이 노근리에서 민간인을 사살하라는 명령을 받은 적이 없다. 미국의 공식명령지휘체계의 개입이 없이 일어난 우발적인 사건이다.

3)지상군의 경우 일부 부대에서 피난민의 전선통과를 저지하기 위해 사격지침을 내렸다는 문서는 있으나 다른 부대에서는 발견할 수 없었고, 증언자들의 증언 불일치로 사격명령 하달 여부는 결론에 도달하지 못했다. 따라서 불가피한 상황에서 발생한 우발적인 사건인 이상 일선 참전미군들에게 책임을 지워서도 안 된다.

2001년 1월 12일 한미 공동발표문은 양국의 조사결과 보고서 내용을 절충한 것이다. 더 이상 물러설 수 없을 때까지 양보한 것이다. 그러니 피해자들의 생각과는 더욱 거리가 멀어졌다. 어떻든 그 조사 내용과 공동발표문을 근거로 미국 대통령이 유감표명 성명서를 발표하고 추모비 건립과 장학금 제공이라는 추모사업을 약속하였지만 노근리사건 피해자들의 불만은 가라앉지 않았다.

50년 쌓인(취재 당시) 분노가 다시 거꾸로 솟아올랐던 것이다. 흰 옷을 입은 사람들을 끝내 헐렁하게 보고 완전히 바지저고리 취급을 한 것이었다.

그로부터 다시 5년이 지나고 희생자심사보고서가 나왔지만 거기 실린 한미 조사보고서는 달라진 것이 아무 것도 없었다. 그것을 보고 임계리로 양해찬(대책위 부위원장, 당시)을 찾아가 물어보았다. 미군들은 노근리 쌍굴다리 아래로 몰아넣은 주곡리 임계리 사람들에게 과연 경고사격만 한 것인가. 탈출하는 사람들만 쏘았는가. 처음 물어보는 것이 아니었다.

"경고사격만 하였는데 왜 굴 안에 시체가 널려 있었을까요? 그러면 왜 탈출을 하려고 했을까요? 말이 됩니까?"

"안 되지요."

"아닌 것은 아니다, 긴 것은 기다, 그러면 되는 거에요. 우리가 피해자라고 해서 뭐 대단한 것을 요구하는 것이 아닙니다."

사실 그대로였다. 그 이상도 아니고 그 이하도 아니었다.

다시 봄이 되어 포도나무 묵은 껍데기를 벗기고 비닐을 덮는 작업을 하고 있었다. 농삿일을 하는 농민들이 모두 흰 바지저고리를 입지는 않았다. 한복은 명절 때나 특별한 날 입었다. 어떻거나 헐렁한 바지저고리 대접을 받을 수만은 없었다. 농민도 농민 나름이었다. 얼마나 덕지덕지 한이 맺힌 50년(취재 당시)인가. 그 철로 위에서 할머니 어머니

형 동생을 한꺼번에 잃고 한쪽 눈알이 빠진 누나와 같이 얼마나 잔혹한 고비들을 넘어온 것인가. 그런데 그것이 아니라고 하니 참으로 가슴이 아팠다.

"그런 요구를 계속 하고 있는 거지요?"

"그렇지요. 대책위에서 국방부 조사위원회에도 그게 아니다 하는 반박문을 냈고 양국 조사위원회에도 바로 냈지요."

"거기에 대한 반응은?"

"반응이요? 글쎄요. 미국에서는 전혀 무반응이고 한국정부에서 그후 노근리사건 특별법을 제정하고 희생자에 대한 명예회복과 보상 위령사업 등을 추진하고 있는데… 엊그저께 3월 18일날도 노근리역사공원 조성문제로 만나서 희생자들의 묘역이 그리로 들어가야 된다는 얘기들을 했어요. 그런데 문제는 가해자들이 하나도 잘못한 것이 없고 아무런 책임이 없다, 그래서는 안 되는 거지요. 가장 중요한 문제를 그냥 얼버무리고 넘어갈 수가 없지요. 안 그래요?"

"그래요."

"얘기를 좀 해 봐요."

"맞아요. 이번 희생자심사보고서의 결론에도 그렇게 썼더군요."

"뭐라고 썼던가요?"

"증거부족과 증언의 불일치로 한미 양국은 미 지상군의 공중공격 요청 여부, 지휘계통에 따른 사격명령의 존재 여부 등 노근리 사건의 핵심 쟁점에 관하여 결론을 내리지 못했다. 피해자가 분명함에도 가해자의 책임문제는 아직 모호하게 남아 있다…."

"아니 우리 피해자들이 증거 아닙니까? 내 허벅지에 박힌 파편이 증거 아닙니까? 내 피붙이가 11명이 한꺼번에 죽었어요. 이보다 더한 증언이 어디 있겠습니까?"

"네에. 그렇지요. 피해자들은 좀 더 명확한 진상 규명과 함께 미국이 살상책임을 인정하고 국제법적 기준을 충족하는 합당한 보상을 요구하고 있다고도 했어요."

"요구하고 있다, 말만 하면 뭘 하냐 이거에요? 그리고 특별법도 개정을 해야 돼요. 노근리사건의 정의, 희생자의 정의, 유족의 정의 그런 것을 좀 더 명확히 해야 되고 그 법규정 문제로 희생자에서 누락된 사람들이 많아요. 떼를 쓰는 것이 아니고 뭐 그렇게 많은 것을 요구하는 것이 아니에요. 사실 그대로를 인정해 달라 이겁니다."

"예에."

양해찬의 말대로 그리고 보고서에 있는 대로 계속해서 사실규명 노력을 하여 왔다.

2002년 5월 28일 대책위는 노근리사건을 조사하여 발표한 한미 공동발표문이 허위이고 날조됐다고 하며 미국의 사과와 양심적인 사건 해결을 촉구하는 결의문을 미국대사관과 한국정부에 제출했다. 성명을 통해 참전 미군의 허위 증언과 미 국방부가 변조한 항공사진, 중요 문서의 은닉, 사실의 날조에 의해 작성 발표한 한미 공동발표문과 노근리사건조사결과보고서의 내용이 심히 왜곡되었음을 규탄하고 미국 대통령이 약속한 추모비 건립과 장학금 공여가 희생자의 사죄의 표시로는 너무나 부족하므로 그 수령을 거부한다고 하였으며 노근리 사건 당시 미 육군과 공군 장병들이 상급 지휘부의 명령에 따라 피난민을 짐승 사냥하듯 학살한 데 대해 미국정부는 사죄하고 조속히 양심적으로 사건을 해결하라고 하였다. 그리고 한국정부는 자존 자주적 자세로 사건이 조속히 해결되도록 노력하기 바란다고 하였다. 2002년 7월 26일 노근리사건 희생자 합동위령제에서는 다시 특별성명서를 발표하고 미국정부는 노근리사건진상조사보고서 및 한미 공동발표문의 내용을 왜곡 조작한 데 대해 사과하고 왜곡 조작한 자들을 처벌하라, 미국정부는 노근리에서 미군이 피난민들을 학살한 책임 전부를 솔직하게 인정하고 피해자들에 대해 충분한 손해배상을 실시하라, 한국정부는 노송초등학교 부지 및 시설을 매수하여 그곳에다 한국정부 예산으로 추모비 및 기념관을 건립하라, 한국정부는 노근리에서 미군들이 피난민을 학살하는 것을 사건 당시에 막지 못한데 대한 책임과 노근리사건진상조사보고서 및 한미 공동발표문을 작성하여 발표할 때 그 내용을 왜곡 조작한 데 대해 사과하고 피해자 전원에게 위로금을 지급하라, 이러한 4개 항의 촉구문을 국무총리에게 제출하였다.

이를 전후하여 한국과 미국 대통령 미국 상하원 의장에게 청원서와 반론서 노근리사건 진상규명과 피해자들에 대한 손해배상 촉구서신을 보내고 국방부 군사편찬연구소장이 보낸 답변서에 대한 재반론서를 보내었다.

4회에 걸친 영동 난계국악당 등에서의 「노근리 사진전」 극단 〈새벽〉의 연극 「노근리」 공연을 통해 생생한 학살 현장을 재현하고 미국의 미온적인 태도를 따끔하게 지적하기도 하고 논문의 발표와 저서 출판 연구 세미나 칼럼 연재 등 다양한 활동을 계속하였다. 시카고대학의 브루스 커밍스 교수, 하바드대학의 사르 코웨이 교수 등이 노근리사건 관련 논문을 썼고 게이오 대학의 마쯔므라 다까오 교수는 노근리사건 현장을 찾아와 답사하고 피해자 증언을 듣고 가서 쓴 논문 「조선전쟁하의 노근리사건의 진실」을 2005년 6월호 〈세계〉(no.740, 岩波書店)에 게재하였다.

당시 대책위의 대변인 기획위원 부위원장 정구도는 노근리사건에 관련해서 발표되었던 역사학 법학 언론 및 교육학 등 13편의 논문을 묶어 『노근리사건의 진상과 교훈』을 발간하고 한국인권재단의 지원을 받아 영문논문집 『노근리학살의 진실』(The Truth of the No Gun Ri Massacre)을 발간하였다. 노근리사건의 진상과 대책위의 활동사 그리고 해결되지 않은 과제들을 칼럼으로 쓴 것을 모아 『노근리는 살아 있다』는 제목의 단행본을 출간하기도 했다.

정구도는 한국현대사연구회가 개최한 노근리사건 학술대회(2001. 2. 24.)에서 「노근리사건 조사결과보고서의 문제점-한국정부 진상조사 보고서와 한미 공동발표문을 중심으로」를 발표하였고 이 논문을 위 논문집에 수록하였다. 여기서 지적한 노근리사건 조사결과보고서의 문제점들을 살펴본다.

한국정부 노근리사건조사결과보고서의 문제점 비판에서 한국정부 보고서의 항목별로 문제점을 분석하고 오류를 제시하고 있다.

(1)피난민 집단의 임계리 출발시간 및 하가리 도착시간 분석 오류 (2) 미군 기록상의 피난민이 주곡리 임계리 피난민과 동일 집단인지 여부 판단 오류 (3)피난민의 짐수색 상황에 대한 조사결과의 문제점 (4)데일리와 프린트가 노근리에 없었다는 조사결론의 문제점 (5)미군의 주민 인솔 이유와 피난민 통제정책과의 관련성 검토 부재 (6)공중공격에 대한 주요 결론의 문제점 (7)철로상의 미 지상군 공격에 대한 조사결론의 문제점 (8)철로상의 피난민대열 속에 북한측 게릴라가 있었는지 여부에 대한 조사결론 미흡 (9)노근리 쌍굴 피난민에 대한 사격시간 및 사격형태에 대한 분석 오류 (10)노근리 쌍굴에서의 피난민 통제 및 미 지상군의 사격에 대한 조사결론의 문제점 (11)수로에 피신한 주민들에 대한 미군 사격상황에 대한 판단 오류 (12)노근리 쌍굴 앞 다리 파괴 관련 판단 오류 (13)미군들의 피해자 인권유린 행위에 대한 검토 부재 (14)미 제1기갑사단장 등 미군 수뇌부의 부적절한 작전지휘 등에 관한 검토 부재 (15)피난민에 대한 사격명령 존재여부와 명령하달 경위 조사 미흡 (16)노근리사간을 학살사건으로 규정하지 않은 문제점

이와 같은 오류와 문제점들의 분석 결과 도출된 2대 핵심 쟁점을 다시 검토하고 노근리사건조사결과보고서는 노근리 피난민에게 무차별적으로 발포하도록 한 피난민 통제정책과 지침들을 나열하는데 그치

고 노근리사건과의 인과관계를 제대로 분석하지 않음으로써 진상조사의 핵심부분을 소홀히 하였으며, 노근리사건 당시 피난민에 대한 미군기 공중공격은 적어도 맥아더의 전략적 의도에 따라 이루어진 것으로 판단할 수 있고 미 지상군의 요청에 따라 이루어졌다고 결론내리었다.

한미 공동발표문의 문제점 비판에서는 (1)하가리에서 미군에게 사살된 주민 숫자 축소 (2)공중공격 부분의 문제점 (3)지상사격 및 사격명령 여부에 관한 문제점 (4)결론부분의 문제점을 제시하고, 한미 공동발표문이 결론 내린 것은 조사의 객관성과 공정성 투명성이 결여되어 있다, 미 육군성 칼델라 장관이 증언내용 여부에 따라 형사처벌을 배제할 수 없다고 한 발언으로 종전에 미국 언론에 했던 증언을 번복하는 등 진상조사에 심대한 악영향을 끼쳤다, 한국정부 노근리사건 조사에 있어 미국 정부조사단이 관련자료를 제공하지 않거나 관련자료를 찾을 수 없다고 하는 등 기록을 제대로 확보하지 못하여 정확한 진상규명에 결정적인 장애요인이 되었고 이로 인해 부실한 조사결과가 되었다는 등의 지적을 하였다.

그리고 한미 공동발표문과 한국정부 노근리사건조사결과보고서가 노근리사건을 학살사건이라고 규정하지 않고 있더라도 국내외 언론에 보도된 기사와 발표된 연구논문 등을 종합해 볼 때 노근리사건은 비무장 비저항의 민간인들이 미군과 북한군간의 직접적인 교전과 관계 없이 미 지상군의 사격과 미군의 공중공격에 의해 살상당한 사건으로 명백히 적과 구별되어 보호되어야 할 민간인의 인권이 유린당한 학살사건이라고 규정지었다.

같은 한국현대사연구회 노근리사건 학술대회에서 「미국의 노근리사건 최종보고서 비판」 주제의 논문발표를 한 박선원(연세대 교수)은 핵심쟁점에 대한 미국보고서 비판에서 (1)양민소개정책과 피난민 통제의 책임이 미군에게 있었음을 밝히고 (2)미군의 명령지휘계통과 공중공격에 대하여 맥아더 극동사령관의 지휘 아래 피난민 소개정책, 사살해도 좋다는 처리명령, 조종사들의 임무결과 요약, 피해자들의 증언, 참전용사들의 증언, 항공사진, 로저스 메모 등으로 입증하여 전투기의 피난민 공격과 명령지휘계통을 연결해 보이고 있으며 (3)노근리에서의 교전 부재를 입증하고 비무장 무저항 피난민에 대한 학살에 대하여 어불성설이며 참전용사들의 증언을 무시하는 조사활동을 왜 벌였는지 묻고 있고 (4)피난민 살상의 불가피성 입증에 실패했음을 지적하고 있다.

이 논문은 우발적 사고의 연속이라는 논리전개를 하고 있음에도 불구하고 사건의 불가피성을 입증하지 못하고 있기 때문에 미국보고서가 종합적으로 인정하고 있는 미군에 의한 양민학살사건은 전쟁범죄임이 분명해진다고 결론지었다. 그리고 만약 미국 정부가 이와 같은 사건의 성격 규정에 대해 적극적 반증 작업에 실패한다면 위의 사건 성격 규정은 합리적이며 정당하며, 피해자들에 대한 응분의 배상이 이루어져야 할 것이라고 하였다.

또한 제국의 은전론恩典論과 그 부당성을 지적하고 미국이 한국을 위해 베풀어준 것이 많으니 이 정도의 사건은 잊어버리라는 식의 은전론적 입장이 미국 정부와 미군 참전용사의 태도에서 극명하게 들어난다(한국보고서 67쪽)고 밝히고 노근리사건 피해자로 하여금 법적 대응 이외의 길을 차단하고 있음은 본말이 전도된 것이라고 하였다. 노근리 사건은 한국인들 눈에 비친 주한미군 주둔의 가장 근본적인 역할, 즉 한국의 안보와 한국인의 생명보호라는 정통성과 동맹우호관계 유지에 의문을 던진 사건으로 반드시 분명하게 사건의 진상이 밝혀져야만 한다. 그런 의미에서 노근리사건의 진상규명과 성격규정은 끝난 것이 아니라 이제 본격적으로 시작되어야 한다고 결론에 덧붙였다.

노근리사건 희생자심사보고서를 읽다가 양해찬을 만나고 정구호에게 전화를 걸고 그동안 발표된 논문들을 들추어 보았다. 그는 책장을 덮고 눈을 감았다. 이러고만 있어서는 안 될 것 같았다. 마음이 불안하고 조급해진다. 시간이 자꾸 갔다. 밥에 놓아먹을 콩을 좀 심으려고 하였는데 그럴 마음이 되지 못하였다. 장수에 있는 친구가 참한 감나무를 주겠다고 하였다. 그것도 차일피일 하고 있었다. 감나무가 늙고 가지고 높아서 따기가 힘들었다. 반은 허실이었다. 그것을 보고는 팔뚝 굵기만한 감나무 3년생을 힘 닿는 대로 솎아 가라고 하였다. 품이 들고 술값이 들겠지만 참으로 고마운 얘기가 아닌가. 내년으로 넘기면은 캐어 오기가 힘들 것이다. 그런데도 도무지 시간을 내지를 못하고 있었다.

정구호는 감자를 심기 위해 거름을 싣고 밭에 나가다가 전화를 받았다.

"저어… 저어…"

"저어 뭐라요? 어서 얘기해요. 발동 걸어놨어요."

덜덜덜덜 경운기 소리가 들렸다.

"시동을 꺼야지요."

그래서 말이 잘 안 나왔다.

"괜찮아요. 어서 말해요."

"동굴이 있다고 하는데 지금도 있나요?"

"뭐라고요?"

"동굴이요. 안점에 있다고 하던데…"

"글쎄요, 임계리 그 안쪽 마을에 금굴이 있는데, 그것을 말하는가요?"

"거기가 안점인가요?"

"그래요. 거기 금굴이 여러 개 있어요. 그런데 그건 뭘 하게요?"

"그 때 주곡리 사람들이 그리로 피난을 갔었나요?"

"예?"

"그런데 거기서도 전부 나오라고 하여 같이 피난을 갔는가요?"

"뭐 그랬었지요."

"그래요?"

그것을 알고 싶었다. 그러나 다른 용건이 있었다. 그제서야 생각이 났다. 그런데 경운기 돌아가는 소리가 계속 났다.

"저어… 마이클 최 변호사 전화 번호를 아는가요?"

"예에, 어디 명함 받아둔 것이 있는데, 좀 찾아봐야 되겠는데 요…"

"그래요?"

"그건 왜 그라는데요?"

"한 번 연락을 할려고 그래요. 저녁에 다시 전화할께요. 좀 찾아봐 주세요."

"그래요. 알았어요."

그 때 켈리포니아 주의 의원입법으로 전쟁범죄 제소가 가능하다고 하여 한 번 자세한 얘기를 듣고 싶었던 것이다. 지난 9월 군청에서 있었던 노근리사건 수임변호사 사건진행 보고회에서 그 얘기를 같이 들었던 것이다. 전화로 보다 가게 되면 만나서 그 가능성 여부를 물어보려는 것이었다. 그에 대하여 정구호의 의견도 들어보고 싶었던 것이다.

제소 이외에 큰 기대할 것이 없었다. 그리고 이 노근리사건이 55년 전 56년 전(취재 당시)에 끝난 것이 아니라 이제부터 시작인 것이었다. 많이 기다렸다. 양국의 진상조사가 끝나고 다시 5년(취재 당시)이 지났다.

건천산을 바라보았다. 산에 물기가 올라 있었다. 하늘 끝으로 가서 묻고 따지던 생각이 났다. 땅 끝으로 가야 할지 몰랐다. 지구의 반대편에 그가 해야 될 일이 기다리고 있는지 몰랐다. 항의가 아니고 무엇인가 방법을 찾는 것이다. 찾아서 해결하는 것이다. 과연 그럴 수가 있는지 그것이 정말 가능한지 부딪쳐 보는 것이다.

덜덜덜덜 경운기 굴러가는 소리가 들렸다. 기관차가 굴러가는 소리가 들렸다.

발동을 걸어야 되겠다. 바퀴를 돌려야 되겠다.

그래. 이제 간다.

윤영에게 연락을 하였다. 그녀에게 도움을 청하려는 것이다.

20

그동안 늘어놓았던 자료들, 펼쳐놓았던 가설들을 다 정리하여 보았다. 남의 얘기들을 모은 것이었다. 거기에 그의 의견을 집어넣은 것이었다. 순서를 정하고 제목을 붙여보았다. 「하늘이여 땅이여」 「쏜 자여 말하라」 「벽과의 대화」 등, 마음에 썩 들지는 않았다. 자꾸만 제목을 떠올려 보고 지우고 써 보았다.

무엇이 되었든 생각만 할 것이 아니라 결론을 내려야 했다. 결론도 내려야 하고 무언가 행동으로 옮겨야 될 것 같았다. 같은 것이 아니라 그랬다. 그렇게 하고 있었다. 이 문제뿐만이 아니라 이제까지 그는 생각만 하였지 무슨 행동을 하고 실천을 한 적이 없었다. 그냥 속으로만 부글부글 끓이고 있었지 삿대질 한 번 제대로 못하였다. 물에 술 탄 듯 술에 물 탄 듯 흐리멍덩하게 살아오면서. 술집에서 떠들어대기만 하였다. 술좌석에서만 큰 소리를 쳤다. 어쩌면 그런 것들이 이번과 같은 큰 역할을 하겠다고 나서게 된 계기를 만들었는지 모른다. 아니 그랬기 때문에 이런 일을 마음 먹게 되었는지도 모른다.

그가 지금 하고자 하는 일은 그 때 왜 그랬는가를 밝히는 것이다. 도대체 왜 무엇 때문에 그랬는가 하는 것이다.

사실을 밝히는 것이 진실을 밝히는 일이다. 앞에서 얘기한 대로 꼭 이 사건이라기보다 그가 여태까지 한 번도 나서지 않았던 몸짓을 바꾸는 것이었다. 그것이 마지막이 될지-그는 아직 살 날이 많이 있다고 생각하고 있었지만-어떨지 모르나 한 번 꿈틀해 보는 것이다. 생각만으로 말로만으로가 아니고 말이다.

그는 바로 향리의 지척에서 일어난 이 비극적 사건을 너무도 둔감하게 생각하고 있었던 것이다.

여러 날 끙끙거리며 정리한 자료들을 빽에 챙겨 넣었다. 그리고 등산 차림으로 나서 시누재를 넘었다. 생각도 좀 하고 산을 넘어 걸어서 가려는 것이다.

해질녘에 윤영과 만나자고 약속을 하였지만 한낮에 길을 떠났다. 먹던 소주도 담았다. 윤영이 마을 근처로 오겠다는 것을 신탄리 삼거리에서 만나자고 하였다. 생각을 정리하기 위하여 산길을 걸으면서 그리고 앉아서 소주병 나팔을 불면서 메모를 하기도 하고 잎이 피는 신록을 감상하기도 하고 꽃을 뜯어 먹기도 하였다.

몸을 추슬러 여러 날 그 일에 매달려 근근이 얽어보았다. 안간힘을 써서 피치를 가한 것이었다. 나름대로 일단락을 지은 것이었다. 기를 쓰고 죽기 살기로 정리를 한 것이었다. 미국이나 다른 나라에서 할 수 있는 것을 남겨놓고 여기서 할 수 있는 것은 다 한 셈이었다. 뭐, 일이라는 것이 딴 것이 아니고 자료를 정리하고 그의 생각 주장을 추가하여 정리한 것이었다.

노근리 굴다리 근처 신탄리 삼거리에 이르자 마치 우주선 도킹이라도 하듯이 윤영이 차에서 내린다. 얇은 쑥색 니트 차림이다. 스커트 밑으로 하얀 살이 추워 보이는 대로 참으로 가볍고 밝아보였다.

"왜 이상해요?"

그녀가 웃으면서 묻는다.

"아니오, 좋아보여서요."

그도 웃으면서 말하였다.

"그래요? 정말이세요?"

"아 내가 언제 거짓말을 한 적이 있어요?"

"그랬던가요?"

"허허허허…"

"호호호호…"

방향을 잡아야 했다. 그래야 차가 달릴 수 있었다.

"우선 굴다리에 좀 가 봅시다."

"왜 터널 속으로 들어가려고 하세요?"

윤영은 그쪽으로 차를 몰며 말하였다.

왜 이 꽃피는 봄날 칙칙한 굴로 가자고 하느냐. 굴 속이냐 밖이냐가 문제가 아니고 그 답답하고 침울한 공간을 말하는 것이었다. 그러나 이날은 그가 주도를 해야 했고 이미 정해져 있는 코스였다.

노근리 굴다리는 바로 지척에 있었다. 황간 쪽으로 몇십 미터 거리이다. 가다가 왼쪽으로 철길 밑 쌍굴다리, 오른쪽 굴로는 노근리 우천리 뒷골짜기부터 논배미들을 거쳐 째직 째직 개울물이 흘러내리고 왼쪽 굴로는 경운기와 자동차들이 간간히 들랑거리는 콩크리트 인도 차도이다. 그 굴다리 안팎으로는 무수히 많은 총탄 자욱을 흰 페인트로 표시를 해 두었고 길에서 보이는 쪽에 '이곳은 노근리사건 현장입니다' 라는 현판을 설치해 놓았다. No Gun Ri Incident point라고 영어로도 병기해 놓았다.

차를 굴 앞 공지에 세우고 노근리사건 현장을 둘러보았다. 그가 가지고 온 사진기로 이곳 저곳 사진도 찍었다.

"단단히 준비를 해 오셨군요"

윤영은 그렇게 말하고는 사진을 찍어주겠다고 하는 것이었다.

"예 그랬어요. 그래요"

그는 또 그렇게 순순히 대답하며 그녀를 먼저 찍어주겠다고 하였다.

"윤선생부터 먼저 찍지요. 굴다리 앞으로 서 보세요"

"저는 이쪽으로 찍어주세요."

그녀는 웃으면서 그렇게 말하고 방향을 틀었다.

"그러실래요? 그러면 주제가 뭘까요?"

"주제요? 들판이요."

"그렇군요, 들판…"

죽음의 들판이었다. 그는 그 들판을 배경으로 윤영의 베시시 웃는 모습을 찰칵 찍었다. 마침 저쪽 뒤 모롱이로 기차가 돌아나가고 있었다. 그것이 렌즈 안에 들어왔다. 두 번 셔터를 누를 때까지.

이제 그의 차례였다. 그는 여러 장을 찍었다. 굴 안에서도 찍고 밖에서도 찍고 벽 앞에서도 찍고 그리고 철로 위로 올라가서 찍기도 하였다. 그도 들판을 배경으로 찍기도 하였다. 그동안 사진을 안 찍은 것은 아니지만 정리한 자료들과 관련하여 여러 포인트에서 포즈를 취하였다.

지나가는 사람에게 눌러 달라고 하여 같이 찍을 수도 있었다. 그러나 그런 사진을 찍은 적은 없었다. 서로 각자의 사진을 찍곤 하였다. 공연히 그런 것으로 화근을 만들 필요가 없었던 것이다. 같이 옥계폭포에 갔을 때 서로 사진을 번갈아 찍고 있자 옆에 있던 사람이 자기가 찍어줄 테니 같이 서라고 하였다. 그리고 자기도 찍어달라는 것 같았다. 그 때도 먼저 그쪽을 찍어준다고 하여 몇 장을 찍어주고는 넘어갔었다. 폭포가 여자 성기와 너무나 흡사하여 같이 찍기가 이상하기도 했던 것이다.

좌우간 그들의 얼굴을 넣은 사진을 찍으려는 것은 아니었다. 현장 사진을 찍으려던 것이었다. 다시 그가 몇 커트를 더 찍었다. 현판을 찍다가 그가 말하였다.

"영어로 No Gun Ri라고 쓰고 있는데 말이지요…"

"그런데요?"

"gun은 총을 말하잖아요, 그런데 no gun이면 어떻게 되는 거에요?"

"완전히 반대로 되었군요."

"참으로 아이러니컬한 얘기지요."

그는 다시 한 포인트를 찍었다. 가까이서도 찍고 멀리서도 찍고 몇 장을 찍었다. 그런데 도무지 구도가 마음에 들지 않았다. 터널 안의 벽면이었다. 차도 인도로 쓰는 왼쪽 굴다리 안의 세멘트로 덧발라 놓았던 것을 떼어낸 흔적들을 볼 때마다 답답하고 짜증이 났다. 왜 총탄 자욱을 다 메워 없애고자 하였던 것인가, 참으로 멍청한 자들의 직무유기가 아닐 수 없었다.

"참으로 어처구니가 없는 짓거리를 해놓았었지 뭡니까? 도무지 소갈딱지도 없는 인간들이지. 이 대명천지에 참 너무나 망신스러운 일이에요."

"이 벽체 말이지요?"

"여기 외국사람들 기자들도 많이 오고 있는데 국제망신이에요. 학살을 당한 것도 억울한데 그것을 왜 우리가 깔아뭉갤려고 하느냐 말이에요?"

"누가 그런 거지요?"

"아무 놈도 잘 못했다는 놈이 없어요."

"그래요?"

그랬다. 철도청에 물어보니 김천시설관리사무소에서 자체조사후 보수를 하였다는 것이다. 쌍굴 벽채 노후화로 인한 누수를 이유로 공사를 하였다는 것이고 당연한 일을 하였을 뿐이라는 것이었다. 도대체 여기가 어떤 장소인지 무슨 현장인지 그건 알 바가 없었단 말인가. 참 멍청한 밥통들! 그것은 멍청한 것이 아니고 간악하다고 해야 할 것이다.

"그런데 말이에요, 그게 주제가 아니지 않아요?"

윤영은 그것을 일깨워 주었다.

"그래요. 맞아요."

"어디 가서 얘길 좀 합시다."

그가 다시 말하였다.

"황간으로 갈까요?"

여기는 그저 들판이고 영동 쪽으로나 황간 추풍령 김천 쪽으로 가야 음식점도 있고 술집도 있었다. 다방도 있었고. 신탄리로 시누재를 넘어 매곡 임산 쪽으로 가는 산간도로도 있었다. 5일만에 시골장이 서는 곳들이었다.

"그러지요."

가끔 가는 올뱅이국밥집이 있었다.

터널 속에서 나와 차를 타고 다시 도로로 올라와 황간쪽으로 달리었다. 피난 행열이 김천 대구쪽으로 내려가던 길이었다. 미군이 철수하고 인민군이 추격하여 내려가던 길이기도 하였다. 그 때의 상황이 떠올랐다. 그 속에 그들의 모습을 집어넣어보았다.

"마치 말이에요…"

노근리 굴다리를 길 아래로 내려다보며 그가 말하였다.

"뭐에요?"

그녀도 그 쪽을 돌아보며 말하였다.

"미군 장교가 찦차를 타고 철수하는 것 같애요. 주곡리 임계리 피난민들을 죽음 속에 가둬놓고 말이지요."

"그런가요? 운전병이 어울려요?"

"가다가 차가 뒤집어지게 생겼네요."

"그렇지요? 호호호호…"

"장교는 딘 소장 쯤으로 할까요? 이왕이면 맥아더 원수로 하지요 뭐."

"맥아더는 그 때 동경에 있었지요. 딘은 인민군에게 포로로 잡혔고.”

“그랬던가요? 참 내.”

“그 때 윤선생은…”

“저는 아직 태어나지도 않았었지요.”

“어머니 배 속에 있었나요?”

“아니지요, 그 이전이지요.”

“그러면 어디 있었던 거지요? 하늘에 있었나?”

“바람 속에 있었지요.”

“바람 속에, 그래요. 어느 바람 속에서 이렇게 또 만난 것이고…”

“소설이네요 뭐.”

“한 번 써보세요.”

“제가요?”

“제가 불러드릴께요.”

“그러면 되겠네요. 호호호호…”

차가 안화리 앞을 지나는 고개 기빗재를 오르다가 왼쪽으로 돌았다. 고속도로 황간 톨게이트 앞을 지나 조금 내려가면 안대굴에서 빠져나온 기차가 기적을 울리는 지점이다. 그러나 언젠가부터 건널목을 지하 차도로 만들어 놓아 기적이나 경적은 없이 그냥 통과하였다.

황간 시내가 한 눈에 들어오는 지점에서 좌회전을 하면 월유봉으로 가는 길이다. 그 앞으로 해서 반야사를 몇 번 같이 갔었다. 백화산에서 흐르는 강을 따라 들어간 우매리 안으로 신라 고찰 반야사가 있고 그 뒷산 너머 문수암이 있었다. 불교신자는 아니지만 그곳에 올라갔을 때 절을 3배 4배 하였다. 그 아래 명경대 영천靈泉에서 목욕을 하기도 하였다. 속리산 법주사에서 법회를 열었던 세조가 신미 대사(스님)의 청으로 이 절에 왔다가 문수동자의 인도로 그 물에 목욕을 하였다는 사연을 떠올리며. 그는 아니 장군은 여기서는 왕이 되었다. 소설을 쓰는 것이었다.

"절로 들어갈까요?"

우매리 입구에서 그녀가 물었다.

"아니요."

이날은 단단히 용건이 있었다. 그 보따리를 가지고 온 것이었다.

거기도 그 때 격전지라고 할까, 1950년 7월 25일 26일 인민군 2사단이 노근리 주둔 미군을 북쪽에서 압박하고 있던 지역이었다. 바로 옆이 용암리이고 남쪽 산 너머가 노근리였다.

월유봉 앞 강가의 가던 집으로 갔다. 올갱이국에다가 막걸리를 시키었다. 우선 술부터 한 잔 하였다. 잔을 부딪었다.

"무고無辜한 영령들을 위하여!"

"작품을 위하여!"

첫잔을 주욱 들이키고는 윤영에게 잔을 건네었다.

"소설은 윤선생이 쓰세요. 제가 자료를 다 정리해 놓은 것을 드릴께."

그는 또 그렇게 말하였다.

"제가 써도 될까요?"

"그래요."

"아니에요. 선생님이 쓰셔야지요."

"나도 뭐가 됐든 쓰긴 쓸 거에요."

그는 빽을 열고 자료 보따리를 끌러놓았다.

"벌써 다 쓰신 게에요?"

"아니 정리한 자료예요."

"이걸 어떡하시게요?"

"한 번 보세요. 어떡해야 될지."

소설가인 윤영에게 그가 그동안 정리한 자료를 읽어보아 달라는 것이다. 빠진 것이 무엇이 있나, 무엇을 더 넣어야 할 것인가, 그런 것도 중요하지만 작가의 감각을 추가해 달라는 것이다. 그것을 가지고 소설을 써보라는 자료의 제공도 되었다. 그가 무엇을 쓰고 그의 이름으로 무엇을 하고 그런 것보다 어떻게 하면 이 상황을 해결할 수 있느냐, 어떻게 하면 미국과 정당한 대화를 재개하고 약속을 이행하도록 하느냐 하는 것이었다. 그 아이디어와 기술을 찾고 있는 것이었다. 그 때 왜 그랬는가 답을 구하고 있는 것이기도 했다. 윤영에게 뿐 아니고 그가 아는 사람 친한 사람에게 보이려고 하는 것이지만 그녀에게 제일 먼저 보이는 것이었다. 작품이라기보다 하나의 작전이었다. 그것이 불순한 것인지 어쩐지는 잘 모르겠다. 어떻든 누구 개인의 무엇을 위해서는 아니고 국가와 민족을 위한, 너무 거창한 것 같은데 좌우간 그런 순수한 목적이었다. 순수하다는 것을 더 설명할 필요가 있을까.

21

며칠 후 윤영은 그가 준 자료 보따리를 다시 가지고 왔다. 손을 많이 대어 가지고 온 것이다.

집에 와서 자세히 보니 빼고 넣고 순서를 바꾸고 이리 저리 옮기고 난도질을 해 놓았다. 소설 플롯을 짜 놓기도 했다. 첨부한 자료들도 아주 요긴한 것이었다. 번번히 느끼는 것이지만 참으로 너무나 고마웠다. 며칠을 온전히 시간을 바치고 정력을 쏟지 않으면 안 되는 일이었다. 그것을 바탕으로 소설을 쓰라고 했더니 그가 쓰라고 플롯을 짜서 준 것이었다. 그녀가 쓸 방법 방향은 따로 설정이 되었다고 하였다. 무엇이냐, 그건 작품으로 말하겠다고 하였다.

말은 하지 않았지만 그의 얘기를 쓰는 것이었다. 그가 주인공이었다. 왜 그랬는가 하는 것이 아니고 왜 그러는가 무엇 때문에 그러고 있는가 하는 이야기를 쓰려는 것이다. 눈이 뜨거웠다. 가슴이 뜨거웠다.

다시 여러 날을 두문불출하며 자료를 주물렀다. 그리고 그것을 들고 서울을 몇 번 오르내렸다. 또 그리고 미국에 가기 위한 수속을 밟아놓고 시간을 기다리며 전화를 하고 편지를 하고 하였다. 여러 경로의 만남을 주선하고 있었다. 가해자들도 몇 사람 연락이 되었고 AP통신 기자와도 전부터의 약속을 확인하였다. 이교수의 제자이며 그의 후배가 되는 변호사들 그리고 마이클 최 변호사에게도 전화를 하였다. 두 사람은 일요일만 빼고는 언제라도 좋다고 찾아오라고 하였다. 한 사람은 낚시질을 간다고 하고 한 사람은 하나님을 만난다고 하였다. 그리고 지원을 받을 수 있는 여러 친구 지인들에게 연락을 하였다. 대단히 고

위층의 인사를 연결해 주겠다는 사람도 있었다. 큰 기대는 하지 말고 얼굴이나 보게 오라고 얘기하는 친구도 있었다.

미국 정부의 요로에 연결이 될 것 같았다. 그래서 무엇이 됐든 다시 접근을 해보자는 것이었다. 진정한 사과를 받아내고 성의 있는 보상을 약속받을 수 있으면 하는 것이지만 할 수 있는 대로 해보자는 것이었다. 민족적이고 국가적인 그리고 국제적인 문제를 푸는 것이다. 거창한 목표였다. 그러나 그런 목표가 달성되지 않더라도 무엇이 되더라도 하는 데까지 해보는 것이었다. 가는 데까지 가보는 것이었다. 기록을 갱신하듯이 그동안의 증거를 보강하고 꼼짝 못하게 하는 자료를 제시하고 논점을 갱신하는 것이다. 가는 대로 자료보관소에도 가서 새 자료를 찾아내든가 자료의 소재를 찾아 내고자 하는 것이다. 그것에 대한 협조체제와 기술과 방법을 여러 모로 강구하고 있었다. 결과도 중요하지만 그 과정도 중요한 것이다. 자화자찬인가.

또 하나의 정리가 필요하였다. 자세라고 할까, 마음의 정리였다. 여러 날 황사가 하늘을 뒤덮고 있다가 한 줄기 소나기에 말끔히 걷히고 곤천산이 가까이 보이었다. 땅과 하늘이 닿은 산이다. 그 산의 끝 정상에서 하늘이 시작되었다. 거기 올라 하늘과의 대화를 하였었다. 집의 창가에서 면산대화를 한 적도 있었다. 많은 이야기를 하였다. 도대체 신은 뭘 하는 존재냐, 그때 당신은 어디서 무얼 하고 있었느냐, 낮잠을 자고 있었느냐, 항의도 하였었다.

신은 결국 믿는 사람들의 의지처이다. 신이 그 아수라장의 전쟁, 악의 논리에 끼어 들어 그것을 못하게 말리고 따지고 벌을 주고 하는 존재는 아니다. 그렇게 믿고 바라는 것이다. 그것이 기도라는 것이고 믿음이라고 하면 믿음이 없어서 그렇다고 하기도 하고, 이것도 저것도 아닌 사람들도 많다. 그저 멀건히 바라보기만 하였다. 가령 이라크 전쟁에서 신은 무엇을 하고 있는가. 미국의 WTC 쌍둥이빌딩을 폭파한 것은 알라신의 뜻인가. 아니다. 그런 신은 있을 필요도 없고 만들 필요도 없다. 신은 그저 자신을 믿는자들의 기도를 듣는다. 듣기만 할 뿐 아무 것도 해결하는 것은 없다. 2000년 전 상황 그대로 있거나 무수한 해석과 장식이 추가 되었을 뿐 가령 어떤 전쟁이나 악행을 제지하지는 않았다. 아니 그러지 못하였다. 그런 능력이 없는지 모른다. 기도를 하여 아이 못 낳는 사람이 아이를 낳고 무슨 당선을 하고 큰 돈을 벌고 뭐 하나 하나 다 열거할 수는 없지만 그렇게 믿고 있는 사람들이 많다. 비율적으로 몇 퍼센트인가를 얘기하기도 한다. 그 숫자가 중요할 때도 있다. 좌우간 많은 사람들이 그렇게 믿고 의지하는 것이다. 기도하는 것이다. 내세를 믿는 것이다. 거기 가서 다시 살고 심판을 받는다고 믿는 것이다. 확실하게 믿을 근거도 없지만 믿지 않을 근거도 없는 것이다.

톨스토이는 예수의 삶과 가르침을 교회 도그마 종파의 이익에서 해방시키려 하였다. 4복음서 속에 씌어 있는 예수의 부활이나 기적으로 병자들을 치료하고 물로 포도주를 빚고 바다 위를 걷고 하는 초자연적인 사건들은 무시하고 예수의 순수한 가르침, 인간정신이 도달한 완벽한 빛, 육체가 전부가 아니라 영혼을 지닌 존재임을 인정하며 하느님은 사람 안에 있는 영혼이라고 하였다. 톨스토이의 자기를 갱신하고 교회를 갱신하려 했던 생각이다. 톨스토이의 생각이라고 할까 신앙에 대하여 반박을 하고 싶지도 않았다.

내세가 없다고 하는 것은 너무 삭막하다. 그것으로 끝내기는 너무나 아쉽다. 그렇게 만들어낸 소설이다. 그 소설을 거부할 필요가 없는 것이다. 소설을 소설이라고 생각하고 읽는 사람들은 마음의 여유가 없는 사람들이고 모든 것을 불신하는 사람들이다. 인간이란 불가해의 것이다. 죽도록 생각해도 답이 나오지 않는 존재이다. 모든 사람이 답을 쓴다. 성경 불경 사서삼경 탈무드 코란 우파니샤드… 그런 데만 답이 있는 것이 아니고 모든 철학서에도 씌어 있고 문학에도 씌어 있고….

곤천산 정상을 바라보며 생각하였다. 땅과 하늘은 늘 그 자리에 있다. 사람들만 분주히 움직이고 날뛸 뿐, 임진왜란 때도 6.25때도 그 자리에 서 있는 것이다. 임진왜란 때 천명이 피난을 하였다는 천인대千人臺가 있어 천덕산이라고도 한다. 좌우간…

"허허허허… 이제 자네가 도통을 하였군 그래."

허연 수염을 늘인 분이 그에게 말하는 것이었다.

"그렇습니까?"

"다 이치가 있어. 그대로 따르면 되는 거여. 물론 그것을 몰라서 실천을 못하는 경우도 있지. 그러나 대개는 다 알아. 아무도 가르쳐 주지 않아도 밥을 먹을 줄 알고 잠을 잘 줄 알고 아이도 낳을 줄 알고 하듯이, 무엇을 어떻게 해야 하는가 어디로 가야 하는가, 다 알아."

"네에…"

그는 산을 바라보며 머리를 조아렸다.

그러며 그는 노근리사건에 대하여 물으려 하였다. 미군학살의 진실을 알고 싶은 것이었다.

"이미 세상에 실상이 다 밝혀져 있지 않은가. 그것을 찾아보면 되는 거여."

"그런데 왜 그랬는가 하는 것입니다. 왜 가만히 계셨는가 하는 것입니다."

"그 얘기기 듣고 싶은가?"

"아니요. 지난 번에 들은 것 같습니다."

"그러면 무슨 얘길 하고 싶은가?"

왜 그랬는가 하는 것이다. 도대체 왜 무엇 때문에 그랬는가, 하는 것이다. 그것은 다 밝혀져 있다고 하였다. 그것을 찾아보려는 것이다.

"그렇게 간절히 원하면 이루어질 수도 있는 것이지."

"정말 간절히 원합니다. 정말…"

"허허허허…"

노인은 더욱 큰 소리로 웃으며 다시 뒷걸음질을 치기 시작했다.

면산대화였다. 마치 그 자신과의 대화를 한 것 같았다. 그의 안에 있는 영혼과의 대화, 혼잣말을 한 것 같았다.

며칠 후 미국으로 가서 처음으로 부딪친 것이 이 문제였다. 갈 때마다 만나서 속을 털어놓는 노선생은 늘 그에게 전도를 하였었는데 이번에는 얘기 방법이 달랐다. 노선생 노사장은 첫 직장에서 같이 근무했던 동료이고 이 세상에서 몇 안 되는 가까운 친지였다. 미국에 가서 주유소 주유원 옷가게 햄버거가게 등을 하다가 L.A.에서 큰 음식점을 하고 있었다. 거기서 기거를 하였다. 커피를 마시면서 같은 방에서 잠을 자면서 신에 대한 얘기 하나님에 대한 얘기를 계속하였다. 오순절 기간이기도 했었다.

다시 한 번 그에게 전도를 하는 것이기도 했지만 이것 저것 주어섬기는 그의 생각을 바꾸려 하였다. 가령 톨스토이 식의 하느님은 사람 안에 있는 영혼이 아니고, 하느님은 사람의 영 안에 들어와 만족이 되기를 원한다고 하였다. 사람이 피조된 목적은 사람의 영 안에 하나님을 담기 위한 것이라고 하였다. 다른 교회와 얘기가 조금 다른 것 같기도 하고 많이 다른 것 같기도 하였다.

그에게는 조금 생소하였지만 상관이 없었다. 그러냐고 고개를 끄덕거리면 되었다. 그런데 그것으로 끝나는 것이 아니고 믿으라는 것이다. 몸으로 보이고 마음으로 보이라는 것이었다. 늘 그랬듯이 건성으로 대답하였지만 이번에는 얘기가 달랐다. 그가 들고 온 문제, 해결해야 될 문제는 전부터 얘기했었고 그것을 위해 노사장은 노력을 많이 하고 있었던 것이다. 그리고 정말로 그것을 해결해 주겠다고 하는 것이었다. 그 말을 믿고 온 것은 아니지만 그것이 그를 움직이었던 것이다. 그런데 문제는 노사장이 다니는 교회에 나오라는 것이었다. 한 두 번이 아니고 여러 번 그것도 간곡하게 얘기하고 또 그것이 그를 위해서 그런 다고 하는 데는 대꾸를 하지 않을 수 없었다.

"뭘 어떻게 해결해 준다는 거야?"

그가 노사장에게 물었다.

"하나님이 해결해 주지."

"그래요."

그의 부인도 거들었다.

그는 그것이 도무지 믿어지지 않았지만 노사장은 그 문제의 해결을 장담하였다.

그래 그는 밑져봐야 본전이라는 생각으로, 그러나 그렇게 말할 수는 없고, 내키지 않는 대로 응하였다. 노사장의 성의에 대한 인사이기도 하였다. 하나님이 해결해 준다는 얘기보다 그 교회의 인맥을 동원하면 가능하다는 얘기를 듣고서였다. 대통령을 만나게 해준다면 믿겠는가. 그런 소리도 했다. 그가 정말이냐고 묻자, 왜 그렇게 믿지를 않느냐고, 대통령보다 더 한 사람이라도 연결해 주겠다고 하였다. 결론적으로 그의 문제를 해결해 주겠다는 것이었다. 개종도 할 수 있는 것이었다. 따지고 보면 그가 종교가 뚜렷이 있는 것도 아니었다.

정말 의외의 상황에 직면하게 되었다. 전에도 얘기는 있었지만 예상하지 않던 일이 진행되고 있었던 것이다.

노사장의 말대로 약속을 지키는 것이 쉽지는 않았다. 그에게 한 번도 해보지 않은 기도를 하라고 했다. 방법을 알으켜 주었다. 그렇게 하였다.

"저는 죄인입니다. 저에게는 주님이 필요합니다. 제 영 안에 들어오소서."

여러 단계가 있었다. 단계적으로 다 따랐다. 어떻든 노사장은 그렇게 그를 움직이었다.

그리고 그의 길을 열어주었다.

접근 방법은 대단히 현실적이었다. 주일마다 만나는 교우 중에 대단한 마당발이 있었다. 정부 요로와 사회 여러 계층에 지인이 많았다. 재력이 있었고 협력 단체가 많았다. 마회장, 미스터 마당이라고도 하였다. 노사장은 그의 사정을 이미 다 얘기하였다고도 하였다.

마회장 하나 뿐이 아니었다. 그의 문제를 해결할 수 있는 여러 실력자들이 있었다. 그가 선택하라고 하였다. 그의 태도를 기다리고 있었던 것이다.

얼른 이해가 안 갔지만 특정 종파인 그 교회에서는 하나의 공동체로서 서로 돕고 밀어주고 어려운 일을 어떻게든 해결해 주려고 하였다. 교회 이름도 따로 없고 그 지역 이름을 따서 뉴욕교회 LA교회 그렇게 불렀다. 영동교회도 있었다. 1년에 한 번씩 각국을 순회하며 집회를 열고 있었는데 LA집회 때 노사장이 같이 가자고 하여 간 적이 있었다. 며칠씩 여는 쎄미나를 세계 여러 언어로 통역하는 리시버를 귀에 꽂고 들었다. 노사장은 일본 중국에서 집회를 할 때 그에게 꼭 들러 가기도 했다. 전날의 우정 때문인지 전도를 하기 위한 것이었던지 몰랐다. 하기야 천국에를 같이 가고자 하는 우정보다 더 큰 우정이 어디 있겠는가. 좌우간 교우들을 위하여 무엇이든 최선을 다 한다는 것이었다. 다른 교회-교파라고 할까-도 그런 점에서는 같다고 하였다.

"그래요? 그게…"

"정말이냐 이거지요?"

"예."

"왜 그렇게 사람 말을 못 믿어요?"

얘기가 그렇게 되었다.

"예?"

"우선 내 말부터 믿어요. 그리고 무조건 따라 와요."

"………."

하늘이 준 기회 같았다. 정말 의외의 일이었다. 상상도 하지 못한 일이었다. 노사장이 구세주처럼 느껴졌다. 눈물나도록 우정이 고마웠다. 그러나 그런 표현은 못 하게 하였다. 그 자리에 거룩한 분을 집어넣었다. 성령이 충만하도록 기도하라고 하였다. 성경 책도 조금 달랐다. 내용을 다 읽어보지는 않았지만 회복성경이라 불렀다.

어떻든 그의 일정은 그렇게 엮어지고 있었다.

22

이윽고 첫 성과라고 할까 계기가 이루어졌다.

대통령 비서실에서 근무한다는 미세스 정에게서 연락이 왔다. 그녀 역시 같은 교우였다. 마회장과 함께 만나는 것이었다. 차를 한잔 하자는 것이었다.

노사장은 합석하지 않았다. 그대신 단단히 부탁을 해 놓았다고 하며 뭐가 됐든 하고 싶은 이야기를 다 하라고 하였다.

도대체 도깨비에 홀린 것 같았다. 어떻든 뭐가 어떻게 됐든 부딪쳐 보아야 되었다.

마회장과 같이 비행기를 타고 간 곳은 백악관 근처의 높은 빌딩 넓은 방이었다. 그가 한번 간 적이 있는 엠파이어 스테이트 빌딩보다 높은 건물이라고 하였다. 좌우간 아닌게 아니라 미세스정은 그가 원하는 것을 다 알고 있었다. 말하기 전에 훤히 다 꿰고 있는 것이 아닌가.

해외 담당 비서라고 하였다. 전문가 실무자를 대동하고 왔다.

"반갑습니다."

간단히 인사를 하고 대단히 어려운 일을 하고 있는데 힘 닿는데까지 도와주겠다고 하였다.

"예 정말 감사합니다. 저는 무슨 기자의 신분으로 온 것도 아니고 노근리사건대책위원회의 이름으로 온 것도 아닙니다. 그저 한국인으로서 민족의 한 사람으로서 문제를 풀고자 하는 것입니다."

"좋아요. 나도 한국인이지만 미국 국민의 한 사람으로서 얘기할게요."

미세스 정은 대답이 아주 간단하였다. 시원시원하기도 하였다.

"예 그러시지요. 고맙습니다. 그런데 말이지요, 사실을 사실대로 얘기하였으면 합니다."

"당연히 그래야지요."

"그런데 여태까지 그렇게 되지 않았습니다. 제가 드린 자료는 좀 보셨는지요?"

"예 다 보았습니다. 여기 같이 온 분들도 보고. 뭐 새로운 사실을 얘기한 것은 아니지 않습니까?"

그녀는 분명하게 말하였다. 오히려 그에게 묻는 것이었다.

그것을 인정하여야 하였다. 그는 그동안 취재하고 정리한 것을 번역을 맡겨 소책자로 만들어가지고 왔던 것이다. 집을 팔고 땅을 판 것은 아니지만 그의 형편으로 무리를 하며 많은 투자를 한 것이다. 그것을 그가 만나고자 하는 몇 사람에게 전달하였다. 기자도 주고 변호사도 주고 가해자도 주었다. 다 알려진 사실이고 새로운 것은 없는지 모른다. 그러나 그의 시각에서 다시 정리한 것이고 그것이 작은 것인지 큰 것인지 모르지만 몇 가지 요구를 하고 있었다. AP통신의 H기자는 귀신같이 그의 요구사항 부분에 언더라인을 치며 더 자세히 읽어보겠다고 했고 가해자들을 소개해주겠다고 하였다. 그리고 보훈 병원에서 만난 한 가해자는 눈물을 흘리며 그가 기억하는 것을 다 얘기해 주겠다고 하였다. 다시 만나면 그 때 자료를 보여주겠다고 얘기하였다. 그 때의 일기와 사진이 있다고 하였다. 그것을 이행하는 데는 여러 가지 갖추어야 될 것이 있었다.

"예 뭐 그렇다고 볼 수 있습니다."

그는 미세스 정의 의견에 그렇게 솔직히 말하였다. 일단 그렇다고 할 수 있었다. 그러나 그는 더 이야기하였다.

"그러나 말이지요. 몇 가지 요구 사항이 들어 있습니다. 미국 당국에 대하여 그리고…"

이 자리도 그런 것 때문이라고 할 수 있었다. 그가 온 것도 그런 것 때문이 아닌가. 그는 내친 김에 더 얘기하였다.

"사과와 보상을 요구하고 자료를 요청하고자 하는 것입니다."

갑자기 딱딱한 분위기가 되었다. 그것을 느끼고 웃음으로 캄플라지 하였다.

미세스 정은 얼굴색이 변하고 상기되어서 그를 바라보는 것이었다. 그리고 말하였다. 그를 따라 웃으면서.

"사과와 보상에 대하여는 이미 일단락이 된 것으로 알고 있는데요. 그리고 자료는 국립자료보관소 같은 데에 알아보시면 되지요."

"그렇지 않습니다. 앞에서도 말했지만 사실을 사실대로 밝혀 달라는 거지요. 사과와 보상이 문제가 아니고 사실대로 인정을 받았으면 하는 것입니다."

"무슨 얘기인지 잘 못 알아듣겠군요."

"그런 얘기를 제가 정리해 놓았습니다. 그건 제 얘기가 아니고 객관적인 사실로 언론에 다 보도도 되고 알려진 사실입니다. 그런데 미국 정부에서는 그것을 인정하지 않고 있습니다. 클린턴 전 대통령의 성명서는 아주 형식적인 것입니다. 사실이라는 것은 무엇을 말합니까? 진실이란 무엇입니까?"

그의 언성이 높아졌다. 말의 내용보다도 그런 것이 신경이 쓰이고 미안하였다. 그래서 다시 얼굴색이 붉어지려고 하는 미세스 정에게 웃음을 웃어 보이었다. 촌스런 웃음이지만.

"자료보관소에 있는 자료를 보는 것은 어려울 것이 없습니다. 그런데 자료보관소에 없는 자료들이 있습니다. 없는 자료를 보여 달라는 것 같습니다만 이상하게도 결정적인 순간의 자료가 다 빠져 있는 것입니다. 몇 가지만 예로 들어볼까요?"

전해 준 자료에 다 있는 것이지만 얘기를 해보려고 하였다. 그래 양해를 구하는 것이었다.

"아니요"

미세스 정은 그것을 원치 않았다.

"됐습니다."

얘기를 안 들어도 안다는 것인지 들을 필요가 없다는 것인지 또는 그가 준 자료를 읽어보겠다는 것인지 알 수가 없었다. 무엇이 되었든 얘기를 할 수가 없었다. 답답한 마음을 표시할 수도 없었다.

차를 한 잔 하자고 하였는데 얘기가 길어졌다. 전문요원의 의견도 들어야 했다. 저녁 때가 되어 마회장이 근사한 자리를 마련했다. 스테이크에 포도주가 곁들여졌다.

얼큰하게 주기가 올랐다. 그런데 그는 감사 인사를 너무 촌스럽게 말하였다.

"저녁은 안 먹었는데 배는 부르네요."

객기를 부린 것이다. 저녁밥은 먹지 않았다는 것을 그렇게 말한 것인데, 미세스 정이나 마회장 두 한국 사람은 그 말을 얼른 알아차리었다. 미국은 감자가 주식主食이라고 하였다.

"미안합니다. 라이스를 주문해야 하는 건데."

"주식이 감자라고요?"

여지 없이 촌티를 내고 말았다.

"죄송합니다. 그리고 정말 감사합니다."

그는 두 사람 미세스 정과 마회장에게 정중하게 인사를 하였다. 결과야 어떻게 되었든 그의 얘기를 듣겠다는 미세스 정 일행이 정말 고마웠다. 열심히 기록하고 간간히 또 의견도 내놓는 요원들에게는 더 말할 것이 없었다. 하나는 국무부 관계자이고 나이가 지긋한 한 사람은 국방부 펜타곤에서 일하는 문관이라고 하였다.

"어떻게든 오늘 가닥을 잡아야지요. 자꾸 만난다고 해결되는 것이 아니니까요."

미세스 정은 시원시원하기도 하였지만 단호하였다. 그러면서 아주 적극적이었다.

"제가 너무 많은 것 너무 큰 것을 바라는지 모르겠습니다."

그는 다시 촌스런 웃음을 웃으며 말하였다.

미세스 정은 따라 웃지도 않고 진중한 표정으로 손을 저으면서 말하였다.

그는 너무 성급하게 얘기하여 모처럼의 기회를 그르치는 것 같아서 불안하였다. 산통을 깬 것 같았다. 그런데 알고 보니 그런 것이 아니었다. 그런 것은 그렇게 중요하지 않다고 하였다. 중요한 것은 얘기의 내용이라는 말이었다.

그는 미세스 정의 의중을 그제서야 알아차리고 용기를 얻어 아까의 얘기를 연결하여 주장을 하려 하였지만 '노' 였다. 같은 얘기를 두 번 반복할 필요는 없다고 하였다. 참으로 분명하고 단호하였다. 명석하고 예리하다고 할까, 조그만 간극도 두지 않으려고 하는 그 자세 자체에 권위를 느끼게 했다.

"그러면 다른 설명은 빼고 나의 요구를 말씀드려도 되겠습니까?"

이번에는 꼼짝 못하는 질문을 하였다. 되느냐 안 되느냐를 묻는다기보다 그런 요구를 들어달라는 것이었다. 자신을 똑바로 바라보고 있는 그녀의 시선을 놓지지 않고 정면으로 바라보며 말하였다.

"무슨 요구이지요?"

"우리는 진실이 밝혀지기를 원합니다. 그것이 피해자들에 대한 최대의 명예회복이라고 생각합니다."

"그러니까 어떻게 해야 하는 거지요?"

"재조사를 하여 사실을 밝혀야지요."

"글쎄요…"

"곤란합니까?"

"글쎄요…"

미세스 정은 두 전문요원을 바라보았다. 한 사람은 한국어를 잘 하고 있었는데 난색을 표하고 있었다.

그는 다시 웃으면서 말하였다.

"내 요구가 부당한가요?"

그는 이번에는 그렇게 물어보았다. '저' 라는 말 대신 '나' 라는 말을 썼다. 어법이 서로 다르기도 하지만 그 중간을 택한 것이었다. 경어 표현도 그랬다. 의식적이라기보다 대결 심리가 또 그렇게 작용했는지 모른다.

"아니오."

그 때 다시 미세스 정이 정중히 말하였다.

"그러면 절차가 잘 못 되었는가요?"

"그래요."

"그러면 어떻게 해야 되는가요? 대통령을 만나야 되는가요?"

"대통령이 할 일이 있고 내가 할 일이 있습니다."

그녀의 대답은 분명하였다. 무엇이 되었든 그녀의 답변은 수식이 없이 간단하였다.

그는 그러면 절차를 밟아 달라고 하였다. 대통령을 만나게 해 달라고 하였다. 그녀는 그것은 어렵다고 말하였다. 그는 어려우니까 부탁하는 것이 아니냐고 하며 사정을 하였다. 보상을 전제로 만나려고 하는 것이 아니다. 그러나 어떻게 얘기해야 할지는 연구를 더 해보겠지만 준비한 자료의 범위를 넘지는 않겠다. 그 점을 분명히 하면서 간곡히 부탁하였다. 그녀는 그러면 그 자료를 전달하면 되지 않느냐, 자신이 직접 잘 전달하겠다고 하였다. 그는 고개를 저으며 그렇게 50년 60

년이 지났다. 정말 부탁한다. 사정 사정을 하면서 다시 간청하였다.

그러자 미세스 정은 노력해 보겠다고 하였다. 그러면서 대통령을 만나게 하는 것은 가능할지 모르나 이미 결론이 내려진 문제를 재론하는 것은 일사부재리의 원칙에 위배되는 일로서 가능하지 않은 일이라고 말하였다. 몇 번 더 사정을 하여도 같은 대답이었다. 결론은 노력해 보겠다고 하였다.

그는 그러면 더 얘기를 하겠다고 하였다. 그녀는 그렇게 하라고 하였다.

그런 얘기가 오간 끝에 그는 한 번 더 인사를 차렸다.

"그럼 몇 가지만 얘기를 해보겠습니다. 무례를 용서하시기 바랍니다."

그리고 정말 무리하고 무례한 일인 줄 알면서 얘기를 다시 하였다.

"우선 지난 2001년 1월 노근리사건에 대한 미국정부의 조사결과보고서와 클린턴 대통령의 유감표명 성명서 내용은 진실을 말하지 않고 있습니다. '절박한 한국전쟁 초기의 수세적인 전투상황 하에서 북한군의 강요에 의해 극도의 혼란 속에서 철수중이던 미군이 1950년 7월 25일부터 29일 사이 노근리 철로 및 쌍굴 지역에서 피난민을 통제하던 중 수 미상의 한국 피난민을 살상하거나 부상을 입힌 사건'으로 노근리사건을 규정하고 있는데 그 상황도 맞지 않고 수 미상이라고 하였으니 한 명인지 열 명인지 알 수가 없는 거지요. 사실을 왜곡 축소하고 있습니다."

"100명인지 1000명인지 알 수 없다는 얘기도 되지 않는가요?"

그건 그랬다. 미세스 정은 문제의 핵심을 잘 알고 있었다. 그녀는 그리고 다시 말하였다.

"그것은 양국 정부의 조사결과보고서이며 한 미 공동발표문이 아니던가요?"

"맞습니다."

"그런데 이선생의 의견과는 다르다는 것인가요?"

"그렇습니다. 그렇기도 하고…"

"그것은 민주주의의 논리가 아닙니다."

"내 얘기는 끝나지 않았습니다."

두 사람은 본격적으로 사건의 핵심을 얘기하고 있었다. 얘기는 어느 사이 논전으로 발전하고 있었다. 거기에 미세스 정이 끼어들 수도 없었다. 예의고 무례이고도 따질 수가 없었다.

"어서 말하세요."

미세스 정은 손바닥을 뒤집어 내밀면서 말하였다. 얼마든지 받아들이겠다는 자세였다. 얘기를 하는 족족 두부모를 자르듯이 분명하게 말하고 있는 그녀는 무슨 얘기든지 다 들어주겠다는 자세이기도 하였다.

"내 생각보다도 유족들 피해자들의 생각과는 너무나 거리가 있다는 것입니다. 그리고 많은 한국 사람들은 그 공동발표문에 동의를 하고 있지 않습니다. 미국인 가해자들의 의견도…"

"그것은 말이 안 됩니다. 한국 정부는 한국인을 대표하고 있습니다. 그와 마찬가지로 미국 정부는 미국인을 대표하고 있습니다. 큰 흐름이 있는 것이고 통일된 합의된 의견이 필요합니다."

"그런 논리는 인정합니다. 마땅히 그렇게 해야지요. 그러나 조사가 잘 못 되었을 수도 있습니다. 발표가 잘 못 되었을 수도 있습니다. 거기에 대해 승복하는 것도 민주주의이지만 그 부당함을 얘기하는 것도 민주주의라고 생각합니다. 내가 보기에는 분명히 조사결과의 발표가 잘 못 되었습니다. 그것이 미국 때문인지 한국 때문인지는 따져보아야지요. 우리가 요구하는 것은 바로 그것입니다. 이것을 한국 정부에다 얘기하지 않고 미국 정부에 요구하는 것은 그 잘 못된 발표가 미국 때문이라고 생각해서이고, 피해자들 가해자들이라고 하는 너무도 확실한 증인들이 살아 있으므로 얘길 들어보면 금방 알 수 있는 문제입니다. 그래서 우리가 요구하는 것은 무슨 보상을 어떻게 해달라는 것보다 사실을 사실대로 인정하고 지나가자는 것입니다."

"그건 두 번이나 들은 이야기이고…"

"예, 그것이 결론입니다. 사과를 하였다고 하지만 그건 사과가 아니고 유감 표명이라는 이름의 수사에 불과합니다. 정직한 사실의 인정과 솔직한 사과 한 마디, 그것이 우리가 요구하는 것입니다."

"다른 얘기가 또 있습니까?"

미세스 정은 다른 얘기로 넘어가자는 것이었다. 아니면 얘기를 그만 끝내자는 것인지 몰랐다.

"예. 할 얘기는 많습니다만 한 가지만 더 얘기할께요. 1950년 7월 26일자 전사기록戰史記錄은 잘 못 되어 있습니다. 착오가 아니면 허위기록입니다. 이것이 그 때의 상황을 얘기하는 결정적인 문건인데, 무슨 이야기냐 하면…"

"무슨 근거로 그렇게 말할 수 있지요?"

미세스 정은 그의 말을 가로채어 말한다. 그런 얘기가 자료에 다 씌어 있었다.

"그것을 확실히 증명할 수 있는 북한 자료가 있습니다. 노획문서인데 시달문건 등…"

그녀는 다시 말을 가로 채었다. 그것도 그가 준 자료에 다 있는 얘기였다.

"그것을 믿습니까?"

"북한 것은 믿을 수 없다 그말인가요?"

"그것은 믿고 이것은 못 믿느냐 하는 겁니다."

"시간대별 사건들이 그것을 뒷받침하고 있기 때문입니다. 그런 오해를 받지 않으려면 그 날짜의 전투기록 전쟁일기를 내놓아야지요. 왜 그 부분만 없느냐 하는 것입니다. 그 빈 자료를 북한 자료가 채울 수밖에 없는 것입니다. 그것도 다 미국 문서보관소에 보관하고 있는 자료입니다."

미세스 정은 그 말에는 달리 대꾸를 하지 않고 고개를 끄덕이다가 다시 흔드는 것이었다. 그렇다는 것인지 그렇지 않다는 것인지. 그렇다고 하더라도 그것을 그녀가 답변할 수 있는 성질은 아니라는 것인지. 무슨 뜻인지 알 수가 없었다.

그 때 미세스 정은 또 그를 바라보며 이제 그만 얘기하자고 하는 것이었다. 그러면서 다시 그에게 묻는 것이었다. 화제를 바꾸는 것이었다.

"그런데 왜 이렇게 이 일에 매달리시는 건가요? 지금 무얼 하고 계시지요?"

"아 예에, 기자를 하다가 가끔 시를 쓴다고 하고 있습니다만 언젠가부터 이웃 마을에서 일어난 민족의 비극을 그냥 듣고 보고만 지나갈 수가 없었습니다. 그것을 깨달았다고 할까 느끼게 되었습니다. 한 국민으로서 한 민족으로서 제가 할 수 있는 일을 해보고 싶은 것입니다. 정여사님이 잘 연결을 해 주시면 보람이 있고 의미가 있는 일이 될 것이고 그러지 않으면 눈물을 머금고 돌아가야지요. 가서 시로나 써야지요."

"의미는 어차피 있는 것입니다. 무슨 일이든지. 시인의 열정이시군요."

"아니 뭐 그렇다기보다…"

계속 듣기만 하고 적기만 하던 늙수그레한 문관이 손을 들었다. 자기가 한 마디 하겠다고 하였다.

"그것이 몇 년 전인가, 기록을 뒤지면 되겠습니다만, 노근리 희생자 유족들이 펜타곤에 와서 증언을 하였어요. 사건 당시 10살이었다고 하는 분이 그 때 마구 쓰러져 죽고 눈이 빠지고 코가 달아나고 하는 아비규환의 광경을 4, 50분간 애길 하였는데 다들 눈물을 흘렸어요. 어떻게 10살 때 기억을 그렇게 소상히 하느냐고 하자 말했어요. 어찌 그것을 잊을 수가 있겠느냐고. 그들에게 사죄를 받기 전에는 눈을 감을 수가 없다고 하였습니다."

그리고 그런 녹음 테이프가 보관되어 있고 그것을 보고 가해자들의 생각을 녹음한 것도 있다고 하였다. 요청을 하면 그런 것을 찾을 수 있을거라고 하였다.

"그런데 앞에서도 말한 대로 가능한 일이 있고 불가능한 일이 있고 어려운 일이 있고 쉬운 일이 있는데 우리가 도울 수 있는 것은 그것을 찾아드리는 겁니다. 그것은 어려운 일이 아닙니다."

"아 예 잘 알겠습니다. 잘 부탁드립니다."

헤어지면서 그는 미세스 정에게 몇 번이고 감사의 인사를 하였다. 그리고 말하였다.

"참으로 보통 인연이 아닙니다."

보통 자리가 아니었다. 그냥 행정적인 절차를 밟아서 만들려면 몇년 걸려도 이룰 수 없는 기회였다. 전혀 가능하지 않은 일이었다. 미세스 정 아니 노사장이 아니면 생심도 할 수 없는 것이었다. 보통 빽이 아니었다. 하느님 빽이었다. 그런데 그는 부처님을 끌어다 붙인 것이었다.

"소매자락이 한 번 스치는 것도 오백 전생의 인연이라고 하였는데 몇 시간 동안 신경을 쓰게 해드렸으니…"

졸지에 큰 실언을 하였다. 그러나 그녀는 너무나 속이 깊었다.

"제가 소매 없는 옷을 입고 왔군요"

미세스 정은 웃으면서 말하고 하나님은 품이 넓다고 하였다.

그런데 그가 정말 종교적인 약속을 지킬 수 있을지 모르겠다. 다른 사람이 지키는 약속보다 그가 지킬 약속이 더 어려울 것 같았다.

한동안 도깨비에 홀린듯하였다. 다방 같은 데도 아니고 요정 레스토

랑도 아니고 전혀 외부 사람들과는 차단된 별장 같은 곳이었다. 검은 보자기로 눈을 가리고 간 것은 아니지만 도무지 어디가 어딘지 모르는 지리였다. 신비스러운 곳이었다. 천국과 같은 곳이었다. 도깨비기 아니고 신에게 홀렸는지도 모른다.

노사장은 교회에 나와서 세례를 받으라고 하였다. 기도를 하라고 하였다. 하나님은 능치 못한 일이 없다고 하였다. 사람의 힘으로는 되지 않는 일, 백년 천년 걸려도 안 되는 일이 하루 아침에 이루어질 수 있다고 하였다. 성령의 불로 이루어야 한다고 하였다. 그는 그 말을 믿으려고 하였다. 노사장 집에 기거를 하였으므로 일요일 수요일마다 교회를 같이 가야 했다. 그와 같이 한 방에서 잠을 잤다. 우정에서가 아니고 어떤 계산에서가 아니고 오로지 그 큰 뜻을 위하여 부인과도 따로 자며 부인도 그 뜻을 위하여 즐거운 마음으로 홀로 잠을 자는 것이었다. 성경의 교리나 설교보다도 그런 노사장의 신심이 그의 마음을 움직이고 있었다. 처음에는 그의 목적을 수행하기 위한 수단으로서 교회 출석을 하고 약속을 지키고 하였지만 언젠가부터 진심으로 마음 그 깊은 곳에서부터 조금씩 움직이고 있었다. 간절히 그의 소원이 이루어지길 바라는 마음과 일치하고 있었다. 죽은 자도 다시 살리는 논리를 다른 어느 곳에서는 찾을 수가 없었던 것이다. 베드로가 시체를 향하여, 다비다 쿰(다비다여 일어나라)하자 다비다는 눈을 뜨고 일어나 앉았다.(사도행전 9-40) 그는 그런 구절을 읽으며 기적을 바라고 있었다. 신을 하느님 하나님을 믿는다는 것은 그에 홀리는 것이었다. 수면제를 먹고 자는 것 같기도 했다.

그는 여러 날 동안 그의 후배 변호사와 마이클 최 변호사를 만나고 가해자를 또 한 사람 만나고 AP통신 기자 워싱턴포스트 기자 들을 만났다. 역시 그가 만들어 간 자료를 주고 노근리사건 재조사 사과에 대한 얘기를 나누었다. 현안은 가해자의 새로운 증언을 얻어내는 것이었다. 전에 보도한 사실을 뒤집는다고 해도 좋겠지만 최소한 추가를 하는 것이었다. 결정적인 자료가 하나 떠올랐던 것이다. 가해자의 일기였다. 참전 당시의 일기를 시간대별로 기록한 것이다. 사진 대신 스케치도 하여 놓았다. 그것을 본인이 공개하지 않고 참전동료가 본 것을 말한 것인데 아직 확보는 되지 않았다. 본인은 그것을 밝히려고 하지 않고 있는데 문제가 있었다. 처음에는 돈을 요구하였지만 나중에는 훈장을 요구하기도 하다가 그것을 철회하였다. 사람을 만나주지도 않았다. 미국 기자가 못 만나는 것을 그가 만날 수 있을지가 문제였다.

이번에는 그가 마회장에게 부탁을 하였다. 마당발의 역할에 기대를 하고 기적을 바라고 있었다.

그것을 변호사와 상의하여 방법을 찾기도 하였다. 그의 후배 변호사는 그것을 해결해보겠다고 하였다. 돈을 주고 사서 그것을 포함한 여기서 새로 취재한 것, 진행되고 있는 일을 그가 만들어가지고 온 자료와 합쳐서 출판을 하면 어떻겠느냐는 친구도 있었다. 또 빚을 져야 되지 않느냐고 얘기하자 잘 하면 먼저 빚도 갚을 수 있다고도 하였다. 솔깃한 얘기였다. 출판이 되고 책이 팔리면 빚이 문제가 아니고 빚을 갚는 것이 문제가 아니고, 만일 그렇게 된다면 그가 대통령을 만나고 사과를 받아내고 하는 것보다 훨씬 위력 있는 역할을 하게 될 것이라는 얘기이다. 문제는 그 결정적인 자료를 입수하는 것이고 책이 팔리는 것이었지만.

실상 결정적인 자료는 그가 가지고 온 것이었다. 노근리사건 피해자들의 증언이었다. 그런데 그것을 인정받기 위해서는 가해자들의 증언이 합쳐져야 하고 이미 나온 가해자들의 증언에 추가를 해야 하는 것이다. 노사장은 그것도 기도를 하면 이루어진다고 하였고 실제로 밤마다 새벽마다 그를 위하여 기도를 하고 있었다.

"나를 위한 기도가 아니고 민족을 위한 기도인 거지요?"

그가 노사장의 기도 소리를 듣고 있다가 말하였다. 그냥 튀어나온 말이지만 사실이 그런 것 같았다.

"그래 맞아요. 그런데 한 단계 더 올라가야 돼요."

노사장은 긴 기도를 마치고 그의 옆자리에 누우며 그리고 자기의 아내처럼 그를 꼭 껴안으며 말하였다.

"하나님의 백성이 되는 거지."

"그런가? 아무리 따라갈래도 따라갈 수가 없으니…"

"따라가는 게 아니에요. 가만히 앉아서 내 영 안에 담는 거에요."

"하나님을 말이지요."

"그래요. 그러면 이루어지는 거에요."

"정말 그럴까요?"

그는 현실적인 것을 바라고 있었다. 그런 영적인 소망과 먼 미래의 세계가 아니고 당장 눈 앞에 펼쳐지는 실물을 요구하고 있었다.

많은 사람을 만났다. 기자도 만나고 가해자들도 만나고 변호사들도 만났다. 미세스 정도 한 번 더 만났다. 이번에는 집무실에서 만났고 대통령도 만났다. 미세스 정의 주선으로였다. 대통령 보좌관을 만나고 한국전쟁 문제와 관련한 부서의 고위 관리 그리고 그 방면의 정책을 좌우하는 위원회 위원장을 만나기도 하였다.

만나서 많은 이야기를 하였다.

노근리 사건에 대한 미국의 조사가 정확하지 않다. 대통령의 사과문이 필요하다. 유감표명을 하였지만 내용이 너무 부실하다. 보상이 미흡하다. 약속한 것을 지키지도 않고 있다.

핵심은 그런 것이었다. 그것은 이미 여러 차례 여러 경로로 얘기한 것이지만 직접 다시 전달한 것이다.

그런 이야기를 다 썼다. 그가 만들어 온 자료를 현장 취재 형식으로 수필처럼 격의 없이 쓴 것이었다. 가해자들의 증언을 추가하였다. 그 해 여름 영동, 기억의 기록이었다. 우리 말로 쓴 것을 영어로 출판하였고 그것이 화제가 되자 또 한국말로 번역을 하여 책으로 내겠다고 하여 내었다.

여러 사람의 가해자들을 만났는데 새로운 자료가 있었다. 종전의 사실에 추가할 자료도 많이 내놓았다. 일기와 편지 메모 사진 육성 녹음 테이프… 이미 죽은 사람 것도 있었다. 돈을 요구하여 주기도 하고 마지막 눈을 감기 전에 진실을 말하고 죽겠다고 양심선언을 하기도 하였다. 미국 당국에 회유 당하여 발언한 것을 번복하였다가 다시 번복한 것이다.

"하나님을 만나서 뭐라고 변명을 하겠어요? 죄를 한 번 지은 것도 벅찬데 이제 와서 다시 더 짊어질 수야 없지요."

노근리사건 당시 기관포 사수였던 노병이 죽어가며 하는 말이었다. 노병사는 죽음으로 아니 진실 고백으로 자유로울 수 있었다고 할 것이다.

그는 노병사의 손을 잡고 뜨거운 눈물을 같이 흘리며, 참 대국도 별 것이 아니구나 하는 것을 느끼었다.

돈을 요구한 경우는 당시의 전쟁 상황을 시간대 별로 기록한 일기를 은행 금고 속에 넣어놓고 있었다. 사진 대신 스케치를 하여 놓았는데 무참히 총을 난사하고 어이없이 쓰러지는 농민들, 살려달라고 애원하는 여인들 등이 사실적으로 그려져 있었다. 한 병사가 여자 아이를 강간하는 장면도 있었다. 사진보다 더 생생한 기록이었다. 피카소와 같은 작품은 아닐지 모르지만 그 또한 한국에서의 학살이었다. 알려지지 않았을 뿐이다. 그런데 상당히 많이 요구하였다. 그로서는 도저히 끌어댈 수 없는 고액이었다. 그런데 후배들이 그것을 해결해 주었다. 출판사를 연결해 준 것이다. 변호사인 그들이 법률적으로 대응하기보다 먼저 출판을 하도록 한 것이다. 그것이 더 승산이 있다는 계산에서였다. 순서를 바꾼 것이었다. 원고 내용도 많이 바뀌었다. 법률적 해석을 강화하고 국제적 현실 감각을 추가한 것이었다. 대부분 그의 목소리로 투박하고 촌스럽게 고쳤지만. 출판비는 물론 출판사에서 대었다.

모든 것이 우발적이라고 할까 의도하지 않고 계획하지 않은 것이 현지에서 맞추어졌다. 그의 얘기가 출판으로 연결되리라고는 전혀 생각하지 못했었다. 소설이었다. 그의 얘기 그의 목소리라는 것은 그동안 있었던 사실 그대로의 얘기였고 솔직한 생각이었다. 그렇게 쓰라고 해서 급조를 하였는데 다시 촌티를 여지없이 내고야 말았다. 그런데 그런 것이 화제가 되었다.

급조된 것이긴 하지만 하룻밤 사이 장문의 기사를 엮어내곤 하였던 오랜 기자 생활의 이력이 발휘되었고 시를 써 온 감성이 다 동원되었다. 민족적 분노와 사랑이 끓어올랐다. 많은 취재를 하고 수 없이 르뽀 기사를 썼지만 이런 책은 처음으로 내었던 것이다. 앞서 만들어가지고 온 것은 그 나름대로 자료를 정리한 팜플렛이며 자료집 또는 건의서와 같은 성격이고 이것은 제대로 출판된 책이었다. 르포르타주라고 할까. 소설이었다. 그가 제일 싫어하는 것이 주접을 떠는 것이다. 그가 싫어 했다기보다 그가 참으로 존경하는 선배인 초무樵霧 선생이 늘 비웃던 말이다. 참 주접 떨고 있네. 염치없이 욕심을 부리고 분수도 모르고 걸터들이는 사람들에게 하는 말이다. 주변에 그런 사람들이 참 많았다. 멀쩡한 사람들이 그랬다. 올곧은 작가였던-농민소설가-초무 선생이 말하는 것 같다. 주접 떨지 말어.

그런데 그것이 거짓말처럼 많이 팔리고 그 책으로 인하여 접근이 쉬워지고 얘기가 쉬워지고 부드러워지는 것이 아닌가. 소설 같았다. 아니 정말 소설이었다. 사과를 하라, 보상을 하라, 그런 것을 목청을 높여 얘기한다는 것이 참으로 얼마나 어려웠던가. 그랬던 것인데 손톱이 들어가고 이빨이 들어가는 것이었다.

대통령을 만난 자리에서 그는 말하였다.

"노근리 사건 현장에서 매년 7월 하순 위령제를 올리고 있습니다. 이번 71주년 행사 때 대통령께서 참석하시면 큰 의미가 있을 것 같습니다. 말씀도 좀 해 주시고 말입니다."

참으로 당돌하였다. 그는 피해자가 아니고 신분 상승이 되었다고 할까, 작가의 자격으로 겁도 없이 스스럼없이 말하였다.

"뭐 사과를 하라는 얘기는 아니지요?"

대통령은 웃으면서 말하는 것이었다. 선수를 치는 것인가.

"사과를 하셔야지요."

그도 웃으면서 말하였다.

예를 들면 그랬다. 대통령이 올지 안 올지, 사과를 할지 어쩔지는 미지수였다. 얼마나 성과가 있을지는 두고 봐야 했다. 아니 그 자체가 성과라고 할 수도 있을 것이다.

귀국하기 전에 몇 사람의 가해자들을 더 만났다. 발포 병사들이었다. 명령을 내린 장교도 있었다. 두 병사는 결정적인 증언을 추가해 주었다. 사진을 찍고 녹음을 하였다. 책에 넣어도 좋으냐고 그가 물었다. 오케이였다. 출판사에서 후속 얘기를 넣어 개정판을 내자고 하고 있었던 것이다. 그는 다시 노근리사건 현장에 와서 설명을 해 줄 수 있느냐고 물었다. 그렇게 해 달라고 하였다. 초대하면, 가게 되면 가겠다고 하였다. 큰 성과였다.

마이클 최 변호사와 그의 대학 후배인 변호사들이 같이 만났다. 서로 아는 사이였다. 최변호사는 민주당에서 대통령이 된다면 캘리포니아 의회법에 따라 미국 정부에 제소하여 한국 피해자들의 요구를 관철시키겠다고 하였다. 민주당에서 대통령이 되었다. 전에 영동군청에서

했던 말을 다시 확인하여 주는 것이었다. 후배들은 그 승산이 50%라고 하였다. 만일 패소를 했을 경우 상위 법원에서 이길 확률도 50%라고 하였다.

"그 둘을 합하면 100%이네요."

그가 최변호사와 후배들 양쪽을 바라보며 말하였다.

웃자고 한 말인데 아무도 웃지 않아 머쓱해졌다. 시골뜨기의 계산에 동의할 수 없었던 것이다.

최변호사는 껄껄껄 웃으면서 조금 더 기다려 보라고 하자 그가 다시 말하였다.

"또 소설을 쓰는 겁니다."

그러자 모두들 웃는다.

"제목은요?"

"그것은 천천히 정하시지요. 뭐."

후배가 얘기하자 더 크게 웃어대는 것이었다.

들어오기 전날 노사장은 레던드비치 부둣가로 가서 저녁을 샀다. 게와 가제를 한 바구니 시켜서 망치로 깨어 먹었다. 노사장은 먹지 않는 술까지 마시며 그에게 계속 전도를 하는 것이었다.

"내 말 잘 듣고 있는 거지요?"

"그래요. 내 영혼이 죄에서 구원 받고…"

"천국에 가서 영원히 행복하게 살아야지요."

"지옥은 어떤 곳인가요?"

천국을 묻지 않고 지옥을 물었다.

"하느님의 뜻을 예수님을 통해서 알려주셨습니다. 지옥은 영원히 꺼지지 않는 불 속이라고. 거기서는 누구나 다 불 소금에 절여질 것이라고 했어요."

헤어질 때까지 노사장의 설교는 계속되었다.

우리는 예수의 죽음으로 말미암아 죄를 용서받고 죄에서 구출되었다. 이 세상의 죄를 없애주러 온 하느님의 어린 양인 예수는 사람의 모든 죄를 대신 짊어지고 십자가에서 피를 흘리고 죽음으로써 우리를 죄에서 구원받게 해 준 것이다.

23

비행기를 내릴 때까지 귀에 쟁쟁하였다.

그런데 그 하느님은 지금 어디 계시며 노근리 미군 양민 학살사건 때는 어디에 계셨는지 모르겠다. 여러 차례 설교, 문답을 하였지만 그건 물어보지 못하였다. 하늘에 계신지 땅에 계신지 그런 기본적인 사실조차도 모른 채 얘기만 주고받았다. 혼잣말이었던건지도 몰랐다. 창조주와의 대화도 하였다. 원죄를 사하여주는 그 주님과는 다른 존재였다.

"하느님이시여! 어디 계시나이까? 그 때는 어디에 계셨나이까?"

아무런 대답이 없다. 다시 땅과 하늘이 닿은 곤천산을 바라보았다.

면산대화를 하기도 했었다. 정상에서 대화를 하기도 했었다.

"지금 여기 한국에 계십니까? 어디 중동 이스라엘에 계십니까?"

조금 격을 낮추어 묻기도 했다.

그 답이 지금 당장 문제가 되는 것도 아니었다.

그는 하늘을 향하여 꿇어 앉았다. 그리고 서툰 대로 마구 중얼중얼 기도를 하기도 하였다.

노근리사건이 일어난 지 71주년이 되는 7월 어느 날 양해찬 노근리사건 유족회장과 만나자고 요청하여 황간 역전 올갱이국밥집에서 만나 막걸리를 한잔 하며 회고담을 들었다.

이날 만나자고 한 용건이 하나 있었다. 그날 그 비극의 장소를 같이 가보고 싶었던 것이다. 여러 번 들어서 알고는 있었지만 보다 정확한 지점을 확인하고 싶었던 것이다.

한창 바쁜 포도농사 일을 하다 1톤 트럭을 몰고 온 양회장은 중가리 개천 바닥에서 길로 올라와 철길로 올라간 지점에서 차를 세우고 알으켜 주는 것이었다. 하가리 하천에서 노숙을 하고 낮 4번 국도로 올라 걷다가 철로로 올라간 지점이다.

"여기라요."

양해찬이 손가락으로 짚어주는 지점부터는 우연하게도 시맨트 옹벽이 쳐져 있었다.

"이리로 올라갔어요."

그리고 폭격을 시작한 지점은 거기서 1.3㎞ 아래쪽, 배수로-철로 아래 소배수로 대배수로 2개가 있다-조금 못미처 쌍굴다리 0.5㎞ 전방이라고 하였다.

"그 때 기억이 또렷하신가요?"

"예? 그걸 어떻게 잊어버릴 수가 있겠습니까?"

"그래요?"

"잊을 수가 없지요."

골수에 맺힌 철천지한을 평생 한 번도 잊은 적이 없다. 그 때 열 살이고 지금 여든 한 살이다.

"우리 유족들이 펜타곤에 갔을 때 40분 동안 그 때 일어난 참혹한 얘기를 낱낱이 얘기하였더니 듣고 있던 사람들도 어떻게 10살 때 일을 그렇게 소상히 다 기억하느냐고 묻던군요."

그래서 세 살 버릇 여든까지 간다는 우리 속담 얘기를 하였다고 했다. 같은 얘기인지 모르지만 그 때서부터 다시 30년이 더 지났는데 양해찬은 어제 일처럼 기억하고 있는 것이었다. 그 철천지 한의 장소 아비규환의 지점을 어떻게 잊을 수가 있는가. 지금도 그 악몽에서 깨어나지 못하고 있는 것이다.

그날의 기억 지금은 탄흔彈痕, 총탄 자욱밖에 없는 폭격 장소 그리고 쌍굴다리도 둘러보았다. 무슨 뜻인지 쌍굴 쌍굴다리를 개근철교라고 하였다. 그 쌍굴다리 어구와 굴 안 벽에 무수한 탄흔이 있었고 그것을 흰 색 페인트로 표시를 하였다.

"총탄 자욱이 있는 데에 △ 표시를 한 것도 있고 ○ 표시를 한 것도 있는데 그건 뭔가요? 어떻게 다른가요"

쌍굴로 들어가다가 그가 물었다.

"아 그게 삼각형으로 표시한 것은 실탄이 박혀 있는 것이고 원으로 표시한 것은 총탄 자욱이지요."

전에도 물어본 것 같은데 반대로 알고 있었던 것이다.

"아아 그래요?"

"막 퍼부어 댄 거지요."

"바닥에 쏜 것은 다 지워졌고."

"사람에게 쏜 것은 자욱이 없고요."

"있을 수가 없지요."

24

2021년 7월 28일 11시 노근리 양민민학살71주년 위령제가 열렸다.

살풀이춤 진혼굿 추모공연에 이어 헌화 분향이 있었고 정구도 유족회 부회장의 경과보고 양회찬 유족회 회장의 위령사가 있었다.

그리고 국무총리의 추모사(영상) 행정안전부장관 충북도지사의 영동군수 영동군의회의장 등의 추모사 순서로 진행되었다.

존경하고 사랑하는 군민 여러분!

그리고 노근리사건희생자 유가족과 함께하신 추모객 여러분!

71년전, 우리 근대사의 비극적인 한 페이지를 장식하고 있는 노근리사건, 우리는 오늘, 그와 같은 비극이 이 땅에 두 번 다시 발생하지 않기를 간절히 소망하며 경건한 마음으로 이 자리에 함께 하였습니다.

먼저, 이곳에 잠드신 영령들의 고귀한 넋을 기리고 머리 숙여 삼가 명복을 빕니다. 아울러, 아픈 기억을 가슴속 깊이 간직한 채 슬픔과 고통의 시간을 보내오신 유가족 여러분께도 깊은 애도와 위로의 말씀을 드립니다.

또한, 공사간 바쁘신 가운데도 참석해 주신 행정안전부 과거사관련 업무 지원단장님, 충청북도 행정부지사, 충청북도의회 의원님, 영동군의회 의장님을 비롯한 내 외빈 여러분께도 감사를 드립니다.

6.25 전쟁이 한창이던 1950년 7월 이곳에서, 전미군에 의해 우리 주곡리와 임계리 주민이 무고하게 희생된 사건은 유가족은 물론 국민 모두에게 커다란 충격과 깊은 상처를 안겨주었습니다.

묻혀질뻔 했던 이 아픔이 세상에 알려진 것은 진실을 규명하고 사실을 올바르게 알리려는 정은용 초대회장님을 비롯한 유가족 여러분의 노력과 눈물의 결과라고 생각 합니다.

현재를 살고 있는 우리들 자신이 세상을 바로 읽는 진실의 힘이 얼마나 강하고 소중한가를 다시 한번 생각하게 되었습니다.

노근리사건은 우리 근대사의 깊은 상처이지만, 아픈 역사를 제대로 평가하고, 서로 화해하고 풀어 나가야 하는 것도 현재 남아있는 우리들의 몫이라고 생각합니다.

그동안 유족회와 관계기관 등에서 수년간 노력해 온 결과, 2004년도에 노근리사건 특별법이 제정되었고 2011년도에는 이곳 노근리평화공원이 준공 된 이후 노근리평화공원이라는 이름으로 평화와 인권의 상징적인 장소가 되었습니다.

앞으로도 노근리평화공원은 후세들이 그 날의 아픔을 기억함과 동시에 평화의 중요성을 공감하고 인권의 소중함도 깨닫는 추모와 인권과 평화가 함께하는 교육의 장으로 더욱 발전시켜 나갈 것으로 기대합니다.

다시 한번 오늘의 합동 위령제를 통해 억울하게 희생되신 영령들의 넋이 영면하시기를 기원 드리며, 유가족 여러분에게도 조금이나마 평안과 위로가 되었으면 합니다.

마지막으로 합동위령제 준비에 많은 애를 써주신 양해찬 유족회장님을 비롯한 유족회원 여러분의 노고에 거듭 위로의 말씀을 드리며, 71주기 노근리사건희생자 합동위령제에 참석하여 주신 내·외빈과 군민 여러분께도 감사의 말씀을 드립니다.

참석하신 모든 분들의 건승과 행복을 기원합니다.

대단히 감사합니다.

군수의 위령사였다. 미국대통령은 오지 않았다. 대신 그가 잔디 밭에 앉아 가상의 그림을 그리고 있었다.

25

미국에서 그의 노력은 결실을 거두지 못하였다. 매듭을 짓지 못하고 돌아온 것이다. 그가 할 수 있는 노력은 계속하려는 것이다. 그의 노력이라기보다 그동안 연결된 사항들이 계속 진행되고 있었지만 처음과 달리 가시적인 것이 없었고 계속 가능성만 타진되었다. 계속 방법을 찾고 있었고 연결 고리를 놓지 않고 있었다.

그의 책만 팔린 것이다. 베스트셀러라고 할 수는 없었지만 화제의 책으로 메스콤에 소개가 되고 상당히 많이 팔렸다. 계속 팔리고 있었다. 그가 그동안 낸 책이 초판에 그쳤고 시집은 자비출판을 하여 아는 사람에게 나눠주는 정도였던 것에 비하면 참으로 기적에 가까운 일이 아닐 수 없었다. 그것도 세계의 중심지에서 책을 낸 것이고 세계 각국의 사람들이 읽어보게 한 것이 아닌가.

그의 이름만 낸 것이 아닌가. 아닌가가 아니라 그랬다. 처음 의도는 그런 것이 아니었는데, 이상하게 되었다. 좌우간 그의 의지로 그렇게 된 것은 아니었다.

돌아와서 윤영을 한번 만나자고 하였다. 그녀에게는 솔직한 마음을 털어놓을 수가 있을 것 같았다.

며칠 뒤 윤영에게서 연락이 왔다. 우란분절에 보현사에 가자는 것이었다. 거기서 초대라고 할까 연락이 왔었다.

우란…에 대하여 찾아보았다. 범어梵語 Ullabana의 음역으로 구도현救倒懸이라고 번역되기도 하였다. 분은 식기의 뜻으로 음식을 죽은자의 영혼에 바쳐 거꾸로 매달려진 고통을 구한다는 뜻이다. 지옥에 떨어진 어머니를 제도하기 위하여 음력 7월 15일 백 가지 음식을 장만하여 대중에게 공양한다고 해서 백중이라고도 하였다.

그런 때에 한 번 가는 것도 좋을 것 같았다. 정중히 예를 갖추어 가지고 말이다.

재를 올리는 중이어서 두 사람은 뒷전에서 노근리에서 희생된 원혼들의 명복을 빌었다. 눈을 감고 합장을 하였다. 그동안 가졌던 모든 생각들을 잠시나마 다 쏟아 놓았다. 그가 할 수 있는 일이라곤 지금은 아무 것도 없었다. 봉투를 하나씩 마련하여 불전함에 넣는 일밖에는. 그동안 뛰어다니고 노력했던 것들이 물거품처럼 생각되기도 하고 계속 이어질지 염려되기도 하였다.

노사장의 얼굴이 떠오르고 그가 주입시킨 영이 얼굴을 내밀고 낯설어한다.

스님은 한동안 목탁을 치며 염불을 하고 여러 번 절을 올렸다. 참례자 중에 동네 사람들, 임계리 주곡리 또는 목화실 노근리 사람들은 보이지 않는 것 같았다.

재를 마치고 평상 한쪽에 앉았다. 백 가지는 아니어도 열 가지는 넘는 산채에 떡과 차가 있었다. 곡차도 있었다.

목을 축이고 나서 윤영은 들고 온 종이봉 투를 꺼내놓는다. 소설이었다. 원혼들을 천도하는 우란분절 얘기였다. 구천을 떠돌고 있는 혼들 거꾸로 매달려 있는 혼들 자리를 잡지 못하고 헤매고 있는 혼령들을 쓰다듬어 잠재우고 좋은 데로 보내고자 하는 소원이었다. 제목이 「산 자들의 몫」이었다.

"얘기가 되는지 봐주세요. 제목도 고쳐주시고… "

"그래요?"

그의 의견은 얘기할 수 있었다. 그러나 소설에 대해서는 윤영이 전문이었다.

"이선생님 얘기를 많이 썼어요."

그러니까 보라는 것이기도 했다.

"그래요?"

그는 같은 소리만 하였다.

대충 앞 뒤를 훑어 보았지만 그것만으로 얘기하는 것은 예의가 아니고 가져가서 보겠다고 하였다. 그러면서도 계속 훑어보고 있었다.

그의 이야기를 쓰고 있었다. 그가 들려준 이야기, 그가 하고 싶은 이야기 그가 벌이고 있는 이야기를 3인칭 객관적 시점으로 쓰고 있었다. 종교나 신앙에 대한 것, 사회를 보는 시각, 삶을 해석하는 철학이라고 할까, 그런 것은 술자리에서 다 들어나는 것이었다. 희망 사항 소원 욕망 같은 것도 그랬다. 그런 얘기를 쓰고 있었다. 거기에다가 등장시킨 서러운 혼령들을 어떻게 처리하느냐 하는 것은 작가 윤영의 기교였다.

죽은 혼령들의 이름을 하나 하나 다 고하고 있었다. 상여 뒤에 만장輓章을 들고 따라가듯이 또는 연등에 이름을 써서 달 듯이. 희생자 명단을 찾아보고 쓴 것이다. 뿐만 아니라 눈이 빠지고 코가 날라가고 팔다리가 떨어져 불구가 된 부상자 남아 있는 유족들에 대한 사항도 밝혀 놓았다.

윤영이 말하였다.

"떠돌고 있는 서러운 혼령들을 좋은 데로 보내고자 소원을 비는 일, 그런 것이 무슨 의미가 있는지 모르겠어요."

오늘 우란분재에 참석하면서 그런 것을 느꼈다는 것이다.

"의미가 없는 것은 아니지요"

윤영이 그를 바라보았다.

"그것이 무슨 소용이 있느냐 하는 것을 말하는 것 같은데… 글쎄요 생각하기 나름이지요."

"제가 할 수 있는 일은 그런 것 뿐이예요."

"천당이 있다고 하면 있고 지옥이 있다고 하면 있는 것처럼 의미가 없다고 하면 없고 있다고 하면 있는 것 아니겠어요?"

얘기를 묘하게 뒤집어서 하고 있었다.

그녀가 빤히 바라본다. 그는 시선을 피하며 말하였다.

"좌우간 내 얘기를 잔뜩 미화하고 있는 것 같은데 내가 문제가 아니고 이 사건 해결 방법 해석 코드를 잘 찾아봐야 될 것 같아요. 잘 읽어볼게요."

26

오래 전 그에게 위령비 비문을 쓰라고 하여 초를 잡아 보았었다. 어설프지만 이것으로 이 이야기의 종장을 대신한다. 비는 아직 세워지지 않았다. 언제 세워질지 어떨지 모른다. 초草로 끝날지 모르는 문안인대로 평화의 기원이다.

이 세상에 무엇과도 바꿀 수 없는 것이 인간의 생명이다.

6.25 한국전쟁이 일어난 직후 이 땅을 지키기 위해 싸워준 미군은 수많은 양민을 학살하였다. 여기 서울-부산의 중간 지점인 충북 영동군 황간면 노근리 앞 철길 위와 굴다리 아래서 아무 이유도 명분도 없이 참혹하게 죽어간 헤아릴 수 없는 생명들은 지금도 수많은 총탄 자국으로 남아 울부짖고 있다.

1950년 7월 25일 해질 무렵 미군들이 소백산맥 산 밑 마을인 영동읍 임계리로 들이닥쳐 남쪽으로 피난시켜 주겠다며 동구 밖으로 끌어내었다. 이곳으로 피난 와 있던 사람들, 앞마을인 주곡리 사람들까지 5~600명 가량을 인솔하여 밤길을 강제로 끌고 가던 미군들은 하가리 앞 냇가에 집합시켜놓고 엎드려 있게 하였다.

아침에 감시하던 미군들이 보이지 않자 피난민들은 날이 더워지기 전에 걷기 위해 국도를 따라 황간 쪽으로 가고 있는데 서송원리 앞에서 미군 5, 6명이 앞을 가로막고 철길 위로 걸어가게 하였다. 노근리 쌍굴다리 근처까지 갔을 때 피난민을 모두 한 곳에 집합시켜 놓고 몸과 짐을 조사하였다. 낫 몇 자루와 칼 몇 개 외에 위험한 물건은 나오지 않았다. 조사가 끝난 뒤에도 움직이지 말고 그대로 있으라 하여 뙤약볕 아래 누워서 쉬거나 미숫가루 등을 먹으며 앉아 있었다. 그리고 피난민을 감시하던 미군이 어디에다 전화를 걸고 모습을 보이지 않았는데 그 얼마 뒤 남쪽에서 비행기가 날아와 피난민들을 향해 폭탄과 총알을 퍼부었다. 마른 하늘에 날벼락이었다. 무스탕 전투기는 피난민들의 머리 위를 돌면서 계속 폭격과 기총소사를 해대어 철로가 엿가락처럼 늘어지고 무고한 농민 피난민들은 갈기갈기 찢기어 쓰러지거나 울부짖었다.

그 자리에서 6가구 25명의 가족들이 몰살당하고 형체도 없이 사라진 사람들이 수도 없으며 헤아릴 수 없는 목숨들이 시체가 되어 나뒹굴었다. 살아남은 사람들이 갈피를 잡지 못하고 우왕좌왕하며 폭격을 피해 달아나거나 철로 밑 작은 굴과 쌍굴다리 밑으로 들어가는 사람들을 또 앞산에 설치한 기관총으로 쏘아대었다.

버리고 온 보따리를 찾으러 철길로 올라가던 사람, 목이 말라 터널 밖 개울 물을 먹던 사람, 더워서 밖으로 바람 쐬러 나온 사람들을 모조리 기관총으로 쏘아 죽이고 터널 안쪽에 있던 사람들을 향하여도 기관총 사격은 그치지 않아 노근리 굴다리 안팎은 온통 생지옥이 되어버렸다.

인간이기를 거부한 짐승들의 만행이었다. 졸지에 영문도 모르고 누구의 총에 맞은 지도 모르고 쓰러져 죽었다. 노근리 양민학살 대책위원회에 등록된 사망자는 137명 부상자는 47명으로 되어 있지만 당시 마을 사람들은 사망자가 4~5백 명이라고 말하였다. 등록되지 않은 사망자와 호적에 올리지도 않고 살다가 이곳에서 죽음을 당한 어린아이들 행방불명자도 많이 있다. 코가 떨어져 나가고 눈알이 빠지고 왼쪽 팔이 떨어지고 옆구리, 허벅지 팔뚝 무릎과 어깨에 총상을 입고 손가락이 전부 없어진 불구를 걸머지고 산 사람들, 부모와 자식과 형제를 잃고 사는 수많은 유가족들의 고통과 한은 또 얼마인가. 많은 주민들이 이 비극의 마을을 떠나고 없는 지금도 임계리 주곡리 150여 가구 가운데 50여 가구가 7월 26일~29일 사이에 제사를 올리고 있다. 이 여름 한 동안 마을 전체는 그 때의 악몽이 되살아나 고통과 슬픔의 도가니가 된다.

이 아픔 이 한을 그대 폭탄을 던지고 총을 쏜 자들이여 아는가. 그로부터 50년(집필 당시)도 더 지나고 이제 부상자들 유가족들도 많이 세상을 떠나고 없는 지금까지 무슨 보상과 책임은 고사하고 인간적인 따뜻한 사죄 한 마디 없다. 이토록 처참한 살육에 대해 가타부타 말이 없다. 세상에 이런 법이 어디 있는가. 그대들이 바라는 평화란 이런 것인가. 전쟁에도 논리가 있으며 법이 있다. 우리가 바라는 것은 다만 인간적인 명예를 찾고자 하는 것이다. 동물적인 학살만행에 대한 솔직한 인정을 듣고 싶다. 그리고 이 비극의 현장에 와서 아직 잠들지 못하는 혼령들 앞에 사죄하고 악몽에 시달리는 유족들을 위로하여야 할 것이다. 언제라도 좋다. 이것은 인간으로서의 최소한의 요구이다.

영동 노근리 뿐만이 아니고 전국 곳곳에서 저지른 양민학살 사건의 사정도 같은 것이기에 우리는 뙤약볕 아래에 모여 그 날의 비극을 되새기며 잠들지 못하고 구천을 떠도는 슬픈 혼령들의 명복을 빈다. 이렇게밖에 할 수 없는 우리 어리숙한 영동 사람들, 대명천지의 대한민국 사람들, 참으로 답답하고 죄스러울 뿐이다.

슬픈 혼령들이여 푸른 꽃 넋들이여
원한 부디 다 푸시고 편히 잠드소서
우리도 이제 악몽을 깨고 평화를 꿈꾸게 하소서
이 땅에 다시는 전쟁 학살 일어나지 않게 하소서

철길을 달리는 여행자들이여 노근리를 아는가. 그 칠월 굴다리 밑의 비명을 듣는가. 세계 만민들이여, 생명이란 무엇인가, 평화란 무엇인가, 이곳에 와서 배우라.

여기에 덧붙여 몇 마디 고告한다.

먼저 미국에게 고한다. 미국을 다스리는 자들이여! 노근리 쌍굴다리 밑 농민들에게 총을 쏜 병사들, 발포 명령을 내린 장성들이여! 그대 우리의 아픔과 슬픔을 아는가. 여러 잡소리 신소리 하지 말고 무조건 여기 노근리 학살 현장에 와서 꿇어 엎드려 사죄하라. 무슨 콧대가 그리 높은가. 당신들의 나라가 세계 제일 강대국인 것은 그런 위무 때문이 아니다. 너그럽고 포용력이 있고 정의를 지키기 때문이다. 거짓을 말해선 안 된다. 양국 조사단에 의해 희생자들의 숫자가 다 조사되었는데 '수 미상'이 무슨 말인가. 여기 무덤이 있고 제삿날이 있는데 그 이상의 확실한 죽음의 증거가 어디 있는가. 우리가 가짜 무덤을 쓰고 헛제사를 지낸다고 생각하는가. 우리는 해골바가지를 가지고 흥정을 하는 민족이 아니다. 여기 한 가족이 다 죽었다. 당신들을 저주하다가 죽었다. 당신들이 다 죽이라고 명령한 것처럼 다 죽었다. 1950년 7월 26일 당시 존 무초 미국대사가 미 국무부에 보낸 서한 속에는 미국이 조직적으로 피난민에게 총격을 허용했다는 사실이 들어 있다. 많은 미국의 가해자들이 그것을 입증했다. 세계적으로 다 보도된 사실이 아닌가. 물론 당신들은 우리를 죽음 속에서 구해 주었고 많은 젊은 군인들이 와서 죽었다. 그것을 우리는 고맙게 생각하고 잊지 않고 있다. 그러나 군에도 법이 있고 전장에도 윤리가 있고 도덕이 있다. 그것을 당신들은 위반하였다. 그것이 맥아더가 되었든 트루만이 되었든 사병이 되었든 장교가 되었든 잘못한 것이다. 한국전쟁 참전자 중에는 그만도 못한 잘못을 가지고 처형된 사례가 많다. 그러나 당신들은 그런 규칙을 형평에 맞게 적용하지 않았다. 우리가 바라는 것은 진정으로 잘못

되었다, 미안하다, 죄송하다, 그런 것이다. 그것을 대통령이라도 좋고 장관이라도 좋고 이 노근리사건 현장에 와서-위령제에 와도 좋고-분향을 하며 고개 숙여 단 한 방울이라도 눈물을 보이고 가라. 물론 노근리 영령에게만 그러라는 것은 아니다. 노근리는 미군 양민학살 상징의 공간이다. 노근리사건과 같은 미군의 학살만행은 곳곳에서 자행되었다. 북한의 신천박물관에도 미군의 학살만행을 고발해놓았다. 그도 가보았고 거기에 여러 가지 설이 있지만 학살의 곳곳 어디가 됐든 미국의 수사만 있고 눈물은 없었다.

다음으로 북한에게 고한다. 미국은 북한이 일으킨 전쟁에서 한국을 돕기 위해 온 것이다. 학살 책임 이전에 전쟁의 책임이 있다. 그에 대하여 먼저 묻는다. 동족을 향한 전쟁을 일으킨 것에 대하여 책임을 어떻게 질 것인가. 우선 사과를 하라. 물론 그것 가지고는 되지 않지만 당신들은 지금까지 전쟁을 일으키지 않았다고 발뺌을 하며 오히려 북침이라고 우리에게 그 책임을 뒤집어 씌우고 있는 것이다. 헛소리도 한 두 번이지 70년이 넘도록 그러고 있다. 후르시쵸프 회고록을 보라. 김일성이 스탈린을 찾아와 한 달만에 전쟁을 끝내겠다고 도와 달라고 하였을 때 모택동에게 승인을 받으라고 했다. 김일성은 모택동의 승인을 받아왔고 스탈린이 도와주었다. 그래서 소련군과 중공군을 업고 쳐내려온 것이다. 이것이 북침인가. 당시 미국 국방장관 에치슨 스테이트먼트의 한반도를 미국의 방위선 밖에 둔다는 성명서 그리고 미군이 남한에서 철수한 것을 가지고 북침을 유도한 것이라고도 하고 있는데 백보 천보를 양보하여 그렇다고 하자. 그러면 그것이 어떻게 북침인가. 그 말도 안 되는 소리 그만 하고 이제 민족 앞에 진실한 마음을 가지고 한 마디 반 마디만이라도 좋으니 반성을 하고 사죄를 하라. 진실 없이 무슨 통일을 하겠는가. 따지고 보면 당신들도 한국전쟁의 큰 피해자가 아닌가.

그리고 우리 정부에게 정치지도자들에게 고한다. 올바른 인식을 가지고 현실을 직시해야 한다. 정신 똑바로 차려야 한다. 민족 좋다. 동포 좋다. 그런데 왜 동포끼리 편지도 못하는 상황이 되었는가. 남북이산 1세대들이 100만명이 넘었었다. 한 달에 100명씩 이산가족을 만난다면 1000년이 걸린다. 우리는 이런 우둔한 정치논리를 따라야 하는가. 그러나 매달도 아니고 가끔 고령자 순으로 줄을 서서 만나고 걸핏하면 중단을 하다가 그나마도 실현이 안 되고 있고 이산 1세대들은 반으로 줄었다. 늙어서 죽었기 때문이다. 왜 만날 수조차 없는가. 이제 역사로 돌아와야 한다. 이제 진정한 민족의 논리로 돌아와야 한다. 민족이라는 이름으로 호도된 야욕에서 벗어나야 한다.

또 그리고 세계 만민들이여! 이곳에 와 보라. 이 학살의 현장 죽음의 들판에 서 보라. 백 번 천 번 말로 해서 소용이 없다. 전쟁의 비극 악의 논리가 여기에 있다. 누가 이 전쟁을 일으켰으며 하나 하나의 우주인 생명들이 왜 두 번 세 번 죽어가고 있는가를 와서 보라. 눈치 보지 말고 할 말을 다 하라. 목숨을 걸고 싸우라. 목숨을 걸고 따져라. 돈이 다가 아니다. 무기 무력이 다가 아니다. 권력이 다가 아니다. 한 사람 한 사람의 인권이 중요한 것이다. 생명이 중요한 것이다. 그것이 어린 생명이라 하더라도 죽은 생명이라 하더라도 말이다.

그것이 소설일지 넋두리일지 모르지만 아직 꿰미 속에 들어가지 않은 자료들이다. 이것은 독자들이 집어넣어보기 바란다.

발문

왜 그랬는가

그 때 왜 그랬는가. 그것을 찾아 쓰지 못한 것 같았다. 그것을 밝히어 다시 쓰고 싶었다.

향토사연구회에 나가면서 딘 장군의 얘기가 등장하였다.

1950년 7월 19일 최후의 보루 대전이 무너졌다. 딘 소장이 포로가 되고 대전에서 철수한 미24사단이 깨진 상태에서 일본에서 막 투입되어 영동에서 그 임무를 교대한 미제1기갑사단이 노근리 굴다리 농민 학살을 자행한 것이다.

그것이 노근리 사건이다. 딘 장군은 6.25 한국전쟁에 제일 먼저 달려와 누란의 위기에서 나라를 구해 싸워주었다. 노근리 학살의 발단이 피난민들 중에 스파이가 있다는 첩보 때문이었다고 하고 있는데 행방불명된 딘 소장 때문은 아니었을까. 설정을 바꾸어 보려고 하였다. 취재로는 그는 영동쪽으로 오지 않았고 산길을 헤매다가 금산 무주 쪽으로 갔으며 진안에서 5달러를 받고 농민이 밀고하여 포로가 되었다. 1953년 9월 4일 판문점을 통하여 포로교환이 되었지만. 시간과 장소 등 계연성을 더 추가해야 할 것이다.

왜 그랬는가. 그렇게 할 수밖에 없었는가. 한 마디로 이것이다 하고 버선 속처럼 뒤집어 보이지 못하는 것이 아쉬운 대로 이야기를 마치며 또 하나의 상황 가설을 제시한다.

그리고 여러 군데 괄호 속에 당시 취재 당시 집필 당시와 같이 취재와 집필 발표 출판 등의 뒤섞인 시간을 구별하고자 하였는데 전부 다 정확히 표시하지는 못한 것 같다. 사례가 중복된 것도 더러 있고 빠진 것도 많다. 다시 또 고쳐 낼 수 있었으면 좋겠다.

이 지역 향리의 보도연맹 이야기 「아직 끝나지 않았다」가 A라면 「흙에서 만나다」는 B이고, 노근리사건 이야기 「노근리 아리랑」이 A라면 「죽음의 들판」은 B이고 이것(「기억제 …」)은 C이다. 앞으로 A B C로 끝나지 말고 Y Z까지 탈태 발전하길 바라는 마음이다.

발跋에 걸맞지 않는 대로 책임이 느껴지는 몇 가지 사항을 밝히며 독자 여러분의 혜량을 바란다.

11월 22일
소설小雪에